Eines Knappen Wunsch

Wunsch

Verborgene Wünsche Buch 2

Von

Tao Wong

Übersetzt von Philipp Bornschein

Copyright

"Eines Knappen Wunsch"
Copyright © 2021 Tao Wong. Alle Rechte vorbehalten.
Copyright © 2021 Sarah Anderson Cover-Designer
Übersetzt von Philipp Bornschein

Ein Buch von Starlit Publishing
Veröffentlicht durch Starlit Publishing
PO Box 30035
High Park PO
Toronto, ON
M6P 3K0
Kanada

www.starlitpublishing.com

E-Book ISBN: 9781989994665
Taschenbuch ISBN: 9781989994658

Bücher in der Serie

Eines Gamers Wunsch

Eines Knappen Wunsch

Eines Dschinns Wunsch

Andere Serien von Tao Wong

Abenteuer in Brad

Ein Tausend Li

Die System-Apokalypse

Inhalt

Kapitel 1

»Das wäre viel leichter, wenn ich Magie benutzen dürfte.«
Ich atmete laut aus und entspannte meine Schultern, mit
einem Pochen in den Armen. Dennoch waren wir
wenigstens endlich in unserem neuen Zweifamilienhaus.
Drei Schlafzimmer, zwei Badezimmer, Böden aus Hartholz
und ein Wohnzimmer sorgten dafür, dass ich viel mehr
zahlen musste, als ich eigentlich wollte. Aber aufgrund der
Tatsache, dass Alexa auf den größeren Räumlichkeiten
bestand und die Hälfte bezahlte, war ich diesen
Kompromiss eingegangen. Als ich mich in dem relativ
modernen, offenen Raum umsah, musste ich zugeben, dass
es schön aussah. Selbst wenn all das Zubehör, das ich aus
meiner Junggesellenwohnung mitgenommen hatte, kaum
unser neues Zuhause füllte.

»Oh, bitte, das ist bloß ein Workout«, meinte Alexa,
während sie ungeduldig mit dem Fuß klopfte. Die
nordische Blondine war mehr Wonder Woman als Model
und hatte mehr Muskeln in ihren Armen als ich, daher war
es keine Überraschung, dass sie kaum außer Atem war.

»Magier«, sagte ich und zeigte auf mich, während ich
damit zu tun hatte, wieder zu Atem zu kommen. Obwohl
ich möglicherweise etwas mehr Bewegung vertragen
konnte.

»Die Vollstrecker des Magierkonzils sind genauso berühmt für ihre physischen wie ihre magischen Fähigkeiten«, erwiderte Alexa. Ich grummelte und weigerte mich, ihren Standpunkt anzuerkennen, obwohl ich von der Idee durchtrainierter Magienutzer fasziniert war. Ich vermutete, echte Magier wären eher wie Animehelden und nicht wie Raistlin von der Drachenlanze. In beiden Fällen wusste die Novizin wahrscheinlich besser Bescheid als ich. Die Templer waren seit Jahrhunderten die scharfe Schneide der Kirche gegen die übernatürliche Welt. Über Jahre hinweg waren sie zeitweilig Verbündete als auch Feinde des Magierkonzils gewesen. Und ich? Ich hatte kaum sechs Monate zuvor die übernatürliche Welt betreten. Ich musste immer noch viel aufholen.

»Schön. Ich werde es vielleicht bei der gesamten Übung ein wenig langsamer angehen lassen«, murmelte ich, während ich die Knie beugte und wieder die Kante der Couch ergriff.

»Langsamer angehen lassen impliziert, dass du schon mit der Übung begonnen hast«, meinte Lily hinter mir, in ihren Armen einen Karton mit der Aufschrift »Bücher«. Der olivenhäutige, schlanke und wohlproportionierte Dschinn glitt von der Eingangstür aus mit einem

Hüftschwung zu uns, wo wir unseren ersten Durchgang absolviert hatten. »Wohin willst du die haben?«

»Was ist das?«, ächzte ich, als wir mit der Couch manövrierten, um das Sonnenlicht einzufangen und zu sehen, wohin der Fernseher passen würden.

»Referenzmaterial.«

»Hä?«, fragte ich, während ich mich hinhockte und mein Ende der Couch auf den Fußboden setzte.

»Deine Rollenspielbücher.« Lily hielt die schwere Box voller Bücher mit einer Hand, während sie ihre Nase kratzte, offensichtlich ohne sich um Dinge wie das Gewicht der Kiste zu kümmern. Keine Überraschung. Ihr »Körper« war nicht wirklich echt, nur ein magisches Konstrukt, was die Frage aufwarf, warum ich das schwere Tragen übernahm. Allerdings würde die Frage auch ganz andere Probleme bezüglich Lilys wachsender Agoraphobie auftun.

»Okay. Wir werden sie im Wohnzimmer aufbewahren«, sagte ich und deutete auf die Ecke, die wir für die Bücherregale bestimmt hatten. Für einen Moment war ich erstaunt, als mich die Realität meiner Situation erneut traf. Nicht das Zusammenziehen mit zwei atemberaubenden, gut aussehenden Frauen auf dem Level von Supermodels, sondern die Tatsache, dass ich ein Magier war – ein Magier, der Magie aufgrund eines

Wunsches wirkt, der durch einen Dschinn gewährt worden war und dessen gesamter Levelfortschritt auf einer selbstgebrauten Mischung aus Rollenspielbüchern, Einzelspielergames und gewaltigen Multiplayer-Onlinespielen basierte. So waren meine alten RPG-Bücher Referenzmaterial geworden.

»Hör auf, es hinauszuschieben. Wir haben den Umzugswagen nur bis fünf«, sagte Alexa und drängte mich zur Vordertür hinaus.

»Bist du dir sicher, dass ich es nicht mit Magie machen kann?«

»Nachdem du die Delle auf der Türschwelle in unserer alten Wohnung hinterlassen hast?«, fragte Alexa spöttisch. »Wir können es uns nicht leisten, für einen weiteren Fehler zu bezahlen, den wir beheben müssten.«

»Schön.« Ich murrte, als wir den Umzugswagen erreichten, und griff nach dem Nachttisch. Alexa hatte nicht unrecht. Wir mussten immer noch Geld für Matratzen und Bettgestelle für beide Mädchen auftreiben. Oder technisch gesehen für mich, da ich mein Bett Alexa gegeben hatte. »Bringen wir es hinter uns.«

***

Stunden später saßen wir zu dritt in unserem neuen Wohnzimmer, abendliches Sonnenlicht strömte durch die Vorhänge herein, während wir vier große Pizzen verschlangen. Ich schüttelte den Kopf, abermals erstaunt über das schiere Volumen des Essens, das beide Frauen verdrücken konnten. Zugegebenermaßen legte ich heute auch eine gute Show hin. Nicht dass es ein Wettbewerb wäre.

»Also, Caleb hat dir heute freigegeben?«, erkundigte sich Alexa.

»Ja. Nachdem ich gedroht habe, weiterhin ›What Does The Fox Say?‹ als Trainingsmelodie für *Gong* zu verwenden«, antwortete ich mit einem Grinsen. Da Lily im Grunde mit jeder Levelerhöhung Zaubersprüche in mein Gehirn herunterlud, war mein Verständnis der tatsächlichen magischen Theorie, sagen wir mal, unberechenbar. Es half nicht, dass ein Großteil dieser Downloads aus Jahrtausenden magischen Wissens stammte – Wissen, das sie als Assistentin beziehungsweise als Werkzeug von Weltklasse-Magiern erlangt hatte. Obwohl ich mächtigere Zaubersprüche kennenlernte als die traditionell trainierten Gegenstücke, waren sie aber esoterischer und nicht so anpassungsfähig im Hinblick auf magische Theorie. Caleb, der vom Magierkonzil geschickte

Meistermagier, der sich um mich kümmern sollte, hatte ein Trainingsprogramm aufgestellt, um meine magischen Defizite zu beheben. Ein Aspekt davon war die Lehre, die Komponenten der in meinem Hirn gespeicherten Zaubersprüche zu verstehen und zu manipulieren.

Im Falle von *Gong* manipulierte der Zauber Schallwellen durch Magie. Wie die meisten Zauber war *Gong* mit all seiner äußeren Einfachheit innerlich deutlich komplexer als seine finale Manifestation. Um den Zauberspruch zu kanalisieren, musste ich seine Richtung und die Menge des Manaeinsatzes lenken, um Lautstärke und Tonhöhe anzupassen, sowie den Ort bestimmen, an dem das Geräusch auftreten würde. All das wurde durch Fäden arkaner Glyphen und, in einigen Fällen, mathematische Formeln gesteuert. Kombiniert waren sie bekannt als Zauberformeln. Im Moment bestand mein Training darin, zu lernen, den Zauber wiederholt mit speziellen Noten zu wirken. Ich musste mit meinem Zauberspruch einen Song spielen.

Dies tat ich technisch mit der geringstmöglichen Manaeffizienz. Es gab tatsächlich Zaubersprüche, die es ihrem Anwender ermöglichten, den Zauber kontinuierlich zu kanalisieren und den Song in einer fortlaufenden Beschwörung auszuformulieren. Das Problem war, dass die

Zauberformel für solch einen Song deutlich komplexer war als der simple Zauber, den Lily in meinen Verstand geladen hatte. Es war etwa wie der Unterschied zwischen dem Spielen von ›Chopsticks‹ und Stücken von Mozart auf dem Klavier. Hätte ich gefragt, hätte Caleb mir zum Lesen die leichtesten ihm bekannten musikalischen Zauberformeln ausgehändigt, nur damit ich den Mund hielt. Die Formel selbst war faszinierend, eine Mischung aus …

»Erde an Henry«, sagte Lily, eine Hand vor meinen Augen schwenkend.

»Sorry«, erwiderte ich und drückte ihre Hand weg. »Ich dachte gerade an einen Zauberspruch.«

»Natürlich hast du das«, schnaubte Lily. »Vielleicht solltest du stattdessen an eine Quest denken. Falls du es nicht vergessen hast, du bist pleite.«

»Wir sind pleite«, sprach ich demonstrativ aus. »Ich kapiere immer noch nicht, warum du ein eigenes Zimmer brauchst. Du hast deinen Ring.«

»In dem ich Jahrhunderte gelebt habe«, sagte Lily und blitzte mich an. »Versuchst du, zurück in deine Zelle zu gehen? Selbst wenn die Tür offen ist …«

»Ah, richtig«, antwortete ich und kratzte mich am Kopf. Manchmal vergaß ich, dass Lily eigentlich ein Sklave des Rings war, obwohl sie genau genommen nicht mehr in dem Ring wohnte. Während sie meinen ersten Wunsch verdreht hatte, um sich eine Möglichkeit zu erkaufen, außerhalb des Rings zu bleiben, waren vergangene Besitzer nicht so leichtsinnig oder wohlwollend gewesen. »Sorry.«

»Es ist okay«, winkte Lily ab.

»Ich verstehe allerdings nicht, warum du nicht deine eigenen Einrichtungsgegenstände formen kannst«, meinte Alexa zu Lily.

»Wenn du dich entsinnst, ich bin durch die Regeln des Rings gebunden. Ich kann die Außenwelt ohne einen Wunsch in keiner bedeutsamen Art und Weise mit meiner Magie beeinflussen«, erwiderte Lily etwas scharf. Ich schätzte, einige Angriffe, wie der Versuch der Templer, mich zu töten und durch Alexa meinen Ring zu stehlen, wurden nicht so leicht vergeben.

»Warte mal. Mit deiner Magie?«, fragte ich. »Ich dachte, du kannst das nicht tun und Punkt?«

»Na ja …« Lily hielt inne und schaute verlegen. »Es ist etwas kompliziert.«

»Kompliziert … wie du-willst-keinen-Job-bekommen-kompliziert?«, fragte ich bedrohlich. Während ich mich bemüht hatte, Einkommen durch das Abschließen von Aufträgen und anderen kleinen Jobs in der magischen Gemeinschaft zu generieren, war Lily zuhause geblieben und zockte Computerspiele … und hatte mich angefleht, eine Konsole zu kaufen.

»Nun, ich bin nicht gerade legal, oder?«, sagte Lily. »Ich habe keinerlei Identitätsnachweis. Du würdest nicht wollen, dass ich abgeschoben oder ins Gefängnis geworfen werde, stimmt's?«

»Das …« Ich hielt überlegend inne, während ich Lily ansah. Nun ja. Sie galt in diesem Land als nahöstliche Frau. Formal gesehen illegal. Und doch war sie ein Dschinn und konnte buchstäblich mittels eines Gedankens verschwinden, was einen wirklich interessanten Polizeibericht ergeben würde. Aber … »Tausend Höllen.«

»Korrekt«, sagte Lily mit einem Lächeln, als sie mit ihrem Argument gewann. »Darum bleibe ich lieber zuhause. Und je mehr Spiele ich zocke, desto besser sind die Patches, die ich bereitstellen kann.«

Wieder einmal bemerkte ich, wie sie es vermied, ihre wachsende Abneigung zu erwähnen, die Außenwelt überhaupt aufzusuchen. Ich erwog, es anzusprechen, scheute mich aber erneut vor dem Thema. Das überstürzte Lösen von heiklen, emotionalen Problemen war nichts, worauf mich meine chinesische Familie vorbereitet hatte.

»Bitte mach das nicht.« Alexa unterbrach mit ihren Worten meine Gedanken. »Bei deinem letzten Patch saß er am Strand, hob eine Stunde lang Felsen an und murmelte etwas über die Steigerung seiner ›Analysieren‹-Fähigkeit.«

»Hey, das ist die Hauptschummelfähigkeit«, sagte Lily.

»Nicht so, wie du sie implementiert hast«, erwiderte ich. Erst nachdem ich einige Zeit mit Lily darüber gesprochen hatte, erkannte ich, dass beim Starren auf die Felsen die einzige Möglichkeit zur Verbesserung der Analysefähigkeit darin bestand, zuerst Bücher über Geologie zu lesen und dann die Zeit damit zu verbringen, die Felsen zu studieren. Um dann diese Tätigkeit immer und immer wieder zu wiederholen.

»Jeder hier ist ein Kritiker«, maulte Lily, kreuzte die Arme und warf uns einen stechenden Blick zu.

»Als die Laborratte – ja, bin ich«, sagte ich. »Konzentrieren wir uns auf die Magie, okay?«

»Da wir davon sprechen, wie sind deine … Stats?«, fragte Alexa beinahe zu lässig. Ernsthaft, die Ritternovizin war total mies darin, lässig zu sein. Das war nichts, was sie an der Ritterschule lehrten. Den Grund ihrer Frage zu wissen, war nicht hilfreich, weil die Templer wie die meisten der wichtigen eingeweihten Mächte darauf warteten, dass ich Level Hundert erreichte. Sobald es soweit war, konnte der Ring endlich von meinem Finger gelöst werden, ohne für immer verloren zu gehen.

Trotzdem war Alexa meine engste Verbündete. Und ich hatte keinen Grund, ihr meinen Status nicht zu zeigen, da Caleb nahezu tägliche Updates erhielt.

Klasse: Magier

Level 21 (19% Erfahrung)

Bekannte Zauber: Lichtsphäre, Machtspeer, Machtschild, Machtfinger, Temperatur verändern, Gong, Windstoß, Heilen, Heilschutzzauber, Verbinden, Verfolgen, Vorhersagen, Ausbessern, Schutz, Glamour, Illusion, Magie erkennen, Herbeirufen, Eisball, Feuerball

Magische Fähigkeiten

Manafluss: 4/10

Umwandlung Mana in Energie: 3/10

Zaubergefäß: 3/10

Räumliche Lage: 3/10

Räumliche Bewegung: 3/10

Energiemanipulation: 4/10

Biologische Manipulation: 3/10

Manipulation der Materie: 1/10

Beschwörung: 1/10

Dauer: 4/10

»Du bist zwei Level aufgestiegen«, staunte Alexa anerkennend. »Aber du hast nur einen neuen Zauber erlernt?«

»Gib Caleb die Schuld«, erwiderte ich missmutig. »Er hat Lily davon überzeugt, dass ich mehr Zeit investieren müsste, mein jetziges Repertoire zu verstehen. Er will, dass sie gänzlich damit aufhört, mir neue Zaubersprüche beizubringen.«

»Das«, sagte Alexa, verstummte dann und presste ihre Lippen bei dem Satz, den sie gerade aussprechen wollte, fest zusammen.

»Nervt. Ich weiß«, seufzte ich. Ehrlich gesagt stimmte ich Calebs Argumentation ein Stück weit zu. Ich hatte so viele Zauber erlangt und nutzte die meisten kaum. Für einige hatte ich, wenn ich sie beschwor, eine Synchronität von weniger als 50 Prozent, selbst wenn ich sie miteinander verband. Nein, für eine Weile musste ich an meinen Grundlagen arbeiten. Wenn ich meine elementaren magischen Fähigkeiten auf den Wert fünf steigern könnte, würde ich vom Konzil als tatsächlicher Novizenmagier anerkannt werden. Jemand, der zumindest einen grundlegenden Respekt verdiente. Die Tatsache, dass dies ein logarithmischer Fortschritt war, bedeutete natürlich, dass die nächsten Schritte zunehmend schwieriger würden, sobald ich dort ankam.

»Also. Quests«, gab Lily den Ton an und schob ein Bündel Papier nach vorne. Ich stöhnte und starrte auf die Quests – in Wirklichkeit Arbeitsaufträge –, nahm sie aber auf. Wir brauchten das Geld.

Kapitel 2

Beim ersten Mal, als ich einen 180 Kilogramm schweren Ork in gespickten Schulterpolstern und mit Helm das Footballfeld entlangstürmen sah, war ich beeindruckt und machte mir fast in die Hose. Das zweite Mal mochte ich vielleicht vor Angst erstarrt sein und fragte mich, ob ich mein Testament geschrieben hatte. Im dritten Viertel war es dann Routine.

»Und warum müssen wir jetzt hier sein?«, murmelte ich und verlagerte mein Gewicht auf dem zu harten Sitz. Wer verbrachte freiwillig seine Abende unbezahlt, auf harten Metallbänken sitzend – den Elementen ausgesetzt –, und schrie sich beim Anblick, wie ein Team das andere verprügelte, die Lunge aus dem Hals? Wenn ich zockte, tat ich das wenigstens in einem wohltemperierten Raum mit günstigen, im Laden gekauften Snacks in der Hand. »Der Vertrag gilt erst nach Ende des Spiels.«

»Genießt du nicht den Anblick martialischer Spitzenleistung?«, fragte Alexa, als sich die Linien der Kontrahenten zurücksetzten. Auf einer Seite stand ein ganzes Team Orks mit der Kontrolle über den Ball, jeder von ihnen gepolstert und in voller Montur. Auf der anderen Seite stand – buchstäblich – ein kleineres Team Zwerge auf dem Feld, bereit ihr Gebiet zu verteidigen.

»Nicht wirklich. Ich hoffe nur, wir haben ihnen nicht zu wenig berechnet«, antwortete ich und beäugte das Feld über den Einband meines Buches. Als ich es herausgenommen hatte, erntete ich einige wütende Blicke, aber diese verebbten, als sie darin ein Zauberbuch erkannten. Glücklicherweise bekamen Magier etwas Respekt zugesprochen. Wenn nicht gar bequemere Sitze.

Das Feld selbst war eine zerrissene und blutige Sauerei, das Gras und die Erde sahen aus, als ob sie durch eine missgünstige Bodenfräse umgegraben worden waren. Spezielle Abschnitte demonstrierten die besonders gewalttätige Natur des Sports, Blut und Eingeweide waren in den Boden gedrückt. Und über dem ganzen Feld konnte ich das leichte Leuchten von Mana sehen, weil das Illusionsfeld sicherstellte, dass die Irdischen im Dunkeln gelassen wurden.

»Komm schon, es ist nicht so schwer. Oder?« Alexa dämpfte ihre Stimme am Ende zu einem Flüstern und ihre Augen funkelten vor Sorge. Unser Job – mein Job – war es, die Sauerei sauberzumachen, sobald das Spiel vorbei war. Nachdem sie ihre ansässige unter Vertrag genommene Dryade verloren hatten, hatte uns die Supernatural Football League der Stadt Erie kontaktiert. Wenn wir es schafften, einen guten Job zu machen, würden wir tatsächlich einen regulären Vertrag bekommen, zumindest solange die Saison lief. Es wäre ein netter Tempowechsel unseres regelmäßigen Gerangels um Jobs.

»Weiß ich nicht«, sagte ich genauso leise zu Alexa. »Ich habe noch nie versucht, so viel Erde und Gras zu manipulieren. Theoretisch sollte das Verbinden mehrerer Heilschutzzauber mit etwas direkter Manipulation meinerseits das Wachstum des Grases beschleunigen. Alles, was ich vorab tun muss, ist auf die Erde zu stampfen und sie einzuebnen, was ein angepasster *Machtspeer* gut genug erledigen würde. Das wäre mehr wie ein Machtpflug, aber es sollte funktionieren.«

»Gut.« Alexa drehte sich herum, um den Orks und Zwergen zuzuschauen, wie sie sich gegenseitig unter dem Deckmantel des Sports die Scheiße aus dem Leib prügelten. Ich seufzte leicht, beobachtete die Novizin für eine Sekunde und sah, wie sie sich vorlehnte, die Lippen leicht geöffnet und die Augen vor Interesse und Freude strahlend. Sportler. Ich würde sie nie verstehen.

***

Ich runzelte die Stirn und passte die Position des Schutzblocks erneut an. Nachdem ich endlich damit zufrieden war, bewegte ich mich sechs Meter weiter, um den nächsten Block zu platzieren. Jeder dieser Schutzblöcke war durch mich handgeschnitzt worden, ihre Glyphen und Zauberformeln zuvor penibel beschworen. Entlang des Feldes lief Alexa vor und zurück und verteilte Dünger über die aufgewühlte Erde.

»Wie lange wird das noch dauern?«, grummelte der hochgewachsene, rothäutige, gehörnte Dämon – ein japanischer Dämon, ein Oni. »Edith hat nie so lange gebraucht.«

»Edith war eine 80 Jahre alte Dryade, die mit der Erde selbst verbunden war und diesen Job 40 Jahre lang gemacht hat«, antwortete ich, während ich einen weiteren Block herausnahm. »Und wenn du diesen Vertrag gestern bestätigt hättest, wie wir es besprochen hatten, dann hätte ich diese Schutzzauber im Voraus vorbereiten und vergraben können. Nun muss ich die Vorbereitungen jetzt angehen.«

»Das funktioniert hoffentlich. Für den Betrag, den wir dir zahlen …«

»Was zwei Drittel davon sind, was ihr Edith gezahlt habt«, erwiderte ich und starrte ihn an. »Glaub ja nicht, dass ich das nicht weiß. Aber wir lassen es euch durchgehen, weil wir nicht so gut sind wie sie.«

»Meinetwegen. Macht es einfach richtig«, sagte Ken und ging davon. Ich schaute dem Dämon finster hinterher und meine Sicht stellte sich für einen Moment unscharf, um die fette, Overall tragende Gestalt zu sehen, die er der Außenwelt zeigte. Irgendwie fand ich, dass die Erscheinung seines *Glamours* viel passender war für diesen ätzenden Arsch.

Alleine arbeitete ich mich um das Feld herum und platzierte schließlich alle Blöcke an ihren Plätzen. Ich hätte sie gerne tief eingepflanzt, und vielleicht würde ich das beim nächsten Mal auch tun. Aber bevor wir den Vertrag nicht besiegelt hatten, würde ich meine Schutzblöcke nicht aufs Spiel setzen. Selbst wenn es minderwertige handgeschnitzte Holzblöcke waren, nahm ihre Erschaffung immer noch einen immensen Zeitaufwand in Anspruch. Und wenn ich jemals ihre Kraft steigern wollte, müsste ich damit anfangen, bessere Materialien zu verarbeiten. Abgesehen davon war Holz ein großartiges Material für meinen nächsten Zauberspruch.

Endlich fertig ging ich den nächsten Schritt an und nutzte einen Machtpflug, um die Erde zu ebnen. Wirklich, es war nur ein *Machtspeer* mit einem angepassten Gefäß. Die Abfolge, wie der Machtpflug erschaffen und die Formel für das Gefäß modifiziert werden kann, hatte mich nur drei

Stunden gekostet. So dass der Zauber die erforderliche Form annimmt, und – weitaus wichtiger – auch beibehält. Zudem war dies das erste Mal, dass ich ihn über einen solch langen Zeitraum nutzte, daher rumorte es in meinem Magen ohne Unterbrechung einfach weiter.

Wirklich dumm von mir. Niemand würde hier sterben. Ich würde nur einen kleinen Vertrag verlieren. Teil der Ursache, warum ich so zurückhaltend geblieben war – oder ein Arbeitssklave, wie mich meine Schwester Jahre zuvor genannt hatte –, war, dass ich Druck hasste. Ich hasste es, Fehler zu machen und mein Gesicht zu verlieren.

»Henry?«, rief Alexa, nachdem ich für ein paar Minuten still dagestanden hatte.

»Ich überprüfe nur den Zauber«, antwortete ich, eine lahme Ausrede nutzend. Ich hob die Hand und begann die erforderlichen Beschwörungsbewegungen, meine Finger schnellten, zuckten und spreizten sich, während ich beschwor. Die physikalischen Bewegungen waren technisch gesehen unnötig, ebenso die Worte, die ich leise sang. Bei der Magie ging es um Intentionen und magische Formeln, dabei waren die Formeln mehr gedankliche Anleitung als wirklich notwendig. Aber die Bewegungen und Worte halfen mir. Der Zauber glitt in einen fortlaufenden Groove, der dabei half, die Kosten und die

Schwierigkeit zu reduzieren, um meinen Zauberspruch zu beschwören. War er erst geformt, so war der Machtpflug größtenteils unsichtbar. In meinen Augen enthielt er drei Teile. Der erste war eine leicht stumpfe Klinge, die beim Ebnen der Erde half. Überschüssige Erde wurde im zweiten, abgedeckten Teil gesammelt. Die zusätzliche Erde wurde dann durch den dritten Teil, einen rollenden Machtzylinder, in die Erde gepresst.

»Aha. Hab noch nie jemanden so etwas tun sehen«, rief Ken mit widerwilliger Bewunderung in seiner Stimme aus.

Ich errötete leicht bei seinen Worten, erzählte jedoch Ken nicht die Wahrheit. Der Zauber mochte vielleicht beeindruckend aussehen, aber er funktionierte nur, weil die Schadensmenge am Boden relativ gering war. Meist schichtete ich an jedem Ort nur wenige Zentimeter Erde um. Mein Zauberspruch und mein Mana waren bei weitem nicht genug, um zu sagen: Asphalt verdichten. Noch nicht.

Dreißig Minuten später war der Boden so eben, wie ich es nur schaffen konnte. Ich hielt inne, schnaufte und beäugte die leuchtende blaue Linie aus den Augenwinkeln. Mit einem Wink zu Alexa, die mit noch mehr Dünger erneut über den Boden lief, sackte ich zusammen und wartete darauf, dass sich mein Mana regenerierte.

Etwas sagte mir, dass ich versuchen sollte zu meditieren. Nun, nicht wirklich meditieren. Das ist das falsche Wort, selbst wenn Caleb es nutzt. Weiterentwickeln? Das lässt es klingen, als ob ich ein Unsterblicher aus dem Morgenland wäre. »Ich öffne mich für die Welt« klingt zu sehr nach Hippie. Wie auch immer, es war ein Prozess, um die Geschwindigkeit meiner Manaregenerationsrate auszubauen, um mich für die Energie der Welt zu öffnen und sie einzusaugen. Tat ich natürlich nicht. Denn nebenbei war ich bei der Ausführung der Fähigkeit selbst mies und sah dabei wie ein kompletter Trottel aus.

»Warum hörst du auf?«, fragte Ken, stampfte zurück zu mir und hinterließ frische Stiefelabdrücke in der geebneten Erde.

»Zwei Gründe. Ich benötige mehr Mana für den nächsten Teil. Und wir müssen sicherstellen, dass genug Dünger vorhanden ist.«

»Edith …«

»War eine Dryade. Sie konnte Nährstoffe aus der Umgebung ziehen und Mana direkt in die Pflanzen strömen lassen, um sie zu nähren. Ich nicht«, erwiderte ich. Natürlich wusste ich, dass es theoretisch einen Weg gab. Bedachte man aber meinen Manavorrat und mein mangelndes Verständnis biologischer Prozesse, könnte ich das auf keinen Fall tun. Die Heilung – oder in meinem Fall beschleunigtes Wachstum – war bereits riskant. Glücklicherweise scherte sich Gras nicht um so etwas wie Krebs.

Ken rollte wieder seine großen knolligen roten Augen in meine Richtung, bevor er davonging. Ich nahm mir erneut Zeit, die Schutzzauber zu überprüfen und begann dann den Prozess, sie mit meinem Zauber zu verbinden. Es war nicht besonders schwierig, nur vielschichtig, *Verbinden* zu wirken und jeden der Verbindungszauber in Position zu halten, während ich weitere beschwor und zur Kette hinzufügte. Jeder zu mir zurückgeführte Zauber und das Büschel Gras, das ich in der Hand hielt, formten ein riesiges durch meine Schutzzauber umrandetes Zauberrechteck.

Würde ich schließlich meinen Heilzauber beschwören, würde dies das Gras zum Wachsen bringen, es replizieren und die aufgewühlte Erde mit frisch gewachsenem Gras bedecken. Ich war besonders stolz auf die Tatsache, dass der Zauber auf das in meiner Hand gehaltene Gras zielgerichtet und damit verknüpft war, sodass er den diversen im Boden lebenden Unkräutern, Erdwürmern und Käfern nicht schaden würde. Es war auf diese Weise manaeffizienter und gleichzeitig auch geschickter.

»Fertig«, rief Alexa mir zu und ich seufzte. Ich sah in den Himmel, als ich den letzten Zauberdurchgang begann. Es war eine simple Sache, der Schutzzauber verband *Heilen* mit dem Gras, um die Grenzen des Zaubers zu markieren. Selbst als mein Mana abnahm, konnte man das unberührte Gras sichtbar wachsen sehen, während die neue glattgestampfte Erde langsam zu sprießen begann. Ich schwankte leicht, der Zauberspruch verbrauchte mehr Mana, als ich erwartet hatte. Der Verlust ließ mein Gesicht erblassen.

Beschwörung Verbundenes Heilen (Modifiziert)
Synchronität 87%

»Henry«, rief Alexa mir zu, während sie sich mir näherte und mein Dilemma erblickte.

Ich schüttelte den Kopf und wusste, wenn ich jetzt aufgab, würde der Zauber in sich zusammenfallen. Obwohl das nicht gefährlich war – außer für mich –, war ich nicht wirklich sicher, ob ich das nochmal durchziehen konnte, nicht mit den pochenden Kopfschmerzen, die bereits eingesetzt hatten. Lieber den Job zum Abschluss bringen. Und es funktionierte. Ich konnte schon die neuen

Grashalme aus der Erde herausragen sehen, und langsam wuchsen sie üppiger.

»Verdammt, Henry.« Alexa stampfte zu mir und trat gegen mein Schienbein. Der plötzliche Schmerz durchbrach meine Konzentration, der Zauber löste sich auf. Die Rückwirkung des unterbrochenen Zaubers ließ mich einen Schrei ausstoßen und meinen Kopf halten. »Lily hat dich davor gewarnt, dich nicht zu verausgaben.«

Als ich dann saß, meinen Kopf wiegte und den tiefroten blinkenden Manabalken beäugte, knurrte ich Alexa an. Die verdammte Frau trug Stahlkappenstiefel. Ich würde morgen eine sehr große Beule haben. Als mein Kopf sich ein wenig klärte, sah ich mich dennoch mit mehr als ein bisschen Stolz auf dem nun grünen Feld um.

Magie war wunderschön, komplex und erstaunlich. Selbst nach so vielen Monaten des Trainings und Lernens staunte ich immer noch über die Tatsache, dass ich zu solcher Macht in der Lage war. Ich konnte Leben in ein zertrampeltes Feld bringen. Und, was vielleicht am wichtigsten war, dafür bezahlt werden.

Kapitel 3

Nachdem ich mich bei der Verwendung von Mana verausgabt hatte, wurde ich für die nächsten Tage zur Lektüre von Büchern gezwungen. Es war frustrierend, aber ich verstand ihre Sorgen. Lily und Caleb hatten mehr als einmal die Gefahren des Manaentzugs und der Überanstrengung beschrieben. Die Steigerung des Manavorrats erforderte harte Arbeit, genau wie der Aufbau von Muskeln. Je mehr man tat und je näher man dem Limit kam, desto mehr Mana wurde aufgebaut. Sollte man es jedoch zu stark oder zu schnell tun, erzeugte man Instabilitäten im Körper. Bänder und Sehnen brauchten zum Aufbau im menschlichen Körper länger als Muskelmasse. Manakanäle und Mananetze benötigten mehr Zeit für das Dehnen und Verstärken als der körperzentrale Manavorrat. Bei der Steigerung meines Levels griff Lily direkt ein und erhöhte mein Mana, aber es würde meinem Körper einige Zeit zum Aufholen abnötigen, sogar trotz der Unterstützung durch ihre Magie. Selbst der Dschinn hatte Angst, einen menschlichen Körper zu stark direkt zu manipulieren. Die Risiken von Krebs, Tumoren und anderen ungewollten Mutationen sollten nicht auf die leichte Schulter genommen werden.

Und so war ich hier, fläzte in meinem Stuhl und arbeitete mich durch ein weiteres verdammtes Buch. Die

Tür schwang auf und Alexa kam herein, geknickt von ihrer Trainingseinheit. Ich zog die Augenbrauen zusammen und sah die blonde Amazone an, während sie ihre Sporttasche wegfeuerte, voll mit Trainingsklamotten, ihrem Speer und Spielzeugwaffen, bevor sie die Treppe in Richtung ihres Zimmers hinaufstampfte.

»Was war das denn?«, murmelte ich.

Lily ignorierte mich, entweder weil sie meine Worte nicht gehört hatte oder weil sie sich weigerte, sie zu hören. Unser Schweigen wurde kurze Zeit später durch das Knallen einer Tür und weiteres deutliches Stampfen durchbrochen. Minuten später öffnete sich eine Tür und eine andere wurde zugeschlagen, bevor das Geräusch von Wasser, das durch alte Rohre fließt, seinen Weg zu uns fand. Ganze fünfzehn Minuten genossen wir gesegnete Stille, bevor wir erneut laute, trampelnde Füße hörten: Alexa kam herunter. Ihr kurzes Haar war immer noch etwas feucht und die Novizin warf sich auf die Couch, was mich dazu zwang, meine Füße schnell zur Seite zu ziehen, bevor sie zerquetscht würden. Sobald sie saß, seufzte sie laut.

»Alexa?«, fragte ich sacht. »Was ist los?«

»Nichts.«

»Ach so«, entgegnete ich leise und sah die Blondine an. Ich hätte den Stein ins Rollen bringen können, aber ich entschied mich dagegen, bewegte mich stattdessen in eine bequemere Position und öffnete wieder mein Buch.

Nach einigen Minuten unterbrach ein lautes Seufzen erneut die Stille.

»Du weißt, wenn du etwas zu sagen hast, könntest du es einfach tun.« Oh Mann. Es war nicht so, als hätte ich nie ein Teenagermädchen-Syndrom erlebt, obgleich Alexa alt genug sein sollte, um über diese Phase hinweg zu sein. Ich musste zugeben, es war amüsant, dass ich die Jugend meiner Schwester genau genommen als Segen empfunden hatte.

»Es ist nichts«, schnappte Alexa zurück, bevor sie nochmals seufzte.

Ich rollte mit den Augen und konzentrierte mich auf mein Buch. Die Stille hielt ein paar Minuten, bevor sie durch Alexa unterbrochen wurde.

»Ich werde vielleicht gehen.«

»Oh?« Stirnrunzelnd drehte ich den Kopf zur Seite. Bedachte man, dass Alexa hier war, weil sie »vom Schicksal auserkoren« war, fand ich ihre plötzliche Entscheidung interessant. Nicht dass ich wirklich an ihre Orakel glaubte. Andererseits war ich ein Magier. Was wusste ich schon?

»Ich lege die Prüfung zum Knappen ab«, sagte Alexa.

»Wie bitte?« Ich legte die Stirn noch mehr in Falten. »Ich dachte, du wirst eine Glaubensheilerin?«

»Dachte ich auch, aber sie haben gespürt, dass ich mit meiner ›Verwicklung‹ zu dir ein Knappe sein sollte«, antwortete Alexa verbittert.

»Aber deine Heilungs…«

»Werden zu einer sekundären Funktion«, sagte Alexa. »Bis die Situation mit dem Dschinn geklärt ist.« Alexa warf einen Blick auf Lily, doch der Dschinn ignorierte die Diskussion gänzlich. »Und vielleicht selbst dann nicht.«

»Oh. Das tut mir leid«, sagte ich leise und verzog das Gesicht bei der Erkenntnis, dass meine Entscheidungen ihr Leben ziemlich verändert hatten. Unbeabsichtigte Konsequenzen … sie schienen immer aufzutauchen, egal wofür ich mich entschied.

»Das macht nichts«, seufzte Alexa abermals. »Ich muss nur den Willen des Himmels akzeptieren.«

Ich hielt inne, wägte ihre Worte ab und hob dann leicht eine Hand, um die Frage zu stellen, die mich wurmte. »Ist es der Himmel oder sind es die Templer? Du bist hier, weil der Himmel es will, aber aus dir einen Knappen zu machen, ist ihr Wille.«

»Unser Himmel«, korrigierte Alexa mich, bevor sie erneut seufzte. »In meinem Fall ist es das Gleiche. So sagt es Tempelritter Ignis.«

Ich grummelte kopfschüttelnd. Ich musste zugeben, dass die Vorstellung schrecklich war, dass jemand solche Kontrolle über mein Leben haben könnte. Besonders jemand, mit dem ich nicht einer Meinung war. Andererseits war ich der Typ, der sich immer geweigert hatte, einen anständigen Job zu bekommen, selbst wenn mich meine Familie und Freunde unter Druck gesetzt hatten. Nur weil ich es hasste, für andere zu arbeiten. Die Anzahl an Jobs, aus denen ich gefeuert worden war, bevor ich meine Lektion gelernt hatte, war heftig. Ich fragte mich manchmal, ob die Ursache dafür meine traditionell eingestellten Eltern war. Ihre Ansichten, was »richtig« war und der Druck, den sie ausgeübt hatten, um mich anzupassen, waren maßgeblich gewesen, besonders während meines Heranwachsens. Ich sollte immerhin ihren Erwartungen als Arzt, Anwalt, Buchhalter oder Ingenieur entsprechen.

»Wann gehst du?«, erkundigte ich mich.

»Ich bin mir nicht sicher«, antwortete Alexa mit halb geschlossenen Augen. »Die meisten Knappen müssen eine Prüfung oder eine Reihe von Prüfungen zur Qualifizierung bestehen. Diese sind sich oft sehr ähnlich. Wir haben immer gescherzt, sie würden in verschiedene Helme greifen und per Los entscheiden, welches Monster und wie viele davon man töten muss.«

»Aber?«

»Aber ich bekomme nicht die Standardvariante«, sagte Alexa leise. »Ich darf nicht. Ich bin von zu großer Wichtigkeit.«

»Oooh.« Ich pfiff bei ihren Worten. Ich kannte dieses Lied. Die »Spezialbehandlung«, die man bekam, wenn man einzigartig und potentiell besser als jeder andere war. Als wenn es eine verdammte Belohnung wäre, mit etwas Härterem und Schwierigerem bedacht zu werden als mit dem, was jeder andere bekam. Als wären die zusätzlichen Hausaufgaben und Extrakurse »gut« für jemanden.

»Nun, wenn es irgendwas gibt, das ich tun kann …«

»Danke schön, aber ich will momentan nicht darüber nachdenken. Haben wir irgendwelche ausstehenden Quests? Irgendetwas, das man schnell erledigen kann?«

»Mmm …« Ich hielt inne, dachte nach und winkte dann in Richtung des Papierstapels, der sich in der Ecke angehäuft hatte. »Such dir eine aus. Ich kann im Moment nicht viel tun, aber morgen sollte ich für etwas leichte Arbeit bereit sein.«

»Ich will einfach etwas schlagen«, sagte Alexa leise mit einem tiefen Knurren in ihrer Stimme.

»Okay.« Ich zuckte bei ihren Worten zusammen und hoffte, dass es eine geeignete Quest im Stapel gab. Denn ansonsten wusste ich genau, was passieren würde. Alexa würde entscheiden, dass ich von meiner Buchlektüre genug hätte. Sie würde mich dann in den Hinterhof zerren und dazu zwingen, Übungen mit meinem Eigengewicht durchzuführen. Und danach würde sie mich am Sandsack und an Boxpads üben lassen. Nur um einen Vorwand zu haben, sie auch zu nutzen.

Ich hatte immer noch Blutergüsse an den Oberschenkeln … und Rippen. Und das war passiert, als sie beim letzten Mal durch den Sandsack geschlagen hatte.

***

»Weißt du, wie eine große Gruppe Krähen genannt wird?«, rief ich Alexa am nächsten Tag zu, die Hand vor mich haltend, während der *Machtschild* sich bei dem Sturmangriff vor mir drehte und verzerrte.

Mystische Krähe (Level 9)
LP: 28/28

»Nein«, antwortete Alexa, als sie ihren Speer fertig zusammenschraubte. Seine haltbare Konstruktion aus Titanium und Stahl erlaubte ihr, ihn zum einfachen Transport auseinanderzunehmen. Mit dem arretierten Speer schritt Alexa nach vorne, die Waffe nah an ihren Körper haltend und gen Himmel erhoben. »Kannst du deinen Schild teilweise entfernen?«

»Ich werde bald keine Wahl mehr haben«, gab ich ächzend zur Antwort. Bereits jetzt klingelte mein Kopf, während sich mein Zauber unter den wiederholten Angriffen bog. Mit einer anfänglichen Synchronitätsbewertung von 38 Prozent war das möglicherweise eine meiner miesesten Beschwörungen seit Ewigkeiten. Allerdings hatten die Überraschung und die benötigte Geschwindigkeit mein Versagen verursacht. Alexa sah, wie sich mein Gesicht verzog, und nickte.

Einen Moment später fiel der *Machtschild* und die Krähen fuhren zur Vergeltung nieder. Über zwei Dutzend Krähen, jede von ihnen so groß wie ein Rabe, mit glühend roten Augen und Krallen, die in einem unheimlichen Schimmer strahlten, hatten nun freien und ungehinderten Zugang zu uns. Glücklicherweise waren sie keine Helikopter, sie mussten mit den Flügeln schlagen und sie verdrehen beim entschlossenen Versuch, uns so schnell wie möglich zu erreichen.

Alexa stieß ihren Speer vorwärts und ihre Hand glitt bis ans Ende, während ihre Waffe so weit wie möglich vorschnellte und in die Brust einer Krähe stach. Ein kurzes Einziehen bei einer Drehung ihres Körpers schmetterte eine weitere Krähe zur Seite. Der verletzte Vogel stürzte zu Boden, ein Flügel zerrissen. Ohne Pause drehten sich ihre Hände auf dem Speerschaft, um mit dem stumpfen Ende eine weitere Kreatur beiseite zu schlagen.

Während Alexa offensiv spielte, schnipsten und wirbelten meine Finger, meine Gedanken rannen durch Zauberformeln, ohne einen Takt zu vergessen. Erst war es ein einfacher Zauberspruch – *Windstoß* –, aber ich arbeitete daran, ihn mit einem weiteren Zauberspruch zu kombinieren, *Temperatur verändern*. Zusammen formte das Zauberspruchpaar einen bitterkalten *Windstoß*. Ich ließ Mana in den Zauber strömen, und der Wind fegte senkrecht über unsere Körper, um die Krähen von uns fortzustoßen, ihre Flugbahnen zu verändern und ihre Knochen zu kühlen.

Beschwörung Windstoß
Synchronität 84%

Beschwörung Temperatur verändern
Synchronität 67%

Erfolg Zauberkombination 32%

Ich sagte kühlen, weil mein Zauber nicht mächtig genug war, sie einzufrieren. Ich fluchte. Die kombinierten Zauber, die ich ausprobiert hatte, taten kaum mehr, als die Krähen glauben zu lassen, es wäre ein wohliger Tag im Herbst. Aber der *Windstoß* selbst sorgte dafür, dass zumindest die meisten von ihnen von uns wegflogen, was Alexa eine weitere Chance ermöglichte, ihre Anzahl zu reduzieren. Die meisten bedeutete jedoch nicht alle. Ein einzelner Vogel schaffte es, seinen Weg bis zu uns zurückzulegen. Krallen rissen meinen hastig erhobenen Arm auf. Ich registrierte Schmerzen, als sich meine Haut unter den rasiermesserscharfen Krallen auftrennte, meine Kleidung half nur wenig, mich zu schützen.

Meine Konzentration schwankte, als ich verletzt wurde, aber das Training mit Caleb und Alexa in den letzten Monaten zeigte eine gewisse Wirkung. Ich hielt den Zauber aufrecht und änderte den hineinströmenden Schub Mana, um die Stärke des vom Zauber erschaffenen Windes zu modifizieren. Dies wirbelte die Krähen durcheinander und zwang sie zum Kampf. So boten sie sich als Ziel dar, als Alexa ihren Speer gegen die Vögel schneidend und schlagend durch die Luft zucken ließ. Bald war der Boden übersät mit verletzten Kreaturen, was uns beide zurückweichen ließ, damit unsere Füße nicht zerpickt werden würden. Bisweilen schlug ich eine besonders aggressive Krähe beiseite – oder versuchte es mit meinem robusten Rucksack zumindest.

Für ein paar Durchläufe funktionierte unsere Strategie. Dann brachte ein zeitlich schlecht abgestimmter *Windstoß* eine Krähe, die mich eigentlich verfehlt hätte, direkt vor mein Gesicht. Panisch schlug ich nach ihr und spießte meine eigene Hand auf ihre Krallen auf, beschützte so aber mein Gesicht. Der Schmerz und die Überraschung ließen meinen Zauber zusammenbrechen, während sein Gewicht den Vogel von meinem Arm riss.

»Alexa!«, schrie ich, als ich die zu Boden gefallene Krähe wegtrat. Dunkelheit fiel in meinen Augenwinkel, worauf ich mich auf den Boden warf, um zwei weiteren Krähen auszuweichen. Alexa reagierte kaum auf meinen Schrei, sie war inmitten eines Schwarms Federn eingekesselt. Ich knurrte, während ich aufstand, und nahm die Dinge selbst in die Hände, mein Rucksack lag bereits abgeworfen zu meinen Füßen. Meine Finger schnipsten und verbogen sich, als ich die linke Hand nutzte, plötzlich froh darüber, dass Caleb darauf bestanden hatte, dass ich mit beiden Händen üben sollte. Trotzdem formte sich der Zauber nicht sehr gut, der *Feuerball* hätte beinahe den Vogel verfehlt, der nur einen Meter von meinem Gesicht entfernt war.

Beschwörung Feuerball
Synchronität 43%
Die Mystische Krähe hat 11 Schadenspunkte erhalten.

Buchstäblich weggeblasen durch den Zauberspruch, krümmte sich die Krähe, während Flammen über ihren Körper züngelten, die Feuergarbe steckte einige ihrer Federn in Brand. Ein weiterer Vogel flog auf mich zu. Ein schneller Sprung zur Seite brachte mich außer Reichweite, wobei jedoch ein Flügel meine verletzte Schulter traf. Während die Schmerzen meinen Körper erfüllten, entdeckte ich in geringer Entfernung eine aufragende Eiche.

»Baum!«, rief ich Alexa zu und startete in der kurzen Atempause einen Zickzacklauf. Viele Krähen hatten sich gesammelt und versuchten, Höhe und Geschwindigkeit aufzunehmen. Um Alexa Zeit zu geben, drehte ich mich um und beschwor eine Reihe an *Machtpfeilen*. Meine linke Hand arbeitete reibungsloser, als ich die kürzere Zauberformel manipulierte. Die unsichtbaren Projektile schlugen in die Störenfriede ein und gaben Alexa einen kurzen Moment, den sie nutzte, mit mir zu rennen.

Unter dem solideren Schutz der Eiche und mit der Möglichkeit, unseren Rücken an sie zu stellen, hatten wir erneut Stellung bezogen, blutend und angeschlagen. Wir drehten uns schnell herum und zählten auf meine *Machtpfeile*, um die Kreaturen zu bedrängen und sie von den Ästen herunterzuschießen, sobald sie landeten, so dass Alexa die Vögel erledigen konnte. Nach einigen blutigen und schmerzvollen Minuten waren wir zwar verletzt, aber auch siegreich.

»Das. War. Nicht. Leicht«, beschwerte ich mich und stoppte bei jedem Wort, um nach Atem zu ringen. Meine Brust hob sich und Schweiß bedeckte meinen Körper, lief in offene Wunden und sandte ein brennendes Gefühl durch meine überlasteten Nerven. Ich wimmerte zwar, konzentrierte mich aber dennoch auf die Suche nach irgendwelchen Krähen, die vielleicht zu spät zur Party kamen.

»Sollte es aber eigentlich sein«, sagte Alexa und stieß den letzten Kadaver an. Als sie sich zu mir drehte, weiteten sich ihre Augen. »Deine Hand!«

»Mein Kopf«, fügte ich hinzu und erlaubte Alexa, meinen Arm zu ergreifen, um die Hand anzustupsen und zu drücken. Ich zuckte kurz, als sie sich auf die Verletzung konzentrierte, ein leichtes Leuchten ihren Körper erfüllte und über meinen Arm fegte. Bald begann der drückende Schmerz zu verblassen, die zerrissene Haut und die Muskeln und Sehnen setzten sich unter ihrer Behandlung selbst zusammen. Ich lächelte, dankbar für ihre Fähigkeit. Die Bewegung meines Kopfes ließ mich zusammenzucken, als der Manakopfschmerz sich rächte. Selbst ihre Heilung konnte das nicht beheben.

Verdammt, Caleb würde mich zusammenstauchen, weil ich mich wieder überanstrengt hatte.

»Was für eine enttäuschende Darbietung. Ein Knappe hätte bei solch einem simplen Auftrag kaum ins Schwitzen geraten sollen.« Die uns scheltende Stimme kam von einem ziegenbärtigen, muskulösen Mann, gekleidet in ein Ensemble aus einfacher Outdoorjacke und Jeans. Hinge da nicht das leuchtende, vermutlich verzauberte Schwert an seiner Hüfte, hätte ich geglaubt, er wäre ein normaler Mensch. Wenn man darüber nachdachte, war er wahrscheinlich ein normaler Mensch – nur einer mit Kampfausbildung und mit einer ihn unterstützenden Kirche.

»Ich bitte um Verzeihung, Tempelritter Ignis«, antwortete Alexa und ging in eine halbe Verbeugung über. Sie ließ jedoch meine Hand während dieser Zeit nicht los, ihre Glaubensheilmagie flickte mich immer noch zusammen. Ob es nun an dem Mangel einer vollständigen Ehrerbietung oder dem Gebrauch von Magie lag, ich sah, wie sich die Augen des Templers verengten.

»Ich bin hier, um dich über deine Prüfungsbestimmungen zu informieren«, sagte Ignis.

»Das ging schnell«, erwiderte Alexa mit großen Augen.

»Sprichst du so mit einem Tempelritter, Novizin? Du warst doch nicht so lange vom Trainingscamp entfernt, oder?« Erneut ertönte die brüllende Stimme des Templers.

»Ich bitte um Verzeihung, Tempelritter Ignis«, antwortete   Alexa erneut mit einer Verbeugung. Ihre Finger um meine Hand verkrampften sich leicht, während sie das tat, der Magiefluss stotterte für eine Sekunde.

»Besser. Aufgrund der Umstände deiner ›Situation‹ wurde entschieden, dass deine Prüfung modifiziert werden sollte, so wie du bereits informiert worden bist. Du und dein Hexer, ihr werdet beide an der Prüfung teilnehmen.

Um es gerechter zu machen, wirst du eine umfangreichere Liste mit zu erfüllenden Anforderungen erhalten.« Ignis griff mit einer Hand in seine Jacke, zog einen Umschlag heraus und warf ihn dann in Alexas Richtung. Er landete sanft auf dem Boden, ein Teil davon wurde sofort mit Blut befleckt.

Ich blitzte Ignis mit einem breiten Grinsen an, als seine Provokation nicht dazu führte, dass Alexa meine Hand losließ.

»Du hast zwei Wochen.«

»Ich danke dir, Tempelritter«, entgegnete Alexa und verbeugte sich wieder.

»Hey!«, rief ich aus. Als sich Ignis zu mir umdrehte, fuhr ich fort. »Was lässt dich glauben, dass ich da mitmache?«

»Du wirst deiner Freundin nicht helfen?«

»Du meinst die Person, die ihr ohne meine Erlaubnis geschickt habt, um mich zu bewachen? Die den Befehl hat, meinen Kopf zu holen, wenn es so aussieht, als würde ich zur dunklen Seite wechseln, verdammt nochmal?«, fragte ich. Ich sah Ignis direkt an, während ich den zweiten Teil sagte, beobachtete dabei aber Alexa aus den Augenwinkeln. Ich sah das leichte Zusammenzucken und spürte plötzlich einen zunehmenden Druck auf meine Hand. Na also. Ich hatte recht.

»Was willst du, Hexer?«

»Magier. Und ich werde für das Abschließen von Quests bezahlt«, sagte ich und deutete auf die Vögel um uns herum. »Zwei Wochen meines üblichen Tarifs klingen genau richtig.«

Ignis starrte mich an und seine Lippe kräuselte sich spöttelnd nach oben. Nach einem Moment nickte er ruckartig und drehte sich weg. Ich konnte nicht anders, als zu lächeln. Als Ignis sich weit genug entfernt hatte, flüsterte ich Alexa zu: »Du kannst aufhören, so stark zu drücken.«

»Oh!« Alexa errötete leicht vor Verlegenheit und löste ihren Todesgriff um meinen Arm.

Ich brummte, als die Magie langsam verebbte. Ich zog meine Hand zurück, bog sie leicht und staunte über die verkrustete Wunde. Sie sah nach den wenigen Minuten aus, als hätte sie sich einer wochenlangen Heilung unterzogen, Spuren von neuem Fleisch zeigten sich unter der verschorften Wunde.

»Tu das nicht!«, meckerte Alexa, schlug auf meine zupfenden Finger, was mich zurückschrecken ließ. Anders als mein eigener Hauptheilungszauber war ihrer gezielter, was bedeutete, dass der wesentliche Schaden verheilt war, aber der Rest meines Körpers immer noch unter den unzähligen Schnittverletzungen schmerzte. Mit verzerrtem Gesicht lief ich zu meinem Rucksack und kam mit dem Verbandskasten zurück, um an den minderschweren Wunden zu arbeiten. Jod, antibiotische Creme und Verbandsmull … viel Verbandsmull.

»Nun, er war nett«, sagte ich leise, sobald wir uns um den Großteil unserer Wunden gekümmert und sie verbunden hatten. Wir besaßen beide eine Form zusätzlicher Heilungsgeschwindigkeit – meine kam von Lilys Magie und Alexas … nun, ich schätze Alexas kam von ihrem Glauben an Gott –, aber es würde uns nicht guttun, vorher zu verbluten. Oder, ihr wisst schon, von der Polizei angehalten zu werden, weil wir überall bluteten.

»Tempelritter Ignis ist überaus streng«, entgegnete Alexa neutral.

»Er beobachtet uns immer noch, stimmt's?« Ich schüttelte den Kopf. Trotzdem hatte es einige Vorteile, dass sie uns im Auge behielten. Unter anderem halfen uns die Schutzzauber sicherzustellen, dass unser Kampf in einem beliebten Park in den frühen Morgenstunden keine Aufmerksamkeit auf sich zog.

»Wahrscheinlich«, antwortete Alexa. »Komm, wir sollten uns ausruhen.«

»Und dann werden wir darüber sprechen, wie ich überrumpelt wurde?«, fragte ich, während wir zurück zu ihrem Auto humpelten. Unsere Rucksäcke baumelten in unseren Händen, der Briefumschlag war sicher in einem von ihnen verstaut.

»Nun, du wirst dafür ›bezahlt‹«, sagte Alexa schnippisch.

»Wütend?«, fragte ich. Nach ein paar Schritten des Schweigens fuhr ich fort. »Ich hätte es ohne die Bezahlung gemacht, aber es ist schön, bezahlt zu werden, nicht?«

»Hättest du? Das ist etwas, was man für eine Freundin tun würde«, sagte Alexa, drehte sich zu mir, ihre blauen Augen rastlos. »Ich bin nur deine ›Wächterin‹, oder nicht?«

»Wächterin und Freundin«, antwortete ich und zuckte unbekümmert mit den Schultern. »Du kannst beides sein.«

»Kann ich das?«, fragte Alexa mit sorgenschwerer Stimme. Aber diesmal antwortete ich ihr nicht. Immerhin hatte ich nun mal gesagt, was ich gesagt hatte. Den Rest müsste sie entscheiden.

Kapitel 4

»Ich bin mir nicht sicher, ob ich Alexa noch länger deine Quests aussuchen lassen sollte«, sagte Lily, nachdem ich schnell geduscht und ein Nickerchen gemacht hatte. Glücklicherweise hatten die Schmerzmittel und der Schlaf die Schärfe aus meinem Kopfschmerz genommen. Jetzt fühlte er sich nur noch wie ein Kopfschmerz von gestern an, hervorgerufen durch zu viel Koffein. Wir drei waren jetzt, sauber und ansehnlich, zurück in unserem spärlich ausgestatteten Wohnzimmer. Trotzdem benötigte die Heilung Essen, und somit hielten wir diese Versammlung über den Resten drei großer Pizzen ab. Hawaii für mich, eine Fleischliebhaberpizza für Alexa und eine Eigenkreation aus Meeresfrüchten, Gemüse und Salami für Lily.

Ich lachte sanft und verlagerte meinen Körper behutsam im Stuhl, mein verletzter Arm wiegte sich schonend im anderen. »Wir bekommen trotzdem die Erfahrungsbelohnungen, richtig?«

»Und das Geld«, bestätigte Alexa, während Lily seufzte und mit der Hand schwenkte.

Quest abgeschlossen! Du hast den Schwarm der Mystischen Krähen erfolgreich getötet.
+187 EP

PS: Nicht alle Bezwingungsquests müssen mit Gewalt beendet werden.

Ich lachte über Lilys Notiz und musste zugeben, dass der Dschinn recht hatte. Alexa war sowieso nicht besonders an Gesprächen interessiert gewesen. Zwar war ein mordender Vagabund in Rollenspielen schön und gut, aber im echten Leben war das Herumrennen und Töten von allem, was einem ins Auge sprang, sowie das Eindringen in jede unverschlossene Tür ein sicherer Weg, im Gefängnis zu landen.

»Nun, bei den nächsten Quests werden wir keine große Wahl haben«, sagte ich, blickte auf den blutbesudelten Umschlag und die daraus entnommenen Papiere. Lily schnaubte bei meinen Worten und warf einen stechenden Blick auf die Blätter. Einen Moment später blitzten neue Benachrichtigungen vor mir auf.

Neue Quest Akzeptiert – Hilf Alexa, Ihre Knappenprüfung Abzuschließen (Kettenquest)

Dies ist eine verkettete Quest. Du musst die Teilquests abschließen, um die Hauptquest zu vollenden.

Teilquests:

- Untersuche und kümmere dich um die plötzlich angestiegene Einfuhr von Leprechaunfuß

- Sammle fünfzig Exemplare Gepunkteter Wynnpilze

- Kümmere dich um die Probleme, die das Brixton-Waisenhaus heimsuchen

»Ist das normal?«, erkundigte ich mich ruhig, die drei Aufgaben anstarrend. Wenn man ihre Worte bedachte, hatte ich etwas Blutigeres erwartet. Etwas ohne nachdenken zu müssen. Anders als die Wynnpilze waren die anderen Quests eher konkret auf unsere Stadt abgestimmt.

»Nein«, antwortete Alexa einfach. »Normalerweise befasst man sich eher mit einem Fluch oder dem Töten von Untoten. Vielleicht nach Afrika reisen und ein paar Gestaltwander töten.«

»Warte mal, ihr tötet Gestaltwandler?«, fragte ich mit Missbilligung in der Stimme. »Ich dachte …«

»Dass sie zivilisiert sind? Die meisten sind es, aber es gibt umherstreifende Söldnergruppen von Gestaltwandlern in Afrika, die ihre Dienste mehreren Warlords anbieten. Und die sich nicht die Mühe machen, die Bevölkerung nach ihrer Meinung zu fragen, wenn sie neue Mitglieder rekrutieren.« Alexas Gesicht verdunkelte sich. »Du wärst überrascht, wie viele karitative christliche Missionen eine Novizenklasse einplanen, die dort ihre Prüfung ablegt.«

»Ich … verstehe.« Ich erforschte meine Gefühle und versuchte zu entscheiden, wie ich darüber dachte, einen Haufen Teenager auf eine Tötungsmission zu schicken. Ich hatte letztendlich nur sehr wenige Bedenken. Es schien nicht so anders zu sein als bei der Regierung, die dasselbe tat. Zumindest in diesem Fall jagten sie aktenkundige Arschlöcher. Jedenfalls hoffte ich das.

»Ich schätze, wir sind besonders«, sagte ich, mein Kinn reibend. »Welche Quest, denkst du, sollten wir zuerst anpacken?«

»Warum teilen wir sie nicht auf?«, fragte Alexa und tippte auf die Luft vor ihr, bevor sie begriff, dass ich nicht sehen konnte, was sie sah. Weil Alexa zu meiner Gruppe gehörte, hatte Lily eine reduzierte Version meines Benachrichtigungsbildschirms mit ihr geteilt. Der Gruppenbildschirm und Alexas Gesundheitsbalken waren zwei der Dinge, von denen die Novizin durch den Wunsch profitierte. »Ich werde das Waisenhaus besuchen und du redest mit El darüber, wo du die Wynnpilze finden kannst.«

»El wird es wahrscheinlich wissen, wenn es überhaupt irgendjemand weiß«, stimmte ich Alexa zu. El war meine Pixie-Freundin, eine Gebrauchtwarenhändlerin, die ich schon vor der Veränderung meines Lebens gekannt hatte. Der andere, weniger öffentliche Beruf der Pixie war der An- und Verkauf alchemistischer und verzauberter Zutaten für die übernatürliche Bevölkerung. »Aber ich werde bei El nicht lange brauchen. Also warum sehen wir uns nicht am Waisenhaus? So kannst du dich trotzdem zuerst mit denen treffen.«

Alexa schürzte ihre Lippen und für einen Moment fragte ich mich, warum sie nicht wollte, dass ich das Waisenhaus aufsuchte. Denn letzten Endes war ich ein böser Hexenmeister, zumindest nach einigen strengen Auslegungen. Und war deswegen schon einige Male zuvor in den Hintern getreten worden.

»Okay«, sprach Alexa nach kurzer Zeit und schien zu einer Entscheidung gekommen zu sein. Wir unterhielten uns noch ein wenig, Lily lieferte ein paar mehr Informationen über die Pilze, die – bei dieser Erkenntnis wurde ich unzufrieden – nicht dafür bekannt waren, in größeren Ansammlungen vorzukommen. Genau genommen wuchsen und gediehen die magischen Pilze in Gegenden mit intensiven Gefühlen. Über den Leprechaunfuß wusste der Dschinn entweder wirklich nichts oder spürte, dass es besser für uns war, es selbst herauszufinden. Ich war mir ziemlich sicher, dass es die zweite Option war.

***

Wie gewohnt hatte sich die Auslage bei Nora's, Els Laden, wieder geändert und war nun mit geschmackvollen und farbenfrohen Kleiderkombinationen gefüllt, die auf Schaufensterpuppen arrangiert waren. Die Auslage konzentrierte sich zumeist auf Frauenkleidung, allerdings sah ich eine einzelne Hipstermischung aus Hut, Skinny Pants und einem ausgefransten Jeanshemd, die meinen Mund zucken ließ. Andererseits trug ich selbst ein Shirt, auf dem Han Solo sagte: »Make it so.« Vielleicht mochte das Kritisieren anderer Leute Modewahl nicht meine beste Eigenschaft sein.

Innerhalb von Nora's gab es die übliche Ansammlung von Ablagen mit sorgfältig ausgelegter gebrauchter Kleidung, um es Kunden zu ermöglichen, in Frieden zu stöbern, während El jeden beobachten konnte. Es gab sogar einige im Laden platzierte Sicherheitsspiegel. Jedoch hatte ich erst nach meiner Transformation bemerkt, dass sie magisch verändert worden waren, um Verzauberungen von den Spiegelbildern zu entfernen. Zumindest für diejenigen, die »sehen« konnten.

El war in einer Ecke der Ladentheke damit beschäftigt, sich durch einen Klamottenstapel durchzuarbeiten, der von einem ihrer gelegentlichen »Lieferanten« hereingebracht worden war. Wie ich selbst vor meinem Wunsch hatten sie eine vielseitige Mischung aus Kleidung hinterlegt, die auf Flohmärkten, bei anderen Gebrauchtwarenläden, bei eBay und auf Versteigerungen gekauft worden war. Statt El zu belästigen, stöberte ich im Laden, bis sie fertig war.

»Henry«, rief El. Aus den Augenwinkeln sah ich, wie sie mir zunickte, und für eine Sekunde überkam mich ein Schwindelgefühl. Erst sah sie aus wie die matronenhafte, ältere Frau, die ich seit Jahren kannte, eine kräftige Brünette, die immer ein freundliches Lächeln aufgelegt und ein Talent dafür hatte, einem mehr als andere Läden zu bezahlen. Dann erschien die flammenhaarige, schlanke Schönheit, als ich die Pixie direkt ansah, ihr *Glamour* fiel unter meiner magischen Sicht.

»Hey, El«, grüßte ich sie und lief zur Ladentheke.

»Bist du zum Kaufen oder Verkaufen hier?«, fragte El.

»Ich könnte nach Arbeit fragen«, antwortete ich mit einem Lächeln. In meinen früheren Tagen hatte El mich mit einer Reihe an Jobs versorgt, verschiedene verzauberte

Materialien rund um die Stadt zu sammeln. Es war schlecht bezahlte Arbeit, aber es war Arbeit, die ich auf meinem niedrigeren Level schaffen konnte. Seit ich die Hilfe von Alexa erhalten und mein Level gesteigert hatte, war ich viel seltener hier gewesen.

»Schön wär's«, erwiderte El lächelnd. »Du warst einer meiner besten Zulieferer, aber einen Magier zu schicken, um Grimmark-Kaugummi aufzusammeln, wäre zu viel des Guten.«

»Vermutlich«, sagte ich, meine Neugier unterdrückend, was Grimmark-Kaugummi war. Eine Diskussion darüber zu führen, würde den Großteil des Nachmittags verschlingen. Es war nicht überraschend, dass El in ihrem umfassenden Wissen über Materialien genauso gut war wie mit ihrem Geschäft der mystischen Zutaten. Der Verkauf der gebrauchten Kleidung diente prinzipiell als Schutz und erlaubte ihr, das Geld zu waschen.

»Eigentlich benötige ich einen Hinweis. Ich muss einige Gepunktete Wynnpilze sammeln«, sagte ich, meine Nase reibend. »Lily hat uns etwas von ihnen erzählt, aber ich dachte mir, du würdest vielleicht wissen …«

»Wo man sie in der Stadt findet?«, beendete El meinen Satz, bevor sie langsam nickte. »Ich kenne ein paar Orte, aber die Gepunkteten Wynnpilze sind selten. Wie viele brauchst du?«

»Fünfzig.«

»Fünfzig?« El fiepte leicht und schüttelte schnell den Kopf. »Was versucht ihr zu tun? Die gesamte untote Bevölkerung von New York zur ewigen Ruhe betten?«

»Wie bitte?«, fragte ich. »Dient der Pilz nicht der Manaregeneration?«

»Wynnpilze sind Verstärker. Gepunktete Wynnpilze sind zehnmal so effektiv. Deine Templerfreunde nutzen sie ziemlich oft in ihren Weihrauchfässern, wenn sie Untote bekämpfen«, entgegnete El. »Sie nutzen die Pilze, um die Verbindung der Untoten zu dieser Welt zu trennen. Und schwächere Untote können sie damit sogar direkt zurückschicken.«

»Oh.« Ich runzelte die Stirn. Aha. »Wie viele setzen sie ein?«

»Ich weiß es nicht genau, aber üblicherweise reicht etwa ein halber Pilz für ein Weihrauchfass. Du würdest genug für hundert Fässer sammeln, und die würden dann für eine gute Stunde brennen«, antwortete El.

»Also, wo sind sie?«, fragte ich nach einem kurzen Moment. Immerhin war es egal, was ich wollte. Was ich brauchte, waren fünfzig Exemplare.

»Ich bin mir nicht sicher«, sagte El. »Ich kann dir ein paar Orte zeigen, aber Jordie ist mein Mann für Pilze. Er wüsste besser Bescheid.«

»Denkst du, du kannst mich mit ihm in Kontakt bringen?«, fragte ich nach reiflicher Überlegung. Ich begriff, dass El die exakten Positionen nicht kannte. Eigentlich … »Hast du welche auf Lager?«

» Momentan habe ich zwei auf Lager. Und ja, kann ich, Jordie ist allerdings nicht wirklich redselig.«, gab El zur Antwort und beäugte mich. »*Verbinden?*«

»Genau, der Verbindungszauber. Wenn das mit Jordie nicht funktioniert …« Ich zuckte mit den Schultern. El kannte genug meiner Fähigkeiten, um zu wissen, was ich tun würde.

»Schön. Aber nur einmal, verstanden? Kein anderweitiges Sammeln. Und ich werde dir einen Aufschlag berechnen«, drohte El.

»Abgemacht«, seufzte ich. Ich verstand sie. Einen Magier wie mich herumlaufen und all die alchemistischen Zutaten wegfegen zu lassen, war ziemlich unfair – für ihr Geschäft und die Lebensgrundlagen ihrer Sammler. Es war eine Sache, wenn ich für sie arbeitete, eine andere aber war es, alle Zutaten gierig an mich zu reißen. Da dies keinen Sinn ergab, taten Magier das kaum. In der Regel hatten die meisten Besseres mit ihrer Zeit anzufangen. Andererseits waren sie auch keine mittellosen Schummler wie ich.

»Oh, bevor ich es vergesse. Leprechaunfuß. Jemals davon gehört?«, fragte ich El, die andere Quest ins Gedächtnis rufend. Wir hatten noch keine Pläne gemacht, uns darum zu kümmern, da wir nicht wussten, was das überhaupt war.

»Warum willst du das wissen?«, erkundigte sich El, ihre Stimme klang plötzlich streng.

»Quest«, antwortete ich.

El sah mich an, ihre grünblauen Augen waren hart und ernst, während sie sich auf mein Gesicht konzentrierte und nach einer Lüge suchte, die nicht existierte. Nach einem Moment entspannte sie sich und nickte. »Halte dich davon fern, sie einzunehmen. Das ist eine Heimsuchung der schlimmsten Art.«

»Aber was ist es?«

»Leprechaunfuß ist eine Glücksdroge. Sie verändert dein Schicksal zum Besseren«, sagte El mit harten Lippen. »Es ist eine alte Formel, einige Male umbenannt. Karmas Hure, das Geschenk des Teufels, der Segen Norns. Die Droge hatte viele Namen, aber stets die gleiche Formel.«

»Ich nehme an, es ist etwas falsch an der Art, wie sie hergestellt wird?«

»Glück. Schicksal. Karma. Wie auch immer du es nennst, wir alle haben eine Basis des Glücks, die uns aus unseren früheren Leben bereitgestellt beziehungsweise geschenkt wird. Den Leprechaunfuß muss man von Einem zum Anderen übertragen. Es gibt aber keinen Weg, ihn wegzunehmen oder dieses Ding zu entfernen, ohne den ursprünglichen Träger zu verletzen. Und der Preis, der durch diejenigen bezahlt wird, die ihn in die Zukunft mitnehmen, ist sogar noch gewaltiger«, antwortete El.

»Der Dreisatz?«, fragte ich neugierig. Das war etwas, worüber das Magierkonzil sich offiziell lustig machte, woran aber Individuen älterer Traditionen in der einen oder anderen Form glaubten. Der Dreisatz stammte von Wicca – der Glaube, dass jede genutzte Magie dreifach zurückkehrte. Im Guten oder im Schlechten. Was natürlich die Anhänger von Wicca animierte, sie zum Guten zu nutzen. Ob es nun Karma oder Schicksal war, für viele Übernatürliche entsprach der Glaube an alte Traditionen natürlich der Wahrheit und lenkte ihre Taten bis zu einem gewissen Maß.

»Ja.«

Ich hielt verlegen inne. Meine nächste Frage war offensichtlich, hätte so aber leicht missdeutet werden können.

»Du willst wissen, wie sie gemacht wird.« El las mich wie ein Buch.

»Genau«, antwortete ich leise. »Ich kann sie nicht verfolgen, ohne, nun …«

»Nein«, antwortete El schnurstracks. »Dabei werde ich dir nicht helfen.«

»Dachte ich mir«, seufzte ich. Verdammt. Doch wenn es eine Droge war, kannte ich ein paar Leute. Was mich irgendwie amüsierte. Ich wusste, wie man eine illegale übernatürliche Droge bekam, hatte aber keine Idee, wo ich eine Tüte Marihuana kaufen konnte. Das sagte einem, welches Leben man zurzeit führte.

»Henry, sei vorsichtig«, sagte El eindringlich. »Die Menschen, die solche Drogen herstellen, sind nicht die Art, die du verärgern solltest.«

Ich nickte, Geschichten von mexikanischen Drogenkartellen durchzuckten meine Gedanken. Ich wollte wirklich nicht mein Haus niedergebrannt, meine Hände abgehackt oder meine Eier in den Mund gestopft haben. Nicht notwendigerweise in dieser Reihenfolge. »Ich werde vorsichtig sein.«

El seufzte bei meinen Worten und ich verabschiedete mich von ihr. Zumindest waren Alexa und ich in gewissem Maß durch meinen Wunsch geschützt, aber es gab so viele

Schlupflöcher im Wunsch, dass es nur ein schwacher Schutz war, falls wirklich jemand unsere Tode herbeisehnte. Trotzdem war es nicht so, als könnten wir nein sagen. Mit beunruhigenden Gedanken über meine Zukunft und die potentielle Verstümmelung meines Körpers, winkte ich ein Taxi heran, das mich zum Waisenhaus bringen sollte.

***

Das Waisenhaus war ein plumpes graues Gebäude, wahrscheinlich in den Sechzigern gebaut, als der großartigste architektonische Traum der Massen billig, grau und funktional war. Offen gesagt war es deprimierend, es anzuschauen, aber praktisch war es. Die Wandmalereien, die Kinder an die Seite des Gebäudes gemalt hatten, und die gepflegten Blumenkästen fügten einen Hauch von Leben und Farbe hinzu. Das und die – für ein innerstädtisches Gebäude – großen grünen Außenanlagen, die den eingezäunten Bereich umgaben. Nur ein kleines Schild über der Tür, gleich unter der Hausnummer, kündete vom Zweck des Brixton-Waisenhauses.

Obwohl es am Rand des Stadtzentrums lag, war es dennoch flankiert von hohen Glasgebäuden voller Yuppies,

Clubkinder und Neureicher und ich konnte Vermutungen über einige von Brixtons Schwierigkeiten anstellen. Die Nonne, die mich herein und auf Alexa im Foyer warten ließ, war charmant und freundlich, hielt mich aber entschieden davon ab, tiefer in das Gebäude vorzudringen. Was in Ordnung für mich war, da es mir Zeit zum Mutmaßen ließ, ob dieses Waisenhaus ein weiterer Rekrutierungsstandort für Novizen war. Wem wollte ich etwas vormachen? Sie alle waren es wahrscheinlich.

Ich dachte ein wenig darüber nach, wie mir eine Organisation gefiel, die Kinder rekrutierte, um sie zu professionellen Killern auszubilden. Generell war das stark verpönt und die ganze Welt verlachte die Handlung, die »Unschuld« eines Kindes zu beseitigen. Von dem bisschen, was Alexa mir erzählt hatte, wusste ich, dass sie die Kinder nicht sofort jemanden töten ließen. Das wurde für den Zeitpunkt aufgehoben, bis sie Jugendliche waren, im gleichen Alter, in dem wir andere in den Krieg ziehen ließen. Es war nur so, dass die Novizen eine viel längere Ausbildungszeit hatten. Und wenn sie wollten, konnten sie jederzeit aussteigen.

Wenn andererseits alles, was sie kannten, ein bestimmter Lebensstil war, wie schwer fiel es ihnen dann zu gehen? Kulte in der ganzen Welt nutzten die

Abgrenzung von der Außenwelt, um ihre Leute einzuschränken und einer Gehirnwäsche zu unterziehen, um Loyalität zu garantieren. War das, was die Templer taten, so anders? Zählten Zweck und gute Absichten, wenn die Taten selbst nicht zwangsläufig gut sind?

»Henry?«, rief Alexa mir zu. Sie kam aus dem Büro und sah mich auf einer Holzbank sitzen, während mir unfreundliche Gedanken über ihre Templergemeinde im Kopf umherschwirrten.

Ich stand auf, als ich sie grüßte. »Alexa. Wie geht es dir?«

»Gut. Ich habe mit der Äbtissin geklärt, dass du weiter hereinkommen darfst«, antwortete Alexa.

»Also was ist hier das Problem?«

»Zwei Dinge. Erstens: Sie haben ein Problem mit einem lokalen Bauunternehmer. Er versucht fortwährend, das Waisenhaus unter Druck zu setzen, damit sie verkaufen. Das Waisenhaus kann sich kaum über Wasser halten wegen der steigenden Grundsteuer in den letzten Jahren, und die Regierungsinspektoren sind immer öfter vorbeigekommen und verhängten Geldstrafen für kleinste Verstöße. Letzte Woche kamen die Gebäudeinspektoren für eine ›Routineinspektion‹ und zitierten einige Anforderungsklauseln – Anforderungen, die das

Waisenhaus bisher umgehen durfte. Außerdem sollten sie von Neuregelungen ausgenommen sein.«

Ich blickte finster drein und neigte meinen Kopf zur Seite.

»Ja, das ist normal. Sie sind sich ziemlich sicher, dass die Gebäudeinspektoren und auch andere geschmiert wurden.«

»Von wem?«, fragte ich neugierig.

»Der Bauunternehmer heißt Connor Weeks«, berichtete Alexa, während sie mich die stillen Flure entlangführte. Ich war überrascht, dass es für ein solch großes und vermutlich mit Kindern gefülltes Gebäude so ruhig war. Andererseits schätzte ich, dass gerade Unterrichtszeit oder so etwas war. Schon bald kamen wir an ein Treppenhaus, in dem Alexa nach unten stieg und mich in Richtung Keller lotste. »Jedenfalls begann das Waisenhaus damit, Bauarbeiter hinzuzuziehen, um die Anforderungen zu erfüllen und …«

»Und es entwickelte sich zu etwas Unheimlichem«, beendete ich den Satz für sie. Als wir die Treppe verließen, betraten wir einen einfachen Steinkorridor. Sofort konnte ich spüren, wie die leichten durch das Waisenhaus laufenden Manavibrationen noch mächtiger wurden, während die kleinen und unterschiedlichen

Runenschnitzereien hier zahlreicher schienen. Ich verzog das Gesicht und streckte die Hand aus, um eine der Runen zu berühren. Alexa sagte nichts und wartete, während ich meine Augen leicht unscharf stellte und den Manafluss durch das Waisenhaus verfolgte. Es nahm Minuten in Anspruch, bevor ich mir sicher war. Als ich aber fertig war, wusste ich es mit Gewissheit.

»Die Bauarbeiter haben die Runen durchbrochen.«

»Genau«, bestätigte Alexa und zeigte auf einen der Korridore. Ich folgte meiner ortskundigen Lady leise, weiterhin den Manafluss spürend, welcher durch leichte Berührungen von etwas Dunklerem, Animalischem beunruhigt schien. Mit Sicherheit nicht menschlich. Wenigstens war es nicht dämonisch.

»Hast du das Gefühl, dass sie dich scheitern lassen wollen?«, fragte ich abwesend.

»Warum denkst du das?«, erkundigte sich Alexa, während wir mehr und mehr Anzeichen halb begonnener und dann aufgegebener Arbeit entdeckten. Die verschiedenen Arbeitsböcke, Furnierplatten und Werkzeuge waren zurückgelassen worden.

»Wirklich? Es gibt keine Möglichkeit, wie du ohne mich die zweite Quest in zwei Wochen abschließen könntest, nicht mit allem anderen. Und was dies hier betrifft …« Ich seufzte. »Es scheint nicht wie etwas, das von einem typischen Knappen zu erwarten wäre.«

»Ist es auch nicht«, bekräftigte Alexa. »Andererseits bin ich auch keine typische Novizin, oder?«

»Nein, ich schätze nicht.«

Wir schafften es endlich bis zum Ende des Korridors und kamen zu etwas, das dem unausgebildeten Auge wie ein einfacher Abstellraum vorkam, aber ich bemerkte die zahlreichen Runenschnitzereien über der Tür und entlang des Korridorgewölbes, einige von ihnen waren jetzt beschädigt und unterbrochen. Ich musste die Stirn runzeln, weil einige Runen, selbst unberührte, ihren Schimmer verloren hatten und in ihrer Brauchbarkeit zu verblassen schienen. »Was ist da drin?«

»Eine Abstellkammer«, beantwortete Alexa und öffnete die Tür. Die Blondine wollte hineingehen, zögerte dann sichtlich, und ihre Augenbrauen schoben sich zusammen. »Was?«

»Du spürst es auch«, stellte ich fest und drückte mich an ihr vorbei, um hineinzukommen. Ich ignorierte, wie meine Nackenhaare zu Berge standen und mein Magen sich in Aufruhr versetzte, als ich eintrat. Ich spürte, wie meine Muskeln und Schultern sich anspannten und mein Atem stockte, während mich eine existentielle Furcht erfüllte. Der

Raum selbst war leer, kein Unterschied zu irgendeinem der anderen Räume mit Ausnahme der kleinen Runenschnitzereien, die den Boden und die Decke säumten. Einige dieser Schnitzereien waren lädiert. Ich stand schweigend innerhalb des Raums und verfolgte den Manafluss darin.

»Was siehst du?«

»Anders als draußen, wo die Runen und das Ritual passiv und Teil eines massiven Zaubers sind, gibt es hier genau genommen multiple Zauber. Es gibt eine *Illusion*, die den Großteil der Runen versteckt, aber sie wurde beschädigt«, deutete ich auf die Runen, während ich sprach. »Und es gibt eine weitere Runenzusammenstellung, die das Mana aus der Umgebung aufnimmt, um die umlaufenden Runen mit Energie zu versorgen. Zusammen mit dem Mana, das von den äußeren Runen eingespeist wird. Aber darüber hinaus gibt es auch eine Eindämmungsrune. Diese Rituale …«

»Ja?«, fragte Alexa unverzüglich.

»Sie liegen außerhalb meines Verständnisses. Sie sind deutlich komplexer als alles, was ich kenne«, gab ich zu. »Ich müsste etwas darüber lernen, bevor ich überhaupt darauf hoffen könnte, sie in Ordnung zu bringen.«

Alexa verzog das Gesicht. Als sie aber sah, dass ich mit dem Raum fertig war, trat sie erleichtert zurück. Als wir gingen, begann sie sich zu entspannen, wie ich selbst auch. Sogar jetzt spürte ich, dass das Durchsickern des Manas und, in Ermangelung eines besseren Wortes, der Zweck der versagenden Eindämmungsrune die Luft zu durchdringen begann.

»Ist es gefährlich?«

»Nicht kurzfristig«, erwiderte ich, auf die Lippen tippend. »Ich würde in ein paar Monaten nicht unbedingt hier sein wollen, aber die Eindämmungsrune ist nur beschädigt, nicht zerbrochen.«

»Gut«, sagte Alexa.

»Also, wie wollen wir das angehen?«, fragte ich und gestikulierte. »Das ist ein großer Job, aber wir haben außerdem noch zwei weitere Quests, die wir erledigen müssen.«

»Lass uns mit den Pilzen anfangen«, antwortete Alexa schließlich nach einigem Abwägen. »Wir können sofort damit loslegen, während wir über die anderen zwei Probleme nachdenken. Ich werde die Äbtissin bitten, die Bauarbeiter einstweilen in anderen Bereichen arbeiten zu lassen, und wir werden versuchen herauszufinden, was wir mit Weeks anstellen. Außerdem werden wir eine Probe von der Droge brauchen, wenn wahr ist, was du mir erzählt hast.«

»Da ist vielleicht jemand, den ich kenne«, entgegnete ich langsam und dachte an Andy. Der Ork lebte im richtigen Viertel und ich hatte ihn einige Male getroffen, während ich Lieferungen für El erledigte. Er bevorzugte die Dinge »sauber«, mit Schutzgelderpressungen, Glücksspiel und Waffenschmuggel, aber so war er trotzdem in diesem »Leben«. Natürlich sah Alexa mich seltsam an, aber diesmal entschied ich mich, nicht darauf zu reagieren. Manchmal war es besser, mysteriös zu erscheinen.

Kapitel 5

Das Jagen von magischen Pilzen war offen gesagt eine ziemlich langweilige Aufgabe. Die Herausforderung bei der Pilzbeschaffung bestand in der benötigten Anzahl. Jeder von uns besuchte Ort beherbergte nur einen solchen Pilz, der oft von anderen, nicht gepunkteten Sorten umgeben war. Da wir mittellose Schmarotzer waren, holten wir uns auch die nicht gepunkteten Varianten, wenn wir schon dabei waren. Aber am Ende des Tages hatten wir lediglich geschafft, ein halbes Dutzend Pilze zu bekommen. Den größten Teil des Tages verbrachten wir mit dem Reisen, indem meine Magie uns von Ort zu Ort führte. Das Pflücken der Pilze war relativ simpel, da ihr Verteidigungsmechanismus passiv war und die meisten Übernatürlichen dazu brachte, sie zu ignorieren.

In diesem Tempo schien das Sammeln der Pilze eine leicht durchführbare Quest zu sein, die jedoch einige Tage benötigte. Leicht bis auf die Tatsache, dass wir erst am Anfang standen. Jede Fundstelle war der nächsten ziemlich nah und leicht zu erreichen. Aber umso mehr wir ernteten, desto mehr mussten wir reisen, was die erforderliche Zeit verlängerte. Trotzdem schien diese Quest die leichteste der drei zu sein, selbst wenn es mich irgendwie aufzehrte, *Verbinden* fortwährend aufrechtzuerhalten.

Am nächsten Morgen nahm ich Alexa mit, als ich Andy besuchte. Diesmal gingen wir in den südwestlichen Teil der Stadt, wo die alten Hafenanlagen vor sich hin moderten. Ohne den ständigen Geschäftsbetrieb war das Viertel eine Mischung aus verwahrlosten Lagerhäusern, gedrungenen Betongebäuden und bröckelnden Stegen neben einigen überlasteten Obdachlosenunterkünften. Verstreut durch das ganze Viertel sah man gescheiterte Versuche der Revitalisierung – ehemals malerische Fußgängerwege aus Gras und Beton entlang des Flusses waren ungepflegt und übersät mit Schutt –, zudem einige bis zum Himmel aufragende Eigentumswohnungen, die sich über ihren älteren Vettern abzeichneten. Es war offen gesagt der Ort, von dem ich erwartete, dass der Verkauf von Leprechaunfuß am meisten einbrächte.

Als wir in Alexas winzigem Kombi in das Viertel einbogen, bekamen wir mehr als nur einen interessierten Blick von seinen Bewohnern. Vornübergebeugte, vermummte Gestalten schlichen von Ecke zu Ecke, die Hände in ihrer schlabbrigen Kleidung, vielleicht jeder achte von ihnen wies nichtmenschliche Eigenschaften auf – Schnauzen, Schnurrhaare, Fell und mehr. Die anderen, die menschlichen Bewohner, waren eine Mischung aus Obdachlosen, Wenigverdienern, Unterdrückten und den

Samaritern, die auf diesen Straßen arbeiteten. Es war keine große Überraschung, dass wir beide – besonders Alexa mit ihrem guten Aussehen und muskulösen Körper – so viel Aufmerksamkeit auf uns zogen.

»Du bist dir sicher, dass es meinem Auto hier gut gehen wird?«, fragte Alexa leise und beäugte die Individuen um uns herum ein wenig beunruhigt. Obwohl das Auto durch Verzauberungen etwas verstärkt worden war, waren es dennoch nur leichte Verzauberungen. Die Fragen, die beim Herumfahren mit einem verzauberten Äquivalent eines Panzers aufkamen, waren die dadurch geringfügige Erhöhung des Schutzes meist nicht wert. Es war ja nicht so, als bestände unser Leben aus Verfolgungsjagden mit Maschinengewehren, die überall Kugeln versprühten.

»Wird es«, antwortete ich und sah mich um, bis ich ein bekanntes Gesicht entdeckte. Ich winkte den krumm dasitzenden Ork herüber, er glotzte mich mit der jämmerlichen Trotzhaltung eines Teenagers an. »Willst du dir fünfzig Mäuse verdienen?«

»Willste, dass ich mir die Reifen der Chica anschaue?« Der junge Ork musterte Alexa unübersehbar. Ich sah, wie sie sich leicht aufrichtete, Wut flackerte in ihren Augen.

»Mach das nochmal und es sind vierzig.« Ich zog einen Zwanziger heraus und schwenkte ihn vor dem Jungen.

»Zwanzig jetzt, den Rest, sobald wir zurückkommen und das Auto in einem Stück ist.«

»Wirste dich mit Andy treffen?«, fragte der Junge und betrachtete das Geld interessiert.

»Japp.«

»Okay.« Der Junge nickte und schnappte sich den Zwanziger. Daraufhin bewegte er sich zum Auto, um sich darauf zu lümmeln und jeden finster anzublicken, der es auch nur anschaute. Während Alexa mich zweifelnd ansah, griff ich ihren Arm und zog sie mit.

»Bist du dir sicher …«

»Er ist einfach ein sichtbarer Bewacher. Jetzt da die Leute wissen, dass wir Andy besuchen, werden sie dein Auto nicht anfassen«, erklärte ich leise, während wir der Straße dorthin folgten, wo sich das Mitglied der Orkgang normalerweise befand. Seine Zone, mit seinen Kumpels, wenn man so will.

»Wirst du mir sagen, wen wir treffen?«, fragte Alexa kurz darauf.

»Geduld, junger Padawan«, antwortete ich schmunzelnd. Als wir um die Ecke bogen, entdeckte ich eine Gruppe Orks, die plaudernd und trinkend unterhalb des rechteckigen Wohnblocks abhingen. Neugierig beobachtete ich die Straße und war dankbar, hier keine

Polizeipräsenz zu erblicken. Während wir uns der Gruppe näherten, rannte ein Ork in unsere Richtung, kam aber zum Halten, als er uns beide erkannte.

»Henry.« Andy grüßte mich mit einem breiten, stoßzähnigen Lächeln. Amüsanterweise kamen Orks in dieser Welt in verschiedensten Formen vor. Grüne und graue Haut, große und kleine Stoßzähne, mit überhängender Stirn und mehr »menschlichen« Mienen, es schien eine regelrechte Vielfalt von ihnen zu geben. Um ehrlich zu sein, hatten sie charakteristische Speziesmerkmale. Aber weil sie es konnte, hatte die Menschheit sie alle als Orks über einen Kamm geschert und es dabei belassen. Und gerade, weil sie über einen Kamm geschert worden waren, hatten sie beschlossen, sich zusammenzutun. Und so bestand die Gruppe vor mir aus einer breiten Varietät an Orks, die unterschiedlichen Orten der Welt entsprangen. Ernsthaft, nur ein Nerd wie ich würde sich ihrer Unterscheidungsmerkmale entsinnen. Für jemanden wie die Templer allerdings war alles, was sie wissen mussten, dass die Orks ebenso wie Menschen bluteten.

»Andy«, grüßte ich zurück und gestikulierte nach hinten in Richtung Alexa. »Das ist Alexa. Sie ist eine Freundin von mir.«

Andy nickte langsam und betrachtete die muskulöse Blondine. Seine Freunde waren auseinander gegangen, als wir eintrafen. Die Gruppe ließ uns hinein und umringte uns jetzt in einem lockeren Halbkreis. Alexa verkrampfte sich leicht, eine Hand ruhte auf ihrer Hosentasche, in der sie, wie ich wusste, ihren ausfahrbaren Schlagstock trug. Trotzdem unternahm niemand etwas. Das war schon ein Erfolg, zumindest für mich.

»Also wenn du dich für sie verbürgst …«

»Tue ich. Wir bleiben nicht lange. Ich benötige nur etwas Hilfe«, sagte ich und lächelte den Ork leicht an.

»Ha! Der Magier braucht unsere Hilfe. Brauchst du jemanden verprügelt? Ein Büro geplündert?« Andy schielte zu mir und für einen Moment konnte ich nicht sagen, ob er mich veralbern wollte oder es wirklich so meinte – was möglicherweise sogar seine Absicht war.

»Nichts Derartiges. Nun, vielleicht ein bisschen«, entgegnete ich und dachte darüber nach, was ich wollte. »Ich suche nach einer Kostprobe Leprechaunfuß. Eventuell sogar mehr als einer.«

In dem Moment, als der Name der Droge ausgesprochen worden war, schlug die Stimmung um. Die lockere Freundlichkeit und das Aufziehen verschwanden, die Gruppe um uns herum spannte sich, während Andys Augen sich verengten.

»Warum suchst du danach, Henry?«, erkundigte sich Andy mit einem tiefen Knurren in der Stimme. »Du wirst sie nicht benutzen, oder?«

»Ich werde sie nicht einnehmen«, antwortete ich und hob schnell die Hände, als wollte ich seine Worte abblocken. »Ich habe eine Quest bekommen, die plötzliche Zunahme der Droge auf den Straßen zu untersuchen. Ich kann die Proben verbinden und damit vielleicht Nachforschungen darüber anstellen.«

»Also ist dein erster Ansatz, ein paar illegale Drogen zu kaufen.«

»Ähhh …«

»Statt einfach danach zu fragen?«, fragte Andy erzürnt.

»Oh. Ähmmm …«

»Magier!« Andy schnaubte missbilligend und schüttelte dann den Kopf. »Der Fuß kommt von den Skulls. Den Green Skulls.«

»Green Skulls?« Ich runzelte die Stirn.

Man hörte ein lautes Seufzen von einem von Andys Freunden, der durch einen Blick von ihm verstummte, aber selbst der Ork-Anführer schien leicht verärgert über mich zu sein. »Sie sind eine andere übernatürliche Gang, aus

Werschakalen. Sie haben diesen Müll in den letzten paar Wochen verbreitet und ihre Operationsbasis aggressiv ausgeweitet. Wir hatten einige Zusammenstöße in den letzten Tagen.«

»Aha«, entgegnete ich vorsichtig und blickte einen Moment lang zu Alexa. Sie zuckte mit den Schultern, eine Geste, die ich wirklich nicht lesen konnte. Trotzdem sah ich für Andy keinen Grund, uns anzulügen, daher fühlte ich ihm ein wenig mehr auf den Zahn, um so viele Informationen wie möglich abzugreifen, bevor wir sang- und klanglos zurück zu unserem Auto »eskortiert« wurden. Erst als wir im Auto waren, sprach Alexa wieder.

»Das war … anders«, meinte die Novizin.

»Oh?«

»Sie waren weitaus höflicher, als ich erwartet hatte. Und hilfreich.«

»Wenn die Green Skulls hinter ihren Straßen her sind, bin ich nicht überrascht«, sagte ich leise und rieb mein Kinn. Andy ist kein großer Fan von Typen, die sich ihrem Revier nähern.«

»Möglicherweise«, meinte Alexa voller Zweifel. »Aber bist du dir sicher, dass sie dich nicht anlügen?«

»Aus welchem Grund?«

»Um dich auf einen Feind anzusetzen? Ein wütender Magier kann viel Schaden anrichten.«

»Andy würde nicht …« Ich stoppte und seufzte dann. »Schön. Er könnte. Aber ich habe nicht geplant, dort angriffslustig aufzutreten.«

»Wie hast du es denn geplant?«

Ich hielt inne und dachte nach. »Vielleicht sollten wir uns eine Tasse Kaffee holen und darüber reden.«

»Denkst du?«, schnaubte Alexa.

Sie fuhr das Auto an den Straßenrand, als wir einen Coffee-Shop entdeckten. Ja, etwas Planung ergab durchaus Sinn.

***

Sobald wir die Grundlagen des Plans ausgearbeitet hatten, setzten wir ihn in die Tat um. Wir stießen auf einige Probleme. Zwar hatte ich kein übergroßes Ansehen, war aber zugegebenermaßen in der Stadt berüchtigt. Es gab nicht viele kompetente Magier und sogar noch weniger, die bereitwillig für diejenigen arbeiteten, die nicht in Geld schwammen. Daraus ergab sich, dass ich nicht mal eben in die Mitte des Territoriums der Green Skulls schlendern konnte, ohne wahrscheinlich entdeckt zu werden. Mit

Alexa war es nicht besser – selbst, wenn niemand bemerkte, dass sie eine Novizin war, war sie ebenso keine Übernatürliche.

Der erste Schritt war ein *Glamour*. Anders als der Zauber *Illusion*, der eine statische Projektion war und veränderte, wie etwas in der Realität aussah – ähnlich einer holographischen Projektion –, wirkte *Glamour* auf den Verstand eines Individuums. Weil der Zauber *Illusion* auf die Realität Einfluss nahm, war er schwerer zu kontrollieren und wurde dementsprechend meist auf statische Objekte angewandt, wohingegen *Glamour* viel simpler war. Weil er den Verstand eines Individuums beeinflusste, war er unglücklicherweise auch auf unterschiedliche Weise leichter zu brechen. Jemand besonders Scharfsinniges, Aufgewecktes oder ein aufmerksamer Geist konnte einen *Glamour* zerstören. Selbst ohne es bewusst zu versuchen, durchdrang meine Magiersicht aus diesem Grund die meisten Glamourzauber und zeigte mir die wahren Gesichter der Individuen um uns herum.

Um einen *Glamour* zu erschaffen, der alles andere am Markt überträfe, musste ich mir mehr Mühe geben. Er benötigte mehr Pep als Standardverzauberungen, die von Magierlehrlingen und Zauberern an jeder Straßenecke angeboten wurden. Glücklicherweise war mein *Glamour* deutlich besser als der aktuelle Stand der Branche, über den sich Lily lustig gemacht hatte. Andererseits beabsichtigten die meisten Glamourzauber ja nur, Irdische zu täuschen.

»Bist du dir sicher, dass das funktionieren wird?«, murmelte Alexa, während wir später an diesem Tag durch das heruntergekommene Viertel gingen.

Anders als bei den Hafenanlagen hatten die Green Skulls ein wohlhabenderes Viertel an der Leine, auch wenn wohlhabend eher eine Auffassung von verschiedenen Nuancen war. Die Gebäude hier hatten meist vollständige Fenster, auch wenn sich überall Graffiti befand und Müll sich um uns herum anhäufte. Im Gegensatz zum Hafen gab es hier weniger Obdachlose, ihre Anwesenheit war nicht erwünscht. An den meisten Straßenecken bemerkten wir herumstehende junge Männer, die Geld annahmen, während Kinder die Waren zu den Kunden trugen und Prostituierte lächelnd in ihrem Aufzug durch die Straßen stolzierten.

»Der *Glamour* wird halten«, murmelte ich leise durch den Mundwinkel. Wir beide hatten zu abgenutzter Kleidung gewechselt – und in meinem Fall zu weniger streberhafter –, die Gefälligkeit eines Gebrauchtwarenladens. Wir trugen ausgeleierte Kapuzenpullis. Alexa versuchte, ihre fitte Form zu verstecken, und ich meine spindeldürre. »Wir beobachten jetzt erstmal nur. Vielleicht holen wir uns eine Tasse Kaffee …«, sagte ich leise und deutete mit dem Kopf in Richtung des einzigen Imbisses, der sich an der Straßenecke befand.

Alexa verzog bei meinem Vorschlag das Gesicht, änderte aber ihre Richtung leicht und wir gingen zum Imbiss. Anders als bei den meisten anderen Ecken war diese leer, seiner Drogendealer beraubt, jedoch liefen wir nah genug an welchen vorbei und hörten ihre »Empfehlungen«. Leider hörten wir nichts von dem, was wir wollten, und lehnten Angebote für Marihuana, Crack und andere »irdische« Drogen ab. Aber wenigstens hatten wir jetzt eine Ahnung, wo wir so etwas bekommen konnten.

Sobald wir im Imbiss waren, nahmen wir in einer der mit Klebeband stabilisierten Styroporkabinen Platz und warteten darauf, bedient zu werden. Und warteten. Und warteten. Glücklicherweise beunruhigte uns der mangelnde Service nicht besonders, während wir den Rest des Imbisses in Augenschein nahmen.

Ein alter Mann saß mit einem Stück Kuchen und einer Zeitung vor sich an der Theke. Mehrere Prostituierte unterhielten sich leise, während sie sich ein paar Minuten zum Entspannen und Massieren der müden Füße nahmen.

Eine ermattete, übergewichtige Kellnerin rauchte in ihrer blassblau-weißen Uniform eine Zigarette direkt unter dem Rauchen-Verboten-Schild. Und natürlich saß eine große Gruppe Werschakale auf der gegenüberliegenden Seite des Imbisses. Ihre Körper waren von menschlicher Form, flimmerten aber in dem leicht verschwommenen Umriss ihrer Mischform – zumindest für meine Augen.

Alexa bemerkte meinen Blick, drehte sich aber nicht um, sondern zog den stählernen Serviettenspender zum Spielen zu sich – und richtete ihn gerade so aus, dass sie hinter sich blicken konnte. Nach wenigen Minuten drehte sie sich herum und erspähte die Kellnerin, um ihren Blick geradewegs zu treffen. Verärgert lief die Kellnerin zu unserem Tisch und knallte zwei Speisekarten darauf, bevor sie davonwackelte.

»Nun, sie wird kein Trinkgeld bekommen«, sagte ich, bevor ich die Speisekarte durchsah. Ich blickte finster drein und war mit meinem Latein am Ende, als ich bemerkte, dass ich keine Möglichkeit hatte, die Gruppe zu belauschen. Und sie besprachen gewiss etwas Wichtiges.

»Die Speisekarte ist doch gar nicht so schlecht«, meinte Alexa, meine finstere Miene falsch deutend.

»Nein … nur …« Ich stöhnte und schüttelte dann den Kopf. Richtig. Filme ließen dieses ganze »Sammeln von

Informationen« so viel leichter aussehen, als es war. Sie hatten immer das passende Hilfsmittel für die Situation, das Glück, die richtige Person zu treffen, die Fähigkeiten, es richtig zu machen. Aber hier war ich nun, saß in einem Imbiss unter einem *Glamour*, der mich einfach nur wie einen weiteren Menschen aussehen ließ, und hatte keine Ahnung, was ich als Nächstes tun sollte. Ich konnte sie nicht sprechen hören und ich konnte nicht *Verbinden* beschwören, ohne zu riskieren, dass sie meine Anwendung aktiver Magie spüren würden. Wir konnten bestenfalls sehen, wie sie einen oder zwei Deals besiegelten, aber was würde uns das verraten? Nicht mehr als das, was Andy schon erzählt hatte.

»Entspann dich einfach«, sagte Alexa leise und ließ ein leichtes Lächeln aufblitzen.

»Okay …« Ich seufzte und schloss meinen Mund. Sie hatte recht. Wir hatten darüber gesprochen. Wir waren nur hier, um zu beobachten. Alles andere – irgendetwas –, das wir erfuhren, war ein Bonus.

***

Nach einer Stunde, einem ziemlich unbefriedigenden, labberigen Burger und zu lange frittierten Pommes verließen wir schließlich den Imbiss. Wir zogen die Mahlzeit so lange wir konnten hinaus – unbeabsichtigter Weise mit freundlicher Unterstützung des lausigen Service –, aber jetzt mussten wir gehen. Entweder das oder wir zögen mehr Aufmerksamkeit als gewollt auf uns.

In dieser Zeit hatten wir nichts erfahren. Das war natürlich nicht die ganze Wahrheit. Wir hatten einige Mitglieder der Green Skulls ausfindig gemacht. Wir wussten, was sie gerne aßen und dass sie es genossen, im Imbiss abzuhängen. Eigentlich war es interessant festzustellen, dass die große Mehrheit der Gang Männer sein musste; im Imbiss waren keine Frauen präsent gewesen. Natürlich gab es dafür andere Gründe. Die Art, wie sie mit den Ladies der Nacht umgingen, war ein wirklich guter Grund dafür, warum keine vernünftige Frau in ihrer Nähe sein wollte. Aber letztendlich war das keine besonders nützliche Information.

Zu zweit verließen wir den Imbiss. Ich bemerkte die beiden Werschakale, die ein paar Sekunden nach uns herauskamen, dachte mir aber nichts dabei. Nicht, bis ich registrierte, dass sie um dieselbe Ecke wie wir gingen und ihre Schritte allmählich schneller wurden.

»Ärger«, warnte ich Alexa leise.

»Habe ich gemerkt. Konfrontieren oder wegrennen?«, fragte Alexa.

»Das …« Ich zog die Augenbrauen zusammen und dachte über die Angelegenheit nach. Ich warf ihr zaudernd einen fragenden Blick zu.

»Zu spät.« Alexa deutete subtil nach vorn. Ich blickte auf und bemerkte zwei weitere Werschakale. Diese zwei bemühten sich nicht einmal, die Tatsache zu verschleiern, dass sie es auf uns abgesehen hatten. »Da lang.«

Alexa griff meinen Arm, zerrte mich zur Seite in eine Gasse. Ein schneller Blick zeigte uns, dass diese mit zwei stinkenden Müllcontainern, besudelter Kleidung und anderen unaussprechlichen Abfällen gefüllt war. Ein einzelner zusammengekauerter Körper in der Ecke zeigte uns, dass die Gasse nicht so leer war, wie wir es uns wünschten, aber zumindest war er außer Sichtweite der Anderen.

»Pass in unserem Rücken auf«, sagte Alexa, während sie hinter sich griff und ihren Schlagstock herauszog. Sie nahm ihn in die Hand, noch unausgefahren, während sie wartete. Es dauerte nicht lange, bis das Quartett mit weitem, beinahe heraushängendem Grinsen auf ihren Gesichtern erschien.

»Tagchen, Mädel. So nett von dir, dass du anhältst.« Einer der Werschakale, gekleidet mit einer lockeren Leinenjacke in Rot und Weiß sowie zerfledderten blauen Jeans, lief nach vorn. Offensichtlich war er der Anführer – wenigstens dieser Gruppe, wenn nicht gar der ganzen Gang.

»Was willst du?«, fragte Alexa.

»Nur reden«, antwortete der Werschakal. »Du und dein Junge wart ziemlich neugierig. Wir sind nicht wirklich freundlich zu Fremden …«

»Ich weiß nicht, was du meinst«, entgegnete Alexa leise.

»Echt? Warum seid ihr dann weggerannt?«

»Zwei große Männer, die uns verfolgen? Schien mir eine gute Idee zu sein.«

»Ach wirklich? Denkst du das auch, Junge? Du lässt das Mädel für dich sprechen?«, fragte der Werschakal provozierend.

»Ja«, erwiderte ich lediglich. Da mein Körper seitwärts zur Gruppe gerichtet war, konnte ich beide Seiten der Gasse beobachten und richtete den Großteil meiner Aufmerksamkeit nach hinten. Daher sah ich den Lieferwagen, der am Ende der Gasse bremste, als Erster.

»Mehr Gesellschaft«, flüsterte ich Alexa leise zu.

»Verdammt.« Alexa stellte ihre Füße auseinander und griff mit der freien Hand in ihre Jackentasche. Sie erstarrte, als der Schakalanführer eine Pistole zog und auf sie richtete. Innerhalb von Sekunden hatten die Werschakale verschiedenste Waffen hervorgeholt.

»Ganz ruhig, Mädel. Wir wollen doch keine Missverständnisse«, drohte der Werschakal.

Alexa presste die Lippen zusammen, nahm aber die Hand aus ihrem Kapuzenpulli. Ich spannte das Gesicht an und ließ gedanklich unsere Optionen durch meinen Verstand laufen. Ich könnte einen *Manaschild* aufrichten und er würde einige Kugeln ablenken. Aber die gegnerische Anzahl und die Tatsache, dass sie uns flankiert hatten, sprachen dagegen. Sie offen zu bekämpfen, nun, das würde wahrscheinlich nur mit unserem Tod enden. Oder zumindest mit schwerwiegenden Verletzungen.

»Das ist besser. Warum erzählt ihr uns jetzt nicht den wahren Grund, wozu ihr hier seid?«

Ich blickte finster drein und meine Gedanken rasten, während ich nach einem Ausweg suchte. Verdammt, diese verdammte Quest. Diese Konfrontation war nicht zu gewinnen. Kein kompetenter Spielleiter würde dich jemals in solch eine Situation laufen lassen. Es gibt keinen Weg, den Sieg zu erringen…

»Ich habe dir doch gesagt …« Alexa hielt inne, als ich meine Hand auf ihren Arm legte. Sie warf mir einen fragenden Blick zu, der Spuren von »Was zur Hölle tust du?« enthielt.

»Schön. Ich werde euch die Wahrheit sagen«, äußerte ich mich und ging nach vorn, an Alexa vorbei. Als sich der Werschakal auf mich konzentrierte, fuhr ich fort und hoffte verzweifelt, dass ich recht behielt. »Mein Name ist Henry Tsien. Ich bin der neue Magier.«

Die Werschakale fauchten und knurrten, während sich noch mehr Waffen auf mich richteten.

Ich ignorierte sie, selbst als ich spürte, wie mein Rücken kalt und klamm vom Schweiß wurde. »Ich habe eine Quest.«

»Besser.« Der Werschakal grinste, mich anstarrend. »Du willst dich also mit den Skulls anlegen? Dann wärst du strunzdumm.« Darüber brach ein Lachen aus und die Art des Singsangs, mit dem der Werschakal den letzten Satz aussprach, war ein Hinweis darauf, dass er das wahrscheinlich schon eine Million Male zuvor gesagt hatte.

»Nein. Ich bin hier, um Pilze zu sammeln«, erwiderte ich. Als das Lachen endlich verebbte, gestikulierte ich in Richtung meines Rucksacks. »Wenn du mich lässt, werde ich es euch zeigen.«

»Langsam.«

»Natürlich«, sagte ich. Ich brauchte nicht lange, um ein Exemplar der Pilze, die ich gesammelt hatte, herauszunehmen und ihnen zu zeigen. »Das sind Gepunktete Wynnpilze. Sie sind gutes Geld wert, wenn man sie finden kann, aber sie sind selten.« Ich bemerkte, dass sich einer der Werschakale vorlehnte und dem Anführer etwas zuflüsterte, ignorierte es aber und fuhr mit meiner Erzählung fort. »Wir kamen hierher, um dieses Gebiet zu überprüfen, weil wir gehört hatten, dass ihr dieses Viertel kontrolliert. Und da Wildern nicht ratsam ist …« Ich verstummte allmählich und zuckte mit den Schultern.

»Ihr wolltet sehen, ob ihr damit durchkommt.« Der Werschakal knurrte mich wütend an.

»Nein. Ich wollte deine Gang einschätzen und sehen, ob die Gerüchte über euren Drogenhandel wahr sind. Wenn ihr mit Drogen dealt, würdet ihr euch bestimmt nicht wegen einiger Pilze um einen Magier scheren«, entgegnete ich lediglich. »Ich bezweifle, dass die Anzahl, die wir hier ergattern könnten, auch nur ein Viertel eures nächtlichen Einkommens wert sein würde.«

»Verdammt richtig«, prahlte einer der anderen Werschakale, bevor er durch einen anderen einen Schlag auf den Hinterkopf erhielt.

»Und das ist die Wahrheit, Magier?«, fragte der Anführer, sich auf uns zubewegend. Ich spürte, wie sich Alexa hinter mir anspannte, aber ich hielt meine Hand nach hinten und hoffte, dass sie die Bedeutung erfasste. »Halt dich zurück«. Wir konnten diesen Kampf nicht gewinnen.

»Ja«, antwortete ich nur.

»Schau … Es gibt dabei nur ein Problem.« Ich wurde nervös, als der Werschakal sich näherte. Sein Gesicht zerknautschte sich, während seine Pistole weiterhin auf die Mitte meiner Brust zielte.

»Oh?« Ich konzentrierte mich, schuf einen *Machtschild* in meinem Kopf und hielt ihn für den Moment in der Schwebe.

»Ja. Du riechst ausgefuchst«, sagte der Werschakal und seine Augen funkelten, als er einen Meter vor mir stoppte.

»Nun, ich bin ein Magier«, insistierte ich, im Innern fluchend. Natürlich. Er war ein Gestaltwandler. Erweiterte Sinne waren eine der wesentlichen Fähigkeiten, die sie hatten. Dennoch hatte ich meine Worte sorgsam gewählt, um die Wahrheit zu sagen. Nur nicht die ganze. Ich hoffte einfach, dass es ausreichend war.

Der Werschakal hielt bei meiner Antwort für eine Sekunde inne und brach dann in Lachen aus. Es war kein normales Lachen, mehr ein schreiendes, jaulendes

Geräusch. Nach ein paar Sekunden fielen all seine Freunde ein und ließen meine Nackenhaare sogar noch aufrechter stehen. Wenn da nicht die Tatsache gewesen wäre, dass sie ihre Waffen gesenkt hatten, als sie loslachten, wäre ich sogar noch beunruhigter gewesen. Die Waffen lagen trotzdem noch in ihren Händen, daher behielt ich sie im Auge. Als das Lachen schließlich nachließ, sah der Anführer mich wieder an und richtete seine Pistole erneut auf meinen Brustkorb.

»Witzig. Witziger Magier. Okay. Du riechst irgendwie ehrlich. Und man sagt, dass man sich nicht mit Magiern anlegen soll, also werden wir das auch nicht. Aber ich will eure Gesichter hier auch nicht mehr sehen«, verkündete der Werschakal und gestikulierte mit seiner Pistole zur Seite als offensichtliche Einladung für uns zu gehen.

Ich nickte und winkte Alexa zu mir. Wir gingen an die Seite der Gasse und schoben uns langsam an den Werschakalen vorbei, die sich kaum weit genug beiseite bewegten, um uns durchzulassen. Ich blieb vor Alexa, meine Fähigkeit, den vorbereiteten und fertigen *Machtschild* jederzeit vor uns zu werfen, war eine bessere Option als alles, was sie tun konnte. Sie schien zuzustimmen, da ich keine Beschwerde vernahm. Abgesehen von einer plötzlichen, schnellen Bewegung eines Werschakals – der es schaffte, dass ich leicht zusammenzuckte – und einer Reihe gackernder Lacher, ließen sie uns gehen.

Erst als wir endlich zurück bei Alexas Auto und mehrere Blocks entfernt waren, begannen wir uns zu entspannen. Dann erschauderte ich, das Adrenalin verließ langsam meinen Körper, während meine Hände zitterten und sich die viel zu angespannten Muskeln in meinem Nacken entkrampften. Ich ächzte leise und wartete darauf, dass die Nachwirkungen dieser Konfrontation verschwanden.

Mist. Das war verdammt knapp.

Kapitel 6

Wir formierten uns in unserem Zweifamilienhaus neu, sicher hinter magischen Wän… Scheiße. Ich hatte es gar nicht geschafft, die Wände hochzuziehen. Ich vergrub meinen Kopf erneut in den Händen und zwang mich, tiefe Atemzüge zu nehmen. Ich fühlte, dass mein Herz wie ein Presslufthammer zu schlagen begann. Ich hatte mein Leben schon zuvor riskiert, wurde beinahe getötet, aber irgendwie wurde mir im Angesicht dieses metallischen Pistolenlaufs klar, wie wenig das ein Spiel war, wie jämmerlich mein einfacher *Machtschild* war und wie wenig er ausrichten konnte.

Ein leises Geräusch ließ mich den Kopf heben, um auf dem Couchtisch eine gemächlich dampfende Tasse voll Tee zu erblicken, der mich mit seinem satten, aromatischen Duft einlud. Ich griff danach und schreckte durch die Hitze leicht zusammen, als ich die Tasse mit den Händen umschloss. Ich sah zu Alexa, die mir mit ihrer eigenen Tasse gegenübersaß.

»Erstens, Tee? Denkst du nicht, ich wurde genug gefoltert? Und zweitens, warum bist du so ruhig?«, fragte ich und versuchte es erst in einem scherzhaften Ton, bevor meine Stimme am Ende höher wurde und sich meiner Kontrolle entzog. Ich würgte meine schriller werdende Stimme ab und atmete tief ein.

»Training«, entgegnete Alexa nur und berührte mit den Lippen ihre Tasse, bevor sie diese senkte und mich ansah. »Versiertheit. Ritual. Achtsamkeit.«

»Habe ich erwähnt, wie verkorkst deine Kindheit war?«, fragte ich Alexa rhetorisch. Über sie statt über meine eigene Reaktion nachzudenken, half mir, die Gefühle der Hilflosigkeit und Raserei für einen Moment wegzuschieben. Ich holte tief Luft und richtete mich leicht auf, während ich schließlich den Tee probierte. »Igitt! Was ist das für ein Tee?«

»Pfefferminze. Und du solltest das nicht tun«, sagte Alexa.

»Was tun?« Ich starrte auf die Abscheulichkeit einer Flüssigkeit in meiner Tasse und stellte Erörterungen darüber an, warum sich Menschen so etwas antun. Was war falsch an einfachem schwarzem Tee? Jasmin. Pu-Erh. Vielleicht ein wenig Drachenkorn.

»Du vermeidest es, das Ganze aufzuarbeiten«, stellte Alexa fest, wobei sie sich vorlehnte und mit ihren blauen Augen direkt in meine braunen blickte. »Wenn du das musst, dann tu es, aber wir sind hier sicher. Du solltest deine Emotionen verarbeiten. Sonst wird es sich später auf deine Leistung auswirken.«

»Leistung ...«, kritisierte ich leise ihre Worte. Die Novizin wich nicht zurück, sondern sah mich unverwandt an. Schließlich wendete ich den Blick ab, zur Seite, um den Dschinn anzusehen, der uns offensichtlich nicht zuhörte. »Ich konnte ... Ich konnte diese Kugeln nicht aufhalten. Nicht einmal, wenn ich es versucht hätte. Ich hätte einen einzelnen *Machtschild* auf voller Stärke erzeugen können, wenn sie vor uns gestanden hätten. Oder hinter uns. Aber hätte ich den Zauber aufteilen oder doppelt beschwören müssen ... Ich glaube nicht, dass ich das geschafft hätte.«

»Es wäre schwierig gewesen«, räumte Alexa ein.

»Ich fühlte mich wie ein Hochstapler. Ein Magier, der nicht einmal richtig Blitze oder Feuer formen kann. Der keine Kugeln stoppen kann. Der vor einer Gang aus Schlägern davonrennen muss«, sagte ich kopfschüttelnd. »Und es war meine Idee, dort reinzugehen, um Nachforschungen anzustellen. Weil ich nicht wusste, was ich sonst tun sollte. Ich fühle mich einfach so dumm.«

»Du bist nicht dumm«, entgegnete Alexa sanft tadelnd. »Du bist einfach überfordert. Du lernst doch dazu, vor sechs Monaten hattest du noch keine Ahnung von dieser Welt. Für einen Zivilisten machst du das erstaunlich gut.«

»Dazulernen ...« Ich nippte erneut an meinem Tee und verzog das Gesicht. Ich erinnerte mich wieder, was ich da eigentlich in der Hand hatte. »Ich mache das immer wieder. Hals über Kopf hineinstürmen. Währenddessen dazulernen. Darauf hoffend, dass ich mit allem, was mir zur Verfügung steht, eine Lösung zusammenschustern kann.« Ich deutete mit der Hand auf Lily, bevor ich fortfuhr. »Wir sind entkommen, weil ich vermutete, dass es eine soziale Konfrontation war. Und falls es keine gewesen wäre, dann wären wir gewarnt worden. Oder geschützt. Aber, vielleicht war ich … waren wir … das nicht. Weil der Wunsch, den ich ausgesprochen habe, offen und vage sein musste, sodass Lily Dinge beheben kann, sobald sie auftauchen. Aber natürlich hat auch sie ihre Grenzen. Ich spiele ein Spiel, dessen Regeln ich nicht kenne. Es gibt kein Handbuch und ich war immer der Typ, der nach LDVH lebte.«

»LDVH?«

»Lies das verdammte Handbuch«, antwortete ich. »Weil aber Menschen sterben, ist es kein Spiel.«

»Nein, ist es nicht«, stimmte Alexa leise zu. »Aber es ist dein Leben.«

Ich hielt bei ihren letzten Worten inne und nahm zitternd einen tiefen Atemzug. Es war mein Leben. Und ich hatte es mir verdammt nochmal ausgesucht – ausgesucht und mich entschieden, dass ich eventuell etwas mehr tun würde, als nur für mich selbst zu leben. Also hier war ich, versuchte einer Freundin zu helfen und machte dabei bisher keinen guten Job. Ich schüttelte den Kopf und hielt meine Tasse noch fester umklammert, während meine Gedanken kreisten und ich tief in mir nach Entschlossenheit und Einsicht suchte. Alexa blieb still und nippte an ihrem Tee, während ich mich durch meine Emotionen und die Bedeutung ihrer Worte kämpfte.

»Ist es, nicht wahr?«, fragte ich leise. »Dann sollte ich vielleicht mit dem Spielen aufhören …«

Alexa lächelte sanft und neigte den Kopf zur Seite. Ich verfiel erneut in Schweigen, gefangen in meinen eigenen Gedanken. Undeutlich nahm ich wahr, dass Alexa mit Lily zu tuscheln aufhörte, bevor sie zur Treppe lief und nur kurz innehielt, um eine Hand auf meine Schulter zu legen. Als sie ging, fühlte ich, wie die Wärme ihrer Hand mit ihr verschwand und mich mit meinen Gedanken alleine ließ, während die Nacht immer dunkler wurde.

***

»Morgen, Henry«, sagte Alexa leise, als sie am nächsten Tag die Treppe herunterkam. Ich saß auf der Couch, die weggeworfenen Reste verschiedener zuckerhaltiger Snacks lagen um mich herum verstreut. Ich blinzelte, erwachte überrascht aus dem leichten Dämmerschlaf, in den ich gefallen war, und zuckte zusammen, als ein Schwall Sonnenlicht in meine Augen drang.

»Morgen …«, grummelte ich zurück, die Augen reibend.

»Hat er nicht geschlafen?«, fragte Alexa.

»Ein bisschen, aber die meiste Zeit saß er da und nuschelte in sich hinein«, antwortete Lily und schaute auf. Ich blickte mürrisch und hasste es, dass sie noch immer putzmunter schien, sogar nach einer nächtlichen Gamingsession.

»Also extra Kaffee«, meinte Alexa daraufhin und lief zur Küche, während sie ein leichtes Gähnen hinter der Hand verbarg. »Soll ich Caleb anrufen und ihm mitteilen, dass du seine Unterrichtsstunde schwänzen wirst?«

»Nein!«, rief ich und rüttelte mich wach. »Nein«, sagte ich nochmals, diesmal gemäßigter. »Ich habe Fragen und ein Training, das ich durchführen muss.«

»Oh?«

»Ich muss an der zweifachen Beschwörung arbeiten. Oder an einem besseren Schild. Oder beidem.« Ich spie meine Antwort schnell hinaus und atmete tief durch, bevor ich fortfuhr. »Also, ich denke, dass wir die Quests falsch angehen. Oder ich. Ich spiele das Spiel nicht richtig.«

Alexa zuckte zusammen, setzte aber weiter den Kaffee auf. Die Kaffeekanne war schon am Tag zuvor gereinigt worden, daher nahm es nur einige Sekunden in Anspruch.

»Keine Angst«, versicherte ich. »Ich meine damit nicht, dass ich denke, es wäre ein Spiel, nur dass die Art und Weise falsch ist, wie ich es angegangen bin. Ich war so gefangen von der Tatsache, dass dies die reale Welt ist und ich eingeschränkt bin in dem, was ich tun kann, dass ich die erste Regel beim Spielen einer Kampagne vergessen habe – tu niemals das, was der Spielleiter erwartet.«

»Der Spielleiter?« Alexa warf Lily einen Blick zu.

»Nicht Lily«, meinte ich kopfschüttelnd. »Es ist mehr wie eine Analogie. Wir sind diese Probleme kopflos angegangen, anstatt kreativ zu denken. Wie bei der Droge.«

»Fahr fort.« Alexa lehnte an der Theke, das Zischen und Plätschern des Kaffees unterstrichen ihre Worte.

»Wir sind dort aufgekreuzt und haben die Straßengang behelligt, die die Droge verbreitet, aber was war unser Plan für danach? Sie vermöbeln? Wie lange würde es wohl deiner Meinung nach dauern, bis die Drogen auf die Straße gelangen? Und wollten wir wirklich ein Dutzend Gangster und Gott weiß wie viele Tagelöhner aufmischen?« Ich schüttelte den Kopf. »Unser Job ist es, aus dem Anstieg der Droge schlau zu werden. Also warum bewegen wir uns in der Kette nicht nach oben? Wenn wir herausfinden können, wer sie herstellt – oder sie in die Stadt schleust –, wäre das sehr viel effektiver.«

»Ist es nicht genau das, was wir geplant hatten?«, fragte Alexa kopfschüttelnd. »Wir wollten ein Warenmuster und eine Ahnung davon, was vor sich geht. Und was lässt dich denken, dass sie die Droge nicht selbst herstellen?«

»Oh.« Ich hielt inne und mir ging auf, dass sie es tatsächlich ein wenig mehr durchdacht hatte als ich. Ups … »Trotzdem, lass uns aufhören, die Skulls zu belästigen. Lass uns herausfinden, wer sie herstellt!«

»Das ist eine großartige Idee«, entgegnete Alexa mit nur geringen Spuren von Sarkasmus in der Stimme. »Und wie?«

»Ähmmm …« Innehaltend klaubte ich meine wandernden Gedanken zusammen. »Nun, wir sollten wahrscheinlich wieder mit Andy reden und sehen, ob wir einige Proben bekommen können, so wie wir es von Anfang an wollten. Dann kann ich der Sache mit *Verbinden* nachgehen. Wenn es zeitlich gut abgestimmt ist und sie die Droge gerade herstellen beziehungsweise verteilen, sollte das Gebiet mit der größten Menge am leichtesten zu lokalisieren sein. Vielleicht muss ich den Zauberspruch ein wenig anpassen …« Ich verstummte langsam und meine

Gedanken wirbelten umher, während ich mit der Idee spielte, den Zauber mit einer Stadtkarte oder etwas in der Art zu verbinden. Oder vielleicht zuerst eine Karte zu verzaubern und dann die Probe damit zu verbinden, damit die Gebiete mit einer deutlichen magischen Signatur erscheinen würden.

Alexa nickte langsam. »Das kann ich tun. Da du mich jetzt vorgestellt hast, sollte das nicht schwierig sein.«

»Prima«, sagte ich, in die Realität zurückspringend. »Die Pilze … wir sollten nicht versuchen, sie selbst zu sammeln. Es gibt keine Vorschrift, dass wir das müssen. Ich wette, wenn wir ein paar Stunden investieren, kann ich einen simplen Verbindungszauber mit einer geringen Ladung auf einen Kompass wirken. Wenn wir einige Leute anheuern und ihnen diese Aufgabe übertragen, würde das unser Problem lösen.«

»Nur dass wir dafür kein Geld haben«, hob Alexa hervor.

»Aber die Gepunkteten Wynnpilze wachsen immer bei normalen Wynnpilzen, korrekt? Also wenn wir ihnen alle normalen lassen, können wir die Gepunkteten behalten«, sagte ich.

»Was hält sie davon ab, uns übers Ohr zu hauen?«, fragte Alexa und ich hielt nachdenklich inne. Dieses Risiko bestand natürlich. Es war nicht so, als könnten wir sie beobachten.

»Nichts«, antwortete ich. »Aber ich werde ihnen für die Kompasse selbst nicht so viel berechnen. Wenn wir also glauben, dass sie uns betrügen, werden wir ihre Kompasse einfach nicht wieder aufladen.«

»Und du kannst so etwas konstruieren?«, fragte Alexa leise und blickte kurz zur Seite zu dem kleinen Stapel noch verpackter Handwerksmaterialien. Bisher hatte ich größtenteils an Holzblöcken geübt, weil ich immer noch dazulernte.

»Sicher«, nickte ich. »Es sollte sich nicht sehr von den Schutzzaubern unterscheiden.«

»Sollte.«

Ich zuckte mit den Schultern, fasste mir ein Herz und sah zu Lily. »Kannst du mir sagen, wie meine Chancen stehen?«

Lily schaute für eine Sekunde von ihren Computern auf und schürzte die Lippen. Sie sah zwischen uns beiden hin und her, bevor sie seufzte und nickte. »Mit ausreichend Zeit kannst du das tun. Das benötigte Wissen ist vorhanden, und mit Calebs Hilfe sollte es kein Problem sein.«

»Wie viel Zeit benötigst du?«, fragte Alexa leise, offensichtlich beunruhigt durch diesen Faktor.

»Einen Tag oder zwei?«, antwortete ich mit halber Überzeugung. Es war ja nicht so, als hätte ich das noch nie gemacht. Als sie das Gesicht verzog, fügte ich hinzu: »Es ist immer noch schneller, als würden wir selbst umherziehen. Falls wir mit dieser Variante keinen Erfolg haben, können wir es später auch noch selbst tun.«

»Gut.« Alexa nickte. »Ich nehme an, dass du einige Kompasse brauchen wirst. Sonst noch etwas?«

Ich nickte fröhlich und griff nach dem Stück Papier, worauf ich alles gekritzelt hatte, wovon ich dachte, dass ich es brauchen würde. »Vielleicht kommt noch mehr dazu, nachdem ich mit Caleb gesprochen habe.«

»Natürlich«, sagte Alexa, während sie Kaffee in unsere Tassen goss und das Getränk fachmännisch in unseren bevorzugten Mengenverhältnissen mischte. Alexa trank ihren schwarz, meiner war mit Milch und Zucker in rauen Mengen gefüllt. Lily trank ihren mit Milch, aber ohne Zucker. Jedoch stand die Tasse noch auf der Theke, sodass der Dschinn gezwungen war aufzustehen, um ihr Getränk zu holen. Auch wenn sie keinen echten physischen Körper hatte, konnte das stundenlange Sitzen in ein und derselben

Position nicht gut für sie sein. »Irgendwelche Ideen zur letzten Quest?«

»Das …« Ich hielt kopfschüttelnd inne. »Dazu müssen wir etwas recherchieren. Wäre das wirklich ein Spiel, hätte der Produzent der Droge eine ausnutzbare Schwäche. Vielleicht könnten wir ihn erpressen oder zu einer bestimmten Uhrzeit dabei erwischen, wie er Kontrolleure schmiert. Wäre das ein Spiel, hätte die Äbtissin eine Anzahl einfacher Quests für uns, die uns sagen würden, was wir töten, finden oder zerstören müssen, um das Ritual wiederherzustellen.«

»Aber das ist kein Spiel«, entgegnete Alexa. »Also gut. Ich habe diesen Morgen kein Training, also werde ich deine Materialien holen und einige Exemplare der Droge – wenn Andy welche hat. Ich werde sie hier abliefern und dann einige Nachforschungen über Weeks anstellen. Vielleicht kann ich ihn in den Griff bekommen. Du wirst nach deinem Unterricht mit dem Verzaubern anfangen.«

»Klingt wie ein Plan«, sagte ich. Sobald das geklärt war, aßen wir Frühstück – heute Toast und Marmelade –, bevor wir aufbrachen. Immerhin hatten wir alle etwas zu tun.

Kapitel 7

»Also sind diese neuen Quests eine hinreichende Motivation, ja?«, fragte Caleb mit einem Schmunzeln, nachdem ich beim Eintreffen zum Unterricht erklärt hatte, was ich von ihm wollte.

»Kannst du mir helfen?«

»Natürlich kann ich das.« Caleb tippte sich auf die Lippen. »Allerdings ist es eine Abweichung von unserem Trainingsplan. Wir versuchen, deine Inkompetenz abzufangen, nicht sie auszuweiten.«

»Es ist ein Zauberspruch, den ich schon kenne!« Ich biss die Zähne leicht zusammen, während ich versuchte, Caleb von seiner geplanten Lektion abzubringen. »Es ist nur eine Möglichkeit, dass er besser funktioniert.«

»Ein Zauber, zu dem du auf deinem Wissensstand zur Beschwörung nicht in der Lage sein solltest. Für noch mindestens ein weiteres Jahr«, erwiderte Caleb naserümpfend. »Vielleicht solltest du in Betracht ziehen, dich nicht in eine Situation zu manövrieren, in der du eine duale Beschwörung deiner Zauber benötigst.«

Ich brummte. »Oh, komm schon. Wenn du mir dabei hilfst, wird es viel schneller gehen, als wenn ich versuche, selbst eine Lösung zu finden. Mir machen nur die Berechnungen zur Erschaffung einer Halbsphäre zu schaffen.«

»Was sie auch sollten«, sagte Caleb und rümpfte erneut die Nase. »Das Gefäß zu einer Halbsphäre auszudehnen, die sich selbst ummantelt, ist ein signifikanter Meilenstein. Die Anforderungen, um Größe, Volumen und Position eines solchen Schutzes zu modifizieren, gehören zu den Prüfungsprinzipien eines Magierlehrlings. Offenkundig werden sich Stärke und Dimensionen deines Gefäßes verändern, während verschiedene Manamengen hineingegeben werden. Zusätzlich musst du sicherstellen, dass die Manaflüsse zu jedem Abschnitt des Gefäßes im gleichen Tempo fließen, um eine gleichmäßige Widerstandsfähigkeit zu gewährleisten.«

»Ja, das habe ich kapiert, aber die Gleichung selbst sollte nicht sehr schwierig sein. Doch immer, wenn ich die nutze, die du mir empfohlen hast, funktioniert es nicht gerade gut. Sie verliert Mana wie ein Sieb«, versuchte ich es mit einer neuen Taktik.

»Deine Kontrolle muss sich verbessert haben, wenn sie nur auf diese Weise leckt«, entgegnete Caleb mit geschürzten Lippen. »Ein protektiver Schild, der gleichermaßen deine Vorder- und Rückseite schützt, benötigt eine andere Gleichung. Obwohl es möglich ist, das ursprüngliche Schildgefäß mit der dir bekannten Formel zu erschaffen, gibt es weitaus bessere Mana-optimierte

Gleichungen. Infolge der Art der Verteidigung kannst du darüber hinaus die grundlegende Zauberformel des *Machtschildes* nicht zum Umleiten von Energie nutzen. Selbst die vom Dschinn veränderte Formel würde nicht funktionieren. Wenn du sie verwendest, wäre der Schild zu spröde.«

»Wirklich?« Ich runzelte die Stirn, meinen Kopf neigend. »Aber ist die Formel für die Mananutzung nicht dieselbe? Immerhin berücksichtigt der ursprüngliche Zauberspruch mehrere Auswirkungen.«

»Tut er, aber du vergisst, dass du – auf deinem Level – Mana nur von einem einzelnen Punkt steuerst. Hier.« Caleb lief zu dem Whiteboard, das in seinem Büro stand, skizzierte schnell die Formel und markierte dann Stellen darin. »Siehst du? Dieser Abschnitt …«

Ich blieb stumm und war froh, weiter zuhören zu dürfen. Obwohl Caleb mich, Lily und die Situation, in der wir uns befanden, nicht mochte, war er ein geborener Lehrer. Er genoss es, über Magie zu reden und sein Wissen zu teilen – oder eher hochmütig seinen großartigen Wissensstand zu präsentieren. In beiden Fällen war er immer darauf bedacht sicherzustellen, dass ich verstand, warum meine aktuelle Überlegung ineffizient oder schlichtweg falsch war.

»Hörst du zu?«

»Ja. Aber warum ist der Koeffizient …« Ich konzentrierte mich wieder auf das Whiteboard und erstellte gedanklich eine Notiz, Caleb später abzulenken, sobald ich eine Antwort zu den Verzauberungen brauchte. Es war wahrscheinlich eine schlechte Idee, weiteren Unterricht über Rituale zu erzwingen, zumindest in diesem Moment. Schritt für Schritt würde ich schon die nötigen Kenntnisse erlangen.

***

Stunden später verließ ich das Bürogebäude mit dem Verlangen nach Ruhe und frischer Luft. Einige tiefe Atemzüge halfen mir, meinen aufgewühlten Verstand zu beruhigen. Die permanente Diskussion auf hohem Niveau über Konzepte, die ich kaum verstanden hatte, verflüchtigte sich, während ich zurücklief. Der Unterricht mit Caleb brachte mir in Erinnerung, wie anders die Konzepte waren, die Lily in mein Gehirn gestopft hatte. Die grundlegendste und einfachste Form der Beschwörung und der Nutzung von Zaubern war intuitiv. Wenn ich aber tiefer grub und den Zauber studierte, würden sich weitere Konzepte erklären lassen und in meinem Verstand erscheinen, während ich den Zauberspruch nutzte. Mit der Zeit könnte ich diese Formeln sogar modifizieren, um meine eigene Version traditioneller Zaubersprüche zu erschaffen.

Das stand im Gegensatz dazu, wie Caleb mit seiner pedantischen und detaillierten Art die unterschiedlichen Theorien, Konzepte und Formeln lehrte, welche die moderne Magie ausmachten. Sein Lehrstil zwang mich, die Beziehung zwischen jeder Formel und jedem Konzept hundertprozentig zu verstehen, bevor ich weitermachte. Und wie in den letzten Stunden, wenn seine Lektionen auf das von Lily bereitgestellte, eingepflanzte Wissen trafen, schaffte es sein Lehrstil, die nutzbaren Konzepte, die ich erst noch vollständig begreifen musste, in den Fokus zu rücken. So wie die Dinge standen, hätte ich ohne das implantierte Wissen wohl Monate benötigt, um die Beschwörung meines neuen, modifizierten *Machtschildes* zu erlernen. Dank Lily konnte ich das aber nun im Bruchteil einer Sekunde.

Selbst wenn meine Synchronität grottenschlecht war.

Als ich unbehelligt zurück nach Hause kam, sah ich, dass Alexa gekommen und wieder gegangen war. Mehrere Taschen standen an der Wand, gefüllt mit den diversen Gegenständen, die ich verlangt hatte. Einige billige

Kompasse, gekauft im lokalen Ramschladen, Kupferspulen, Stahldraht und mehrere Klebebänder und Schnüre lagen in einer Box. Sie hatte sogar die unterschiedlichen von mir angeforderten Filzstifte beigefügt, was mich erfreute. Nach einigen Minuten hatte ich all das und meine »Verzauberungswerkzeuge« in der Mitte des Wohnzimmers ausgebreitet, als meinen ersten Arbeitsbereich. Ich untersuchte alles, was ich ausgelegt hatte, das meiste davon waren von Hand gefertigte Skalpelle, Messer und Meißel, die ich aus meinem originalen Werkzeugset genommen hatte. Und das, was Alexa für mich gekauft hatte.

Der zweite Arbeitsbereich war viel kleiner und nur temporär auf der kleinen »Insel« errichtet, welche die Küche vom Rest des Hauses trennte. Dort hatte ich die drei kleinen Ziplockbeutel mit goldgelbem Staub auf einen weißen Teller neben eine laminierte Stadtkarte gelegt. Mir war klar, dass ich später zu diesem Projekt käme, sobald ich das erste durchschaut hatte.

An meiner ersten Arbeitsstation sitzend, ließ ich die Hände über die Materialien gleiten, während ich in meinen Gedanken die Zauberformel durchging. Das Verzaubern war eigentlich simpel. Als Erstes musste ich die Gepunkteten Wynnpilze mit dem Kompass verbinden.

Dieser wurde dann mit der Energiequelle verknüpft. In diesem Fall war die Energiequelle das Mana selbst. Bei meinen Holzblöcken hatte ich zuvor das Mana mithilfe einer Halte-Rune direkt in den Block strömen lassen. Ich könnte hier das Gleiche tun, aber die armseligen Plastikteile waren elementbeständig. Ich würde bei dem Versuch, Mana in Plastik zu transferieren, mehr Energie verbrauchen als speichern. Der Extraktionsprozess wäre genauso mangelhaft.

Nein. Die Speicherung müsste entweder über so etwas wie Holz erfolgen, das Mana mühelos einlagerte, aber generell nicht viel aufnehmen konnte, oder Metall, das deutlich größere Mengen Mana halten konnte, bei dem es aber zwangsläufig nicht leicht zu speichern beziehungsweise zu extrahieren war. Metall hatte eine unglaublich hohe Widerstandsfähigkeit gegen Modifizierungen. Meine andere Option, womit ich zum experimentellen Teil kam, war die Suche nach etwas weniger Traditionellem. Ich lachte in mich hinein und tippte auf eine Packung AAA-Batterien.

»Backblech«, insistierte Lily, bevor ich begann.

»Was?«

»Leg ein Backblech drunter. Und vielleicht noch einen Topf«, antwortete Lily. »Wenn du dich an dein letztes Experiment erinnerst …«

»Oh«, hielt ich inne. Richtig. Ich hatte mehr als einen Topf geschmolzen und das Badezimmer in unserer alten Wohnung durch meine Experimente verwüstet. Leider hatten wir keinen großen Garten, sonst hätte ich den genutzt. Oder vielleicht auch nicht. Das Entzünden von Holzblöcken war wahrscheinlich schwierig zu erklären.

Als ich fertig war, nahm ich eine Batterie auf, rollte sie in der Handfläche umher und dachte darüber nach, was ich versuchen wollte. Der erste Ansatz war, mein Mana behutsam durch die Batterie strömen zu lassen. Kein Versuch der Speicherung, kein Runenschnitzen. Ginge der Fluss mühelos durch die Batterie, sollte es funktionieren. Nachdem ich tief durchgeatmet hatte, fokussierte ich mich und sandte einen Bruchteil meines Manas aus der Hand in die Batterie. Ich hielt sie zwischen Daumen und der Spitze des Zeigefingers. Nur für alle Fälle.

Ich lächelte leicht, als ich merkte, wie viel leichter als erwartet das Leiten des Manas durch die Batterie war. Tatsächlich hatte das, was ich tat, nichts mit dem Inhalt der Batterie zu tun – außer der grundlegendsten Ebene. Ich setzte auf die Nutzung des Prinzips von Batterien.

Magie war ein bisschen Mystik und ein bisschen Wissenschaft. Unser Wissen veränderte, wie wir Magie nutzten und beeinflusste ebenso stark die festen »Regeln« der Magie. Wie bei einem Ritual erlaubte die Nutzung gewöhnlicher Konzepte, dass die Magie problemlos fließen konnte. Da jeder wusste, dass man mit Leichtigkeit Energie durch Batterien leiten und Energie in ihnen speichern konnte, hatte ich die Theorie aufgestellt, dass das Nutzen einer tatsächlichen Batterie die ganze Sache vereinfachen würde.

»Auuu!«, schrie ich und ließ die plötzlich heiß werdende und schmelzende Batterie auf das Backblech fallen, während ich mit meiner verbrannten Hand herumwedelte. Ich zuckte zusammen und nuckelte an meinem Daumen, während ich einen Heilzauber auf mich selbst anwandte und dann darauf wartete, dass mein Körper sich um die leichten Verbrennungen kümmerte. »Was zur Hölle?«

Ich starrte die Batterie an, die weiter brodelte, meine Magiersicht zeigte die letzten Spuren des von mir hineingepumpten Manas, wie es mit den normalen chemischen Prozessen interagierte, welche die Batterie ausmachten. Ich blickte finster und stieß in Gedanken gegen den Tisch. Ich erhielt einen unangenehmen Schlag, als ich aus Versehen das Backblech berührte.

»Auuu!«

»Shhhhh!« Lily zischte mich an und sah dabei nicht einmal von ihren Laptops auf.

Ich knurrte und schüttelte meine Hand, um das Kribbeln loszuwerden. Es war kein gefährlicher Stromschlag gewesen und der Heilzauber, den ich durch meinen Körper kanalisierte, heilte mich bereits. Aber er war schmerzvoll gewesen – etwa wie einen Schlag durch statische Elektrizität zu bekommen, nur zehnmal so schlimm.

»Was ist denn jetzt passiert?«, fragte ich stirnrunzelnd. Alles war doch eigentlich gut gelaufen. Ich hatte nicht einmal bemerkt, was sich geändert hatte, so sehr eingenommen war ich bereits von meinem Erfolg gewesen. Eine große Veränderung hätte ich sicherlich mitbekommen. Also was auch immer es war, es war entweder von geringer Wichtigkeit oder schon die ganze Zeit vorhanden. Als der Schmerz in meinen Händen verblasste, spannte sich mein Gesicht und ich sah auf die Packung Batterien. Es gab keine Möglichkeit, das Problem zu lösen, ohne sie weiter zu testen.

Nach vier Batterien und zwei leicht versengten Fingern seufzte ich und lehnte mich in meinem Stuhl zurück. Als ich wieder einatmete, stürmte der beißende Geruch von schmelzendem Metall und Plastik der Batterien auf meine Nase ein. Ich schreckte zurück, nahm mir aber die Zeit, diese Schweinerei zu beseitigen und kratzte draußen die Batterien vom Backblech in die Mülltonne, bevor ich zurückkam.

Das Problem war, dass irdische Chemie und Magie sich gegenseitig beeinflussten – durch das Mana – und dass der chemische Prozess angekurbelt wurde und so lange lief, wie Mana durch die Batterie strömte. Leider hatte ich keine der zuvor erzeugten Speicherrunen mehr übrig. Nachdem ich meine Hände gelöst hatte, zerstreute sich daher langsam das Mana und brachte die Menge innerhalb der Batterie zurück auf den normalen Umgebungswert. Während dieses Prozesses gab die Batterie also weiter Energie ab und überhitzte sich selbst.

Jetzt, da ich wusste, was passieren würde, stand die Frage im Raum, ob ich irgendwas dagegen tun konnte. Bislang tendierte ich in Richtung Nein. Selbst das Rinnsal Mana, das ich genutzt hatte, überhitzte die Batterie und zwang ihre innere chemische Reaktion, Überstunden zu machen. Würde mich der Manafluss vor dem eigentlichen elektrischen Strom nicht schützen, während ich das Mana kanalisierte, hätte ich das Problem wahrscheinlich früher bemerkt. Selbst wenn ich die Batterie beim nächsten Mal durch ein Regeln der Mana-Menge vom Überhitzen abhalten könnte, gab es bedauerlicherweise keine Garantie dafür, dass mir das Gleiche mit dem verbundenen Kompass gelingen würde.

Also hatte ich ein dreifaches Problem. Als Erstes musste ich die Batterie vom Überhitzen abhalten. Zweitens musste ich sicherstellen, dass die Batterie das Mana in passender Menge speichern konnte. Und als Letztes musste ich die aus der Batterie abgegebene Energie so steuern, dass die für das Regulieren genutzten Runen nicht überschrieben wurden. Kinderleicht.

Das Backblech und die Batterien für einen Moment beiseiteschiebend, zog ich das Notizbuch zu mir und begann, die Runen und Interaktionen zu skizzieren, von denen ich dachte, dass ich sie brauchen würde. Das war eine Angewohnheit, die ich mir von Caleb abgeschaut hatte. Ich arbeitete mich auf dem Blatt Papier durch die notwendige Verzauberung und die Verbindungen, bevor ich den umständlichen Prozess begann, die Runen und Verzauberungen tatsächlich einzuschnitzen. Neben den Runen skizzierte ich auch die verschiedenen

Zauberformeln, die ich in Betracht zog, dabei nutzte ich die Stenografie, die genau zu diesem Zweck von Lily in mein Gehirn eingepflanzt worden war.

Die Tatsache, dass ich begann, multiple Zaubersprüche zu verbinden – jeder von ihnen hatte seine eigene Rune oder ein Runenset –, zeigte, dass der eigentliche Prozess kompliziert werden würde. Obwohl es keine Set-Zeichnungen gab, die korrekt waren, festigte das Zeichnen und Ausarbeiten der Runen auf Papier die Formel an sich und deren Verknüpfungen in meinem Verstand, was das tatsächliche Schnitzen und den Verzauberungsprozess reibungsloser gestaltete.

»Iss«, drängte Lily sanft und stellte eine Schüssel Fertignudeln neben mich. Leicht stirnrunzelnd bemerkte ich die Fleischbrocken und die kümmerlichen Gemüsefäden, die enthalten waren, während Lily mit einer viel größeren Schüssel in den Händen zu ihrem Stuhl zurückschlenderte.

»Danke«, sagte ich langsam, stand auf und streckte mich, während mein Rücken mich wieder darauf aufmerksam machte, wie lange ich gekrümmt dagesessen hatte. Ich zuckte zusammen, schwang die Arme herum und machte einige Freiübungen, während sich mein Körper wieder in Position schob. Danach stürzte ich mich auf mein Essen. Ah, Fertignudeln. Ich habe euch vermisst.

»Wie kommst du voran?«, erkundigte sich Lily. Sie fläzte mit einem Bein auf dem Tisch und ihrer Schüssel Nudeln in den Händen.

»Ziemlich gut«, erwiderte ich einfach. »Ich habe die Zauberformel ausgearbeitet. Ich habe sie sogar getestet …« Ich deutete auf die verbrannten Papierreste im Topf. »Die Wirkung von *Verbinden* und dem Anziehen scheint beim Kompass zu funktionieren, jedenfalls bei dem, was ich gesehen habe.« Zuvor war alles in Flammen aufgegangen, weil die Fähigkeit des Papiers, dem hindurchströmenden Mana standzuhalten, überschritten worden war. »Jetzt muss ich nur schauen, ob ich die Batterie präparieren kann. Im schlimmsten Fall verzaubere ich einen Metallblock und nutze ihn als Batterie.«

»Du willst einen Brocken aus Eisen mit Superkleber an den Kompass heften?«, fragte Lily, ihre Augen funkelten vor Belustigung.

»Wenn es funktioniert …«

»Es ist abstoßend.«

»Trotzdem funktioniert es dann wahrscheinlich«, entgegnete ich, was Lily schnauben ließ, dennoch ließ sie das Thema fallen. Sie konnte zwar kommentieren, aber keinen Rat geben. Zumindest nicht direkt.

Der nächste Schritt war das Vorbereiten der Batterien. Anstatt jede individuell mit den notwendigen Sprüchen zu verzaubern, entschied ich, mir den Ärger zu ersparen, indem ich ein Mana-Ladegerät für Batterien erschuf. Durch das Verzaubern eines Holzblockes, um die Temperatur der darin platzierten Batterien zu verringern und die Menge der abgegebenen Energie zu steuern, konnte ich auf komplizierte Verzauberungen der Batterien verzichten. Ich musste die Batterien trotzdem noch verändern, um Mana zu speichern, aber das war ein leichter Prozess.

Mit einem Nicken griff ich nach dem Lötkolben und der nächstgelegenen Batterie. Dann legte ich mal los. So wie es aussah, würde das Verlöten des Prototyps anstrengend werden. Es war Jahre her, seit ich mein Lötset das letzte Mal zum Einsatz gebracht hatte, und es war nicht wie Fahrradfahren. Ich sah skeptisch die hässlichen Kügelchen an, die ich auf der Batterie hinterlassen hatte. Langsam drang ich mit meinen Sinnen vor, um zu überprüfen, ob die Verzauberung funktioniert hatte.

Speicherschutzzauber erschaffen (17% Effizienz)

»Danke, Lily«, rief ich aus, froh über ihre Hilfe. Auch wenn ich es selbst spüren konnte, waren die angezeigten Daten signifikant effektiver und brauchbarer. Ich mochte Zahlen, und diese gab mir zumindest eine Ahnung, wie gut ich meinen zusammengeschusterten Zauber erschaffen hatte.

Jetzt musste ich nur einen für die Batterie passenden Holzblock schnitzen und sicherstellen, dass die Schnitzereien für *Temperatur verändern* und die Kanalisierungszauber korrekt waren. Anschließend konnte man dann den Block mit dem Kompass verbinden. Simpel.

***

»Gottverdammt!«, knurrte ich wütend und nuckelte an meiner blutenden Handfläche. Ich hasste das Schnitzen. Ich hasste das Schnitzen wirklich, wirklich sehr. Ich blickte den Block grimmig an, atmete durch und kanalisierte noch einmal meinen Heilzauber. Erneut war ich dankbar, dass wir über Hartholz- statt Teppichböden verfügten. Ansonsten hätten wir durch die Menge an Blut, die ich verlor, eine weitere Schadenskaution eingebüßt. Verblüffend, wie stark selbst ein vergleichsweise leichter Schnitt bluten konnte.

»Kein Glück?«, fragte Alexa, als sie frisch gebadet in neuen Klamotten die Treppe von ihrem Zimmer hinunterlief.

»Bis jetzt nicht«, antwortete ich mit einer Grimasse und blickte dann auf die zwei angearbeiteten, aber ausrangierten Blöcke an der Seite. Der erste war perfekt geschnitzt – und dann war mir aufgegangen, dass er nicht funktionieren konnte, weil der Block selbst keine Möglichkeit der Manaspeicherung besaß, was die Kühlungsoption unmöglich machte. Ich hatte dann versucht, ihn nachträglich zu modifizieren, um Mana in dem Moment in der Batterie zu speichern, in dem ich mit dem Kanalisieren begann. Aber das endete nur mit einer weiteren geschmolzenen Batterie, weil die Rune von *Temperatur verändern* zu lange zum Starten benötigte.

Mein zweiter Versuch war nicht viel besser abgelaufen. Nachdem ich meinem Mana-Ladegerät eine Speicherrune hinzugefügt hatte, lud ich es unmittelbar danach mit Mana auf. Das war gut gelaufen, aber die durch den ursprünglichen Zauberspruch vollbrachte Reduktion der Temperatur war deutlich geringer, als ich erwartet hatte. Nachdem ich zum Zeichenbrett zurückgekehrt war und herausgefunden hatte, wie ich den Zauber durch das alleinige Fokussieren des Gefäßes von *Temperatur verändern* an die Position der Batterie anpassen konnte, arbeitete ich an meinem dritten Block.

»Machst du wenigstens Fortschritte?«, erkundigte sich Alexa, während sie sich über meinen Stuhl lehnte. Ich blickte die Blondine erneut an und bemerkte verwirrt, dass sie eine Kombination aus Pulli und Jogginghose trug.

»Etwas. Spätestens morgen werde ich fertig«, verkündete ich entschieden. Ich erwähnte nicht, dass ich in Wahrheit heute hätte fertig werden können, wenn ich nicht an diesen Mana-Ladegeräten experimentiert hätte. Obwohl es wichtig für meine eigene Entwicklung schien, hatten wir einen Zeitplan. »Wie lief es bei dir?«

»Nicht viel besser. Ich habe den größten Teil des Tages damit verbracht, das Büro von Weeks zu beobachten. Es ist nur ein Büro.«

»Und er hat es nicht bemerkt?«

»Er arbeitet im ersten Stock eines Einzelhandelgeschäfts. Und dort gibt es einen Friseurladen, der einen Platz frei hatte«, erwiderte Alexa lediglich und strich zögerlich über ihre Haare.

Ich drehte den Kopf und betrachtete ihre neue Frisur, einen pixiemäßigen Haarschnitt, der einige sehr bescheidene Strähnchen enthielt.

»Also …«

»Ähmmm … es ist hübsch?«, äußerte ich langsam, unsicher, was sie hören wollte. Es war immerhin nur ein Haarschnitt.

»Ist es, nicht wahr?«, sagte Alexa lächelnd und richtete sich dann auf. »Ich bereite das Abendessen zu.«

»Großartig.« Ich starrte die blonde Novizin an, während sie aufgedreht in die Küche lief. Dann atmete ich erleichtert aus, als mein Gehirn wieder aus einem verwunschenen Nebel auftauchte. Als wäre ich nur knapp den Klauen des Todes entkommen.

Es war hilfreich, dass die Frisur wirklich hübsch war.

Kapitel 8

»Du gehörst mir.« Ich knurrte den Holzblock am nächsten Morgen leise an. Alexa war losgezogen, um weitere Informationen über den Bauunternehmer auszugraben, der an dem Waisenhaus interessiert war, während ich versprochen hatte, diese Verzauberungen hinzukriegen. Um noch mehr Druck auf mich auszuüben, hatte Alexa für später in der Nacht ein Treffen mit unseren Sammlern arrangiert. Das bedeutete, ich musste damit fertig werden.

Nachdem ich in der Nacht wie ein Toter geschlafen hatte, war ich mit einer genaueren Ahnung darüber, was ich zu tun hatte, aufgewacht. Vielleicht hatte sich der Mangel an Schlaf in der Nacht zuvor mit meinen gestrigen Erfahrungen verbunden und Klarheit geschaffen. Wenn ich auf das Ergebnis vom Vortag blickte, sah ich zahlreiche Mängel in der Verzauberung – natürlich zusätzlich zu meinen dürftigen handwerklichen Fähigkeiten. Bevor ich mich mit einem Meißel in der Hand über den Holzblock lehnte, streckte ich meine ungelenken Finger.

Einige Stunden später hatte ich endlich einen funktionierenden Prototyp. Wie alle Prototypen war er potthässlich, kaum funktionsfähig und ineffizient, aber er bestätigte das Konzept. Nachdem ich nachjustiert und fast meinen gesamten Manapool in das Ladegerät gesteckt hatte, konnte ich es beim ersten Test direkt mit dem

Kompass verbinden. Indem ich eine simple Büroklammer aus Metall nutzte, sorgte ich dafür, dass sich beide miteinander vereinten. Dies ermöglichte dem Kompass, in Richtung der nächstgelegenen Gepunkteten Wynnpilze zu zeigen.

Das gesamte Gerät war, wie schon erwähnt, hässlich. Ein gewöhnlicher Holzblock war an einen Plastikkompass geklebt, und dieser hatte eine kleine Aussparung für das Pilzexemplar. Das Exemplar wurde mittels Klebebands an Ort und Stelle gehalten, was mir theoretisch erlaubte, den verbundenen Gegenstand jederzeit auszutauschen. Der Block trug zahlreiche schlecht ausgeführte Schnitzarbeiten mit Verzauberungsrunen, während sich auf dem Kompass eine Reihe von ausgemeißelten Runen befand. Aus dem Holzblock war zudem ein Teil herausgeschnitten, so dass die Batterien eingesetzt und mit dem gesamten Gerät verbunden werden konnten. Insgesamt sah es aus wie etwas, das ein Zwölfjähriger in einem schlechten Kinderfilm aus den 80ern zusammenschustern würde. Es war, mit anderen Worten, perfekt.

Kombiniertes Gerät aus modularem Kompass und Manabatterie
Effizienz: 21%

Dauer: 4 Stunden und 5 Minuten bei derzeitig gespeicherter Batterieladung

Selig lächelnd blickte ich auf die Information. Super. Die Batterien konnten, wie ich vermutet hatte, die Ladung viel länger halten als ein simpler Holz- oder Metallblock. Hätte ich dasselbe mit den Materialien versucht, die mir sonst zur Verfügung standen, wären bestenfalls zwei Stunden herausgesprungen. Außerdem hatte ich die Speicherkapazität beinahe verdoppelt. Wenn ich eine zweite Fassung für eine weitere Batterie herausschneiden würde, könnte ich möglicherweise sogar die Lebensdauer verdoppeln. Oder, und das war die Genialität des Konzeptes, man händigte den Sammlern einfach vorher aufgeladene Manabatterien zum Austauschen aus. Die Batterien waren in der anfänglichen Phase des Ladens und Entladens gefährlich. Sie aufzubewahren schien aber bisher vollkommen sicher zu sein.

Natürlich musste ich »bisher« hinzufügen. Mit konzentrierter Miene speicherte ich in meinen Gedanken, diese Batterien in einem Kochtopf an einem nicht brennbaren Ort aufzubewahren. Nur für alle Fälle.

»Brauchst du das primäre Ladegerät nicht?« Lilys Stimme weckte mich aus meiner selbstzufriedenen

Erstarrung. Ich hatte noch immer nicht das Ladegerät gebaut, das die Aufladung der Batterien regulierte und sicherstellte, dass sie dabei nicht überhitzten, während ich sie auflud. Sobald es gebaut war, konnte ich einfach Mana direkt in das Ladegerät schicken und jede Menge Manabatterien aufladen. Darüber hinaus musste ich auch einige Blöcke mehr herstellen, da Alexa drei Sammler zu dem Treffen bestellt hatte.

Ich zuckte zusammen, bewegte meine steifen Finger und sah auf den nächsten Holzblock. Genau. Keine Pause für die Fähigen.

***

Die Verzauberungen für die nächsten Blöcke zu erarbeiten, war deutlich leichter. Natürlich wünschte ich mir mürrisch, dass dies ein Spiel sei – oder dass wenigstens einfache Handwerksoptionen wie in den meisten Spielen vorhanden wären. Glücklicherweise verlangte alles, was ich derzeit tat, nur minimales Geschick. Ätzen, Schnitzen und Löten, das alles lag innerhalb meiner Möglichkeiten. Schmieden, Glasblasen und Gerben waren Handwerkskünste, die ich vorläufig ignorieren würde. Ich hatte gewiss nicht die Zeit zu lernen, wie man ordentlich ein Schwert schmiedet, egal wie cool es wäre, ein magisches Schwert zu besitzen.

Nachdem ich alle drei Blöcke fertiggestellt hatte, drehte ich mich zu meinem zweiten Verzauberungsbereich. Dort hatte ich es theoretisch deutlich einfacher. Ich nahm ein Tintenfass auf und begann, es leicht mit meinem Mana zu durchsetzen. Ich wollte, dass die Tinte von Mana durchdrungen ist, weil mein nächster Schritt aus einem Magiertrick entnommen war, an den ich mich erinnert hatte.

Zuerst den Leprechaunfuß mit der laminierten Stadtkarte verbinden. Dann diese Karte mit der Stadt verbinden … beziehungsweise mit der Idee der Stadt. Das war natürlich schwieriger. Glücklicherweise benötigte die Karte als Darstellung der Stadt keine signifikanten Mengen an Mana, um diese Verbindung zu verwirklichen. Als Nächstes die Droge gleichzeitig mit der Tinte und der Karte verbinden. Dann würde ich einen Verfolgungszauber wirken, während ich den Zauber mit der Tinte verband, die mit der Stadtkarte gekoppelt war. Wenn meine Theorie stimmte, würde ich als Letztes die Tinte auf die Karte gießen.

Natürlich würde das simultane Erschaffen so vieler Verbindungen schwierig werden. Ich benötigte dafür eine hohe Synchronität, damit jede funktionieren würde, weil sich ihre Leistungsfähigkeit entlang der Kette aufteilte. Es war gewissermaßen wie das Aneinanderreihen zahlreicher Elektrokabel – man hatte immer einen Verlust der Stromstärke, je mehr man hinzufügte. Die eigentliche Theorie war simpel, aber die Umsetzung war nicht so einfach. Wie hoch das benötigte Synchronitätslevel sein musste … nun, das sollte das Experimentieren ergeben.

Was noch schlimmer war: Caleb hatte angedeutet, dass so etwas als eine »einfache« Aufgabe für jeden »echten« Magierlehrling angesehen wurde. Manchmal war ich mir nicht sicher, wie viel ich ihm glauben konnte. Der Magier würde auch übertreiben, damit ich härter arbeitete.

»Beim neunten Mal wird es klappen«, murmelte ich und blickte auf die um mich herum verstreuten Geräte. Ich nahm mir einen Moment Zeit, um meinen Manapegel wahrzunehmen und seufzte. Gut, erstmal eine Pause machen. Ich benötigte wenigstens zwei Drittel meines Manapools, um den Zauber ohne Risiko durchzuführen. Und momentan hatte ich etwas weniger als die Hälfte.

»Großartig! Ich habe Hunger«, rief Lily.

»Mach dir selber was«, grummelte ich.

»Aber du bist gerade in der Küche …« Lily hatte nicht ganz unrecht.

»Pizza?«

»Habe ich dazu jemals nein gesagt?«

Ich buddelte in unserer Tiefkühltruhe, zog schnell eine Tiefkühlpizza heraus und drehte mich dann zum Ofen, um ihn vorzuheizen. Dann bemerkte ich, wie spät es war, und beschloss, eine zweite Pizza zu nehmen, denn ich wusste, dass Alexa bald zurück sein würde. Ah, die Annehmlichkeiten von bereits zubereiteten Mahlzeiten. Ich öffnete die Packungen und zog die Pizzen heraus. Danach machte ich eine Pause, um auf die Toilette zu gehen. Als der Ofen bereit war, war es mein Manapool ebenso.

Über meiner Ausrüstung stehend, tat ich einen tiefen Atemzug und zwang mich erneut zur Konzentration, als ich den Prozess begann. Zuerst Droge zur Karte. Dann Karte zum Konzept der Stadt. Mana strömte in einer Sturzflut aus mir heraus. Sobald die Verbindung stand, fuhr ich mit dem Prozess fort und »nähte« vorsichtig die Verbindungen zwischen jedem Stück zusammen. Am Ende starrte ich auf die 41 Prozent Verbindungseffizienz, die ich erreicht hatte, und nickte. Gut genug. Die ganze Praxis und die vorherigen Versuche schienen etwas Gutes bewirkt zu haben.

Nach einem kräftigen Einatmen wirkte ich einen Verfolgungszauber und hielt die verbundenen Punkte den Prozess hindurch zusammen. Mein Kopf pochte, aber ich schob das beiseite, die zahlreichen Teile des Zaubers störten mein Denkvermögen. Leise sang ich die Worte des Zauberspruchs, gezwungen, mich nur auf die oralen Komponenten zu stützen, um den Zauber aufrechtzuhalten.

Die Tinte floss nur langsam aus dem Fass, während ich goss, mein Mana schien mit ihr zusammen abzufallen. Ich biss die Zähne zusammen, als sich ein Kopfschmerz unter meinen Augenbrauen zu formen begann, aber ich machte weiter. Ich würde nicht aufhören. Während die Tinte herabsickerte, begann sie sich auf der Karte zu winden und strömte in größeren und kleineren Ansammlungen an mehreren Orten zusammen. Manche der Konzentrationen waren nicht größer als Punkte, andere ein Viertel der Fläche eines Zehncentstücks. Die kleinsten Punkte bewegten sich sogar leicht, die meisten davon auf einer Art Straße. Als der letzte Tropfen Tinte landete, atmete ich aus, stellte das Tintenfass zur Seite und griff nach meinem Handy. Nach einigen hastigen Fotos löste ich schließlich den Zauber.

Glücklicherweise verlief die Tinte nicht so sehr, selbst wenn sie nicht mehr länger magisch an spezielle Orte gebunden war, was mir erlaubte, ein paar weitere Fotografien für alle Fälle aufzunehmen. Ich lächelte und blickte auf das Resultat. Kein schlechtes Ergebnis für einen weitgehend theoretischen und improvisierten Zauber. Auch wenn er aus den Grundlagen anderer, bewährter Zaubersprüche zusammengestoppelt war.

»Ist das unsere Karte?«, fragte Alexa, was mich hochschrecken ließ. Im gleichen Moment stieß ich einen wirklich sehr männlichen, schrillen Schrei aus.

»Oooh…« Das Gesicht eines dünnen hageren Ungetüms in Grau – das an die 2,40 Meter groß war – zuckte zusammen und es rieb sich wütend das Ohr. »Singst du Sopran?«

»Das … du … wann bist du angekommen?«, erkundigte ich mich in einem nun tiefen, maskulinen Tonfall.

»Vor fünf Minuten«, antwortete der dünne Mann. »Das war eine großartige Darbietung.«

»Sie war beeindruckend. Dahin müssen wir also gehen?«, fragte Alexa erneut und diesmal antwortete ich ihr bejahend. »Prima. Corey hier hat deinem Angebot zugestimmt.«

»Mein … Ah! Für die Pilze«, erwiderte ich und grinste. Ich rannte geradewegs zum Tisch, um ihnen stolz meine neueste Erfindung zu zeigen. Anstatt jedoch genauso beeindruckt wie von der Stadtkarte zu sein, schauten die beiden irgendwie verwirrt drein. »Was?«

»Das ist ziemlich hässlich«, gab Corey schließlich zu.

»Es ist effektiv!«, grummelte ich und schob ihm den Kompassklotz hin. »Sobald die Batterien zur Neige gehen, musst du nur zurückkommen und sie gegen neue austauschen. Und uns die Gepunkteten Wynnpilze aushändigen, die du gesammelt hast.«

Corey angelte sich den Kompass und starrte auf das verzauberte Gerät, bevor er schließlich den Mund öffnete und langsam sprach: »Und das wird den Weg zu den nächsten Gepunkteten Wynnpilzen zeigen?«

»Sicher.« Ich nickte. »Die nächstgelegenen und größten. Der Verbindungszauber sucht nach dem größten Bezug, also wenn es einen Pilz und eine Ansammlung von Pilzen gibt, wird das Gerät dich eher zu der Gruppe statt zu einem Einzelnen schicken.«

»Erstaunlich. Und es sieht so aus, als ob man das mit jedem Gegenstand machen kann?«, fragte Corey und berührte das Klebeband.

»Mehr oder weniger«, meinte ich schulterzuckend. »Es ist ein wenig komplizierter, als einfach nur auszuwählen, was man will, aber prinzipiell ja.«

»Das ist unglaublich.« Corey leckte sich die Lippen, ein gieriger Schimmer lag in seinen Augen. Ich runzelte die

Stirn, lehnte mich vor und klopfte auf den Tisch, um seine Aufmerksamkeit zu bekommen.

»Zwei Dinge. Erstens, das geht nicht über die Pilze hinaus. Und zweitens, erinnere dich, die Batterien sind nur durch mich aufladbar. Sofern du nicht einen echten Magier kontaktieren und ihn fragen willst, ob er mit so etwas herumspielen möchte.« Ich deutete auf das zusammengeschusterte Gerät und beobachtete Coreys Gesicht, während er über diese Tatsache nachdachte. Die meisten Magier waren arrogante Arschlöcher. Sie zu fragen, mit einem Gerät wie diesem zu arbeiten, wäre erniedrigend für sie. Und niemand wollte einen Magier verärgern.

»Alles cool, Mann. Alles cool. Ich habe nur laut nachgedacht«, sagte Corey mit einem Grinsen. »Ich werde dann mal gehen …«

»Nur zu«, erwiderte ich und winkte ihn fort. Sobald der dünne Mann gegangen war, hob ich eine Augenbraue gen Alexa. »Ich dachte, es gäbe Andere?«

»Dachte ich auch«, antwortete Alexa mürrisch und schaute auf die Uhr. Ich schätzte, dass es selbst in der übernatürlichen Welt Leute gab, die Verabredungen nicht einhielten. Das Thema wechselnd, deutete Alexa auf die Karte. »Ich nehme an, dass der größte Tintenfleck der Ort ist, wohin wir als Nächstes gehen werden?«

»Ja. Langsam und vorsichtig«, sagte ich. Wenn wir gegen einen Lieferanten oder Produzenten vorgehen würden, mussten wir das diesmal deutlich gerissener als beim letzten Mal angehen.

Alexa nickte entschieden, offensichtlich dachte sie dasselbe.

Kapitel 9

»Bist du dir sicher, dass wir am richtigen Ort sind?«, fragte Alexa leise zum zweiten Mal, während wir durch das von Bäumen gesäumte Wohngebiet fuhren. Jedes Einfamilienhaus ähnelte dem nächsten in dieser vorstädtischen Gleichheit, obwohl gelegentliche Umbauten die Monotonie der zweistöckigen identischen Häuser mit ihren dazugehörigen Garagen und perfekt gepflegten Rasenflächen durchbrachen.

»Das sagt jedenfalls die Karte«, murmelte ich. Ich hatte zusätzlich die Hand auf der Droge, während wir langsam und vorsichtig durch die Straßen fuhren. Nicht zu langsam, nur langsam genug, um wie ein vorsichtiger, staatstreuer Fahrer auszusehen, der keinesfalls leichtsinnige Kinder überfahren wollte.

»Das sieht nicht wie ein Drogenlabor aus …« Alexa schüttelte den Kopf. »Auch nicht wie ein Ort, um illegale Drogen zu lagern.«

»Nun, sie sind nicht wirklich illegal«, erwiderte ich und tippte auf die blaugrüne Chemikalie in dem Ziplock-Beutel in meiner Hand. »Es ist nicht so, als würde die Polizei wegen Leprechaunfuß Türen eintreten.«

Alexa schürzte die Lippen, nickte aber nach einem Moment. Das war nur zu wahr. Leprechaunfuß war eine übernatürliche Droge, die übernatürliche Verbesserungen auslöste. Die Produktion und die Effekte auf Individuen, selbst auf höchstem Niveau, wären wahrscheinlich nicht mehr als ein kurzer Leuchtimpuls für die Regierung. So wie es aussah, gab es viele gefährliche Drogen, um die sie sich kümmern mussten, da sie die irdische Bevölkerung tangierten. Verdammt, moderne chemische Testverfahren würden wahrscheinlich nicht einmal irgendetwas Falsches am Leprechaunfuß finden.

»Also …«, drängte Alexa.

»Drei Türen weiter«, flüsterte ich einen Augenblick später. »Ich bin mir sicher, dass es dort ist.«

»Siehst du irgendetwas?«

»Nein«, gab ich blinzelnd zu. »Wobei, eigentlich doch. Um das Gebäude herum gibt es eine Luftverzerrung, wie eine Hitzewelle. Erinnert mich an Caleb, wie er aussieht, wenn er gerade Mana kanalisiert …« Ich hielt inne, um kurz nachzudenken. »Aber das ist weitaus stabiler. Also weniger wie Kanalisieren und mehr wie ein fixierter Ort der Verzerrung.«

»Was könnte so etwas hervorrufen?«, fragte Alexa leise, ihr Fuß zuckte ein wenig, als wir das Haus passierten. Wir starrten auf das schlichte cremefarbene Gebäude, das einen hellbraunen Anstrich und ein einfaches Ziegeldach hatte, das von Solarkollektoren überzogen war. Ich fragte mich, ob die Paneele existierten, um ihren Stromverbrauch zu verschleiern … Wenn sie überhaupt Strom benutzten. Vielleicht wohnten hier Umweltschützer? Übernatürliche Umweltschutzgangster? Ein irrsinniger Gedanke. Ansonsten konnten wir durch die zugezogenen weißen Gardinen nichts Bemerkenswertes sehen. Sogar die Garage war geschlossen, ohne Autos davor, die uns weitere Hinweise hätten geben können.

»Sieht normal aus«, murmelte ich.

»Außer der magischen Störung?«, fragte Alexa sarkastisch und wandte ihre Aufmerksamkeit wieder der Straße zu. »Ich glaube, wenn wir auf dem Hügel parken, könnten wir einen Blick auf das Haus werfen.« Alexa wandte den Kopf und deutete auf den Hügel direkt vor uns.

»Klingt gut«, stimmte ich zu und suchte auf meinem Handy nach dem Weg. »Und ja, normal außer der magischen Störung. Ich bin mir ziemlich sicher, dass es der Leprechaunfuß ist.«

»Ich hasse diesen Namen wirklich.«

***

Dreißig Minuten und zwei falsche Abzweigungen später befanden wir uns an einer kleinen sandigen Flanke des

Hügels. Alexa hatte natürlich ein Fernglas im Auto, das wir abwechselnd nutzten, um das Haus zu beobachten. Leider brachte uns die Beobachtung aus der Ferne nur sehr wenige Informationen.

»Wie liefen die Nachforschungen über den Bauunternehmer?«, erkundigte ich mich, um die Stille zu unterbrechen.

»Schleppend.« Alexa seufzte. »Aber ich bin mir beinahe zu hundert Prozent sicher, dass er ein Blinder ist.«

»Er ist blind?«

»Ah. Du nennst sie Irdische. Normale. Muggel«, klärte Alexa auf.

»Ist das Wort nicht urheberrechtlich geschützt?«

»Wer sollte es ihr denn verraten?« Alexa feixte und ich kicherte leise.

»Also ist er einfach ein Arsch?«

»So in etwa«, seufzte Alexa. »Ich habe mich in die Geldstrafen und Anzeigen vertieft, die dem Waisenhaus auferlegt wurden. Sie sind nicht ganz von der Hand zu weisen. Doch die Regeln und Vorschriften, gegen die das Waisenhaus verstößt, sind lediglich Aktualisierungen des existierenden Gesetzes. Normalerweise würden sie nicht angewandt werden, bis das Waisenhaus eine neue Lizenz benötigt oder Arbeiten durchführt, aber …«

»Aber es bedeutet nicht, dass die Aktualisierungen nicht notwendig sind«, überlegte ich langsam. »Und weil es ein Waisenhaus ist, wird es schwerer zu sagen: ›Wir müssen diese Dinge nicht auf den neuesten Stand bringen.‹«

»Exakt«, stimmte Alexa zu. »Ich weiß wirklich nicht, was wir dort tun können. Ich habe einige Anwälte kontaktiert, hoffentlich können uns einige von ihnen helfen, die Geldstrafen zu verzögern. So könnten wir vielleicht am besten gegen den Bauunternehmer vorgehen. Außer wir finden etwas Belastendes über ihn. Denn bis auf eine Neigung, Bürokraten zu bestechen, damit sie ihren Job machen, habe ich nichts über ihn.«

»Was nichts an der Tatsache ändert, dass die Bauarbeiter nicht zurück in den Lagerraum gehen werden, weil es dort spukt. Denn dort müssen einige langsam versagende Rituale wiederhergestellt werden.«

»Genau.«

»Schön. Das ist dann wohl das Nächste auf der Liste«, sagte ich resigniert. Jetzt wünschte ich mir wirklich, dass dies wie eins meiner dummen linearen Computerrollenspiele wäre. In den meisten dieser Spiele rennt man herum und verprügelt neue Spieler oder man kümmert sich um den bösen Hexenmeister. Man muss nicht herausfinden, wie man den üblen Kaufmann davon abhält, das Waisenhaus zu kaufen, das ihm ein Dorn im Auge ist. Naja, manchmal schon, aber im Spiel würde ich ihn einfach mit einem Feuerball vernichten und damit wäre das erledigt.

Irgendwie schien Mord in der Realität nicht genauso spaßig zu sein. Mit diesem ernüchternden Gedanken verfiel ich in Schweigen, während wir das Haus beobachteten. Vielleicht käme uns später eine brillante Idee.

***

«Ich hätte ein Buch mitbringen sollen«, brummte ich nach ein paar Stunden.

»Wir sollen das Gebäude beobachten«, erwiderte Alexa leise.

»Wozu?«, fragte ich. »Ich meine, man scherzt darüber, wie ätzend Observierungen sind, aber ernsthaft ...«

»Man scherzt darüber?«

»Korrekt.« Ich verlagerte mich in meinem Sitz, um meinen Rücken zu beruhigen. »Ich meine, was sollen wir hier machen? Ein Haus beobachten, um was genau zu entdecken? Wer herauskommt und wegfährt? Ich schwöre, ich könnte dafür einen Zauber finden ...«

»Magier und ihre Zaubersprüche«, ächzte Alexa.

»Komm schon, du kannst mir nicht sagen, dass du die Observation genießt«, beanstandete ich.

»Genießen? Nein. Aber sie ist notwendig. So beschafft man Informationen.«

»Vielleicht ist das die Art, wie du Informationen sammelst, aber ich bin ein Magier«, betonte ich nachdrücklich. »Ich werde einen klügeren Weg finden, sowas zu machen.«

»Nur zu«, entgegnete Alexa ungehalten.

Ich nickte entschieden, wurde dann still und sah auf meinen Charakterbogen und meine Zauberliste, um zu beginnen.

Klasse: Magier

Level 22 (29% Erfahrung)

Bekannte Zauber: Lichtsphäre, Machtspeer, Machtschild, Machtfinger, Temperatur verändern, Gong, Windstoß,

Heilen, Heilschutzzauber, Verbinden, Verfolgen, Ausbessern, Schutz, Glamour, Illusion, Magie

erkennen, Herbeirufen, Eisball, Feuerball, Vorhersagen

Ich schmunzelte, als ich bemerkte, dass ich ein Level aufgestiegen war. Ich erinnerte mich vage, dass es eine Benachrichtigung gegeben hatte, während ich gestern an der Karte gearbeitet hatte, aber ich war zu beschäftigt gewesen. Und besessen. Ich musste eine gewisse Obsession zugeben. Als ich die Zauber ansah, blinzelte ich bei dem Letzten. Ähm...

Und aha.

Ich schloss die Augen halb, konzentrierte mich und zog den Zauber in Gedanken zu mir. Er kam blitzartig nach vorne gesprungen, ein Stück Wissen, das immer dort gewesen war und nur darauf gewartet hatte, dass ich mich darauf konzentrierte. Ich sah es als Zufall an, dass der Zauberspruch, den ich so dringend brauchte, genau hier war, an meinen Fingerspitzen – wenn man die Tatsache außer Acht ließ, dass es einen Spielleiter gab, der über alles wachte. Ich wettete, dass Lily sichergestellt hatte, dass ich diesen Zauber entdeckte. Sie wusste eben, was ich benötigte.

Vorhersagen. Ein ziemlich simpler Zauberspruch der niedrigsten Meisterschaftsebene. Er war eigentlich ein mehrschichtiger Zauber wie *Feuerball* oder *Eisball*. Er baute auf bekannten Zaubersprüchen auf, optimiert durch spezielle Formeln, die den Zauber mächtiger, aber restriktiver machten. In diesem Fall wurde der Vorhersagezauber durch *Verbinden*, *Verfolgen* und *Illusion* zusammengesetzt. Der Anteil von *Verfolgen* führte den

Zauber im Grunde zu dem Ort, nach dem man suchte. *Verbinden* verband die Zauberkomponente, die man nutzte, mit einem geeigneten Ziel innerhalb des Ortes. Und *Illusion* zeigte einem schließlich den Ort. *Vorhersagen* war ein dreischichtiger Zauber. Nicht schwieriger, als meine Karte zu erzeugen, aber anstrengender, weil ich nicht nur etwas mit einer zugehörigen Idee verband, sondern mit einem tatsächlichen Ort. Daher waren die Anforderungen an Feinheit und Genauigkeit höher.

Trotzdem war der Vorhersagezauber exakt das, was ich benötigte. Zuerst musste ich jedoch ein Objekt verbinden – ein geeignetes Medium. Die gebräuchlichsten Gegenstände waren Spiegel, Kristallkugeln und Wasserschalen. Jeder würde sich mit einem anderen Exemplar eines Spiegels, einer Glasoberfläche oder Wasser in der Umgebung verbinden, was bedeutete, dass im Allgemeinen kein Medium besser als ein anderes war. Mithilfe des in mich gepflanzten Wissens sah ich allerdings, dass einige klarer als andere waren.

Glücklicherweise befand ich mich in einem Auto, also war die Suche nach einem Spiegel eine einfache Angelegenheit. Alexa warf mir einen Blick zu, als ich den Rückspiegel justierte, aber ich entschied mich, sie für den Moment zu ignorieren. Da ich *Vorhersagen* zum ersten Mal richtig anwenden würde, testete ich es lieber, bevor ich darüber sprach. Ich wollte nicht, dass der Zauber zu nichts führte.

Meine Finger bewegten sich und ich sang, während ich die neu bereitgestellte Zauberformel in meinem Gedächtnis abspulte und Mana durch meinen Körper und aus meinen Fingerspitzen floss. Meine Wahrnehmung taumelte, während Mana aus mir herausströmte, und trug mich aus meinem Körper, als der Zauber fast abgeschlossen war. Der plötzliche Wechsel – selbst, wenn ich unterbewusst geahnt hatte, dass es passieren würde – war zu viel für mich und der Zauber brach, zersplitterte um mich herum und sandte Scherben freischwebenden Manas durch mich hindurch. Ich ächzte, erbebte und schloss meine Augen.

Verdammt. Ich hatte nicht erwartet, gleich zu Beginn zu versagen.

»Henry?«

»Hab einen neuen Zauber ausprobiert«, stöhnte ich, sobald ich wieder zu Atem kam. Ich lehnte mich für einige Sekunden zurück, ließ den Schmerz abflauen und meinen Körper sich beruhigen, während ich erneut über die Einzelheiten des Zaubers nachdachte. Das nächste Mal würde ich mich nicht versagen lassen. Auch wenn die außerkörperliche Erfahrung seltsam war.

Erneut beschwor ich den Zauber und spürte, wie das Mana aus mir herausströmte. Ich atmete langsam aus und schloss die Augen, erneut das Schlingern spürend, als meine Sinne den Körper verließen. Diesmal war ich jedoch auf dieses Gefühl vorbereitet und fuhr damit fort, den Zauber zu singen und mein temporäres Selbst zu dem Ort zu leiten. Es waren wirklich nur meine Sinne und dabei waren es nicht einmal alle. Es war ein schwindelerregender Moment. Als ich optimal darauf eingestellt war, hatte ich hunderte an Metern zu dem Haus zurückgelegt. Ich war sogar über mein Ziel hinausgeschossen, musste umdrehen und die Zauberformel des Vorhersagezaubers nebenbei anpassen.

Das Fühlen funktionierte in diesem Zustand auf der primitivsten, rudimentärsten Stufe. Ich konnte nichts sehen, hören oder riechen, aber ich konnte spüren, wo sich verschiedene Spiegel und Objekte befanden, die selbst im entferntesten Sinne einer spiegelnden Oberfläche entsprachen. Ich konnte sogar in einem gewissen Ausmaß den Grad der Eignung sehen, um meinen Zauber zu verbinden. Auf einem höheren Level wäre es mir möglich, mehrere Gegenstände gleichzeitig zu verbinden, aber jetzt wählte ich den geeignetsten Verbindungsgegenstand und schickte meinen Körper zurück ins Auto. Den Bruchteil einer Sekunde später öffnete ich die Augen.

Beschwörung Vorhersagen
Synchronität 31%
Verbindung 78%

Die Benachrichtigung wegblinzelnd, drehte ich mich, um in den Rückspiegel zu gucken, welcher jetzt eine neue Reflektion zeigte. Mein Lächeln hielt weniger als eine Sekunde, bevor ich laut schnaubte, während Alexa bei dem gezeigten Bild kicherte.

Richtig. Ein anderer Spiegel wäre angemessener gewesen. Denn wo befanden sich die meisten Spiegel? In Schlafzimmern und Bädern. Auf den verschwommenen weiß gekachelten Innenbereich eines leeren Badezimmers starrend, schnaubte ich erneut vor Verärgerung. Nun, wenigstens funktionierte der Zauber.

***

»Wird das für gewöhnlich so gemacht?«, fragte Alexa eine Stunde später, nachdem ich *Vorhersagen* immer und immer wieder beschworen hatte, um einen guten Standort zu finden, damit wir die Bewohner des Hauses ausspionieren konnten. Bislang hatten wir in leere Schlafzimmer, einen leeren Abstellraum und eine leere Küche gespäht. Im Moment musste ich jedoch auf die Regenerierung meines Manas warten.

»Nein«, erwiderte ich kopfschüttelnd, während ich die Informationen in meinem Verstand abrief. »Es gibt Wege, auf mehreren Oberflächen einzurasten und dann den Zauber zu beenden. Dann muss man immer nur weiterschalten, bis man eine geeignete Stelle findet.«

»Warum tust du das nicht?«

»Ich bin ein Anfänger, du erinnerst dich? Ich tue mich schon schwer, bei dieser Entfernung eine einzige Position zu arretieren, geschweige denn mehrere. Und die benötigte Menge an Mana würde auch ansteigen, ebenso die Komplexität der eigentlichen Zauberformel.« Ich schüttelte den Kopf bei dem Gedanken. »Gib mir ein bisschen Zeit und ich werde zwei Punkte gleichzeitig auswählen können. Aber für den Moment ist bei dieser Distanz einer das Maximum.«

»Aha«, meinte Alexa nur und lehnte sich dann in ihrem Sitz zurück. Kurz darauf lehnte sie sich vor, griff nach ihrem Fernglas und starrte hindurch.

»Was?« Ich zog die Augenbrauen zusammen und blickte auf das Haus. Es brauchte nicht lange, bis ich bemerkte, was Alexas Aufmerksamkeit auf sich gezogen hatte. Ein Minivan war vorgefahren. Unglücklicherweise war es einer dieser weißen Minivans mit vielen Türen, weltweit geliebt von Hausfrauen, großen Familien und Müttern, die für das Muttersein lebten. Mit anderen Worten: Auf diese Entfernung absolut nutzlos, um zusätzliche Erkenntnisse zu liefern. Nach kurzer Zeit fuhr er in die zuvor geöffnete Garage.

»Kannst du …?«

»Bin schon dran«, bestätigte ich nickend, während ich erneut *Vorhersagen* wirkte. Die Beschwörung würde mein Mana unter die 10-Prozent-Grenze bringen, die ich mir selbst gesetzt hatte, aber nicht allzu weit. Das bedeutete, dass ich in den nächsten paar Stunden mehr Schmerztabletten nehmen müsste. Aber … »Hab ihn. Ein Van-Spiegel. Kommt sofort!«

Der Rückspiegel unseres Autos flackerte und das Bild wechselte, ein neues erschien. Ich verzog das Gesicht und machte gedanklich eine Notiz, nächstes Mal einen größeren Spiegel zu finden, da dieses Bild, aus dem Seitenspiegel gezogen, leicht abgeschnitten war und nicht alles hineinpasste. Mit einer Handbewegung stellte ich den Spiegel neu ein, während verzerrte Worte aus ihm kamen.

»Was machst du hier?« Eine tiefe, rauchige Männerstimme drang zuerst zu uns durch, jemand, der anscheinend vier Zigarettenpackungen am Tag rauchte und es trotz einer Erkältung irgendwie schaffte, durch den Spiegel hindurch ein Gefühl des Schreckens zu erzeugen.

»Ich bin hier, um die nächste Lieferung abzuholen«, antwortete ihm eine hohe weibliche Stimme. Für eine Sekunde blitzten blasse Haut und eine orangefarbene Bluse auf, bevor der Anblick verschwand. Ich blickte finster drein und drehte das spiegelnde Abbild weiter, um mehr zu sehen.

»Stopp …«, flüsterte Alexa eine Sekunde, bevor ich das Bild anhielt. Darin erhaschten wir unseren ersten flüchtigen Blick auf eine Frau mit braunen Haaren in orange, gerüschter Bluse und einem Grinsen im Gesicht.

»Schon alles verkauft?« Die Stimme des Mannes ertönte wieder. Soweit ich es sagen konnte, stand er wahrscheinlich direkt hinter dem Spiegel.

»Es verkauft sich zu gut auf den Straßen. Mein Mann will mindestens das Doppelte unserer letzten Bestellung«, entgegnete die Frau und grinste erneut. Sie griff in das Auto und als sie sich hineinlehnte, strafften sich ihre engen Hosen für eine Sekunde im Spiegelbild. Ich musste innehalten, um den Anblick zu würdigen. Ein leises Pfeifen kam von dem Mann, was mir zeigte, dass der beneidenswert große und feste Hintern von mehr als nur mir selbst bewundert wurde.

Als die Frau sich diesmal aufrichtete, bemerkte ich ein leichtes Lächeln. In ihren Händen lag ein klobiger brauner Umschlag, den sie hinüberwarf. »Gleicher Preis, ja?«

Die andere Stimme lachte. »Du willst nicht verhandeln?«

»Nicht, wenn ihr die Exklusivität aufrechterhaltet.«

»Warte hier.« Einen Moment später war das Schnappen einer sich schließenden Tür zu hören. In der Zwischenzeit lehnte sich die junge Frau gegen die jetzt geschlossene Tür des Vans. Dies bot uns einen vortrefflichen, wenn nicht gar aufschlussreichen Einblick. Meine Finger bewegten sich immer weiter, während ich versuchte, einen besseren Blickwinkel zu finden. Doch ich fand keinen.

»Ist sie übernatürlich?«, fragte mich Alexa, während wir sie beobachteten.

»Kann ich nicht sagen. Wäre sie das, ist es eine gute Illusion«, sagte ich entschieden, während ich die Verbindung aufrechterhielt. Also *Glamour* und *Illusion* kombiniert. *Glamour* trickste den Verstand aus, *Illusion* die Realität. Kombiniert hielten sie die Übernatürlichen versteckt – dennoch waren die meisten Verschleierungen überwiegend nur *Glamour*, selten war eine *Illusion* dabei, um an gewöhnlichen Aufnahmegeräten vorbeizukommen. Trotzdem sah die junge Frau in unserem Spiegel vollkommen normal aus, was darauf hindeutete, dass sie entweder einen mächtigen Illusionszauber nutzte oder überhaupt keinen.

»Bah«, erwiderte Alexa leise und trommelte mit den Fingern auf das Lenkrad. Einige Minuten später öffnete sich die Tür.

»Wurde auch Zeit«, sagte die Frau und richtete sich auf. Für eine Sekunde verließ sie unser Sichtfeld, Rascheln und Knistern waren die einzigen uns erreichenden Geräusche. »Das sieht nach mehr als dem Doppelten aus.«

»Nur ein kleiner Bonus, für unseren Lieblingskunden.«

»Euren einzigen Kunden«, wandte die Frau mit einem Hauch Aggression in der Stimme ein. Der Sprecher grunzte nur als Antwort. Nach einigen Sekunden war sie zurück in unserem Blickfeld und zog die Tür auf, um ein paar braune Papiertüten ins Auto zu legen.

Ich ächzte, als die Zwei Abschiedsgrüße austauschten, und löste den Zauber. Als Alexa sich zu mir umdrehte, bemerkte sie, dass ich meine schmerzenden Schläfen rieb und schwer atmete, Schweiß befleckte meine Augenbrauen.

»Bist du in Ordnung?«

»Alles gut. Ich konnte ihn nur nicht noch länger halten«, antwortete ich. »Gib mir ein paar Stunden. Sobald mein Mana wieder da ist, kann ich *Vorhersagen* erneut wirken.«

»Okay«, meinte Alexa einfach. Nach einer Sekunde des Überlegens startete sie das Auto.

»Ich kann sie nicht verfolgen …«, ermahnte ich, auf das Haus schielend.

»Ich weiß. Ich dachte nur, dass wir noch kein Mittagessen hatten.« Alexa schenkte mir ein halbherziges Lächeln. »Für deine Zauberkraft sollten wir dir etwas zu essen besorgen und dann für weitere Beobachtungen zurückkommen.«

»Okay.« Ich war mir sicher, dass es eine Rolle spielte, dass wir den Ort unbeobachtet ließen, aber angesichts meiner Kopfschmerzen beschwerte ich mich nicht. Und überhaupt, mein Zauberspruch würde uns wahrscheinlich mehr Informationen einbringen, als wenn wir dort nur beobachtend herumsäßen.

***

Einige Zeit und einen Teller Curry-Ananas-Reis später waren wir zurück auf demselben Hügel. Nach ungefähr der

Hälfte aller untersuchten Positionen entschied ich mich nun, das Untergeschoss zu überprüfen. Ein Teil von mir hatte erwogen, gleich zu Anfang mit *Vorhersagen* auf diese Ebene zu springen, aber unter die Erdoberfläche zu gehen, entzog mir wesentlich mehr Mana, als darüber zu bleiben. Auch wenn der Keller technisch gesehen ausgehöhlt war, verlor ich trotzdem viel mehr Mana, als ich zu Beginn verwenden wollte. Deshalb das vorherige Testen.

Nach dem Beschwören des Zaubers bemerkte ich das größte Problem an einem Zauberspruch, der auf ein Untergeschoss gerichtet war und mit dem man auf das Sehen angewiesen ist: Wenn niemand das Licht anschaltete, war leider alles, was man sehen konnte, Dunkelheit.

»Nichts?«

»Sag du es mir«, erwiderte ich miesepetrig. Einen Augenblick überlegte ich, ob es möglich wäre, innerhalb des Kellers einen Lichtzauber zu beschwören. Theoretisch schon. Ich hatte die räumlichen Koordinaten und sogar eine Möglichkeit zu sehen, wo ich beschwor. Jedoch prallte die Theorie recht schnell an der Realität ab. Es würde nicht nur mein limitiertes Mana unglaublich schnell aufzehren, es würde möglicherweise auch die Beute auf unsere Anwesenheit aufmerksam machen.

»Weiter?«

»Japp.« Ich zerstörte den Zauber, bevor ich weitermachte.

Durch Ausschlussverfahren lokalisierten wir schließlich unsere Ziele. Sie waren im Obergeschoss, drei Individuen, die im Wohnzimmer Fernsehen schauten. Jetzt, da wir sie im Blick hatten, nahmen wir uns die Zeit, das Trio zu beobachten. Sie lümmelten auf ihren Stühlen, umgeben von den Resten aus verschiedensten Imbissbuden und Snacks, und sahen beinahe normal aus. Zwei hispanisch anmutende Männer und ein kleinerer, vietnamesisch aussehender Herr schauten mit ausgestreckten Beinen träge in die Glotze. Ich kräuselte die Stirn, wollte wissen, wer der Sprecher war, aber alle drei waren still und damit zufrieden, ihren Verstand mit dem Blödsinn des Nachmittagsfernsehens kaputtzumachen. Es war eine sehr familiäre Szene, wenn man die Waffen ignorierte, die für alle leicht zu erreichen waren: zwei Handfeuerwaffen, eine Schrotflinte und daneben eine Machete.

»Wie lange kannst du das durchhalten?«, erkundigte sich Alexa sanft.

»Jetzt, da der Zauber beschworen ist?« Ich dachte nach, mein Mana einschätzend. »Zwanzig Minuten mit ziemlicher Sicherheit. Wenn ich meditiere und mich darauf konzentriere, mehr Mana aufzunehmen, vielleicht dreißig. Aber ich wäre für alles andere nutzlos ...«

»Tu es«, forderte Alexa entschieden. »Ich werde sie beobachten und Notizen machen. Ich will zumindest wissen, wer ihr Anführer ist.«

»In Ordnung«, stimmte ich zu, während Alexa ein Skizzenbuch aus ihren im Auto verstauten Utensilien herauszog. Sie begann sofort zu skizzieren, während ich meine Augen schloss und mich konzentrierte. Meine Atmung vertiefte sich, während ich vorwärtsdrang und mich gleichzeitig öffnete, was es dem uns umgebenden Mana erlaubte, in meinen Körper aufgenommen zu werden. Sogar während gleichzeitig mehr Mana herausfloss, als ich den Zauber kanalisierte. Die Zeit verlor an Bedeutung, als ich die beiden gegensätzlichen Konzepte in meinem Verstand festhielt, so gebündelt, wie sie in meinem Körper vorhanden waren.

»Zeit«, sagte ich nach einer Weile leise. Ich erhielt von Alexa eine geknurrte Zustimmung, daher schnitt ich den Manafluss ab. Der Zauber flackerte, lief aber für einige Sekunden mit der gespeicherten Energie weiter, bevor er verebbte. Ich öffnete die Augen. Einen Moment später zog ich die Augenbrauen zusammen, als ein Knirschen von

Reifen auf Kies zu hören war. Ich drehte mich herum und sah ein Polizeiauto neben uns anhalten.

»Scheiße«, fluchte Alexa. Plötzlich spitzte sie die Lippen, lehnte sich herüber, griff mein Shirt und zog mich nah heran.

Eine Sekunde darauf spürte ich ihre Lippen auf meinen, während sie mich festhielt. Zuerst sträubte ich mich, dann schaltete sich mein Gehirn ein. Warum genau wehrte ich mich gegen die hübsche Blondine, die mich küsste? Warte mal. Warum dachte ich überhaupt an irgendetwas anderes als daran, wie weich ihre Lippen waren? Als mein Verstand mich endlich einholte, entspannte ich ein wenig, nur um mich abermals anzuspannen, als am Fenster ein Klopfen zu hören war. Fast sofort ließ Alexa mich los und richtete ihre Bluse, ihre Wangen waren gerötet.

»Wa…«

Das Klopfen wiederholte sich und unterbrach meinen Aufschrei.

»Fenster«, reagierte Alexa leicht atemlos und kurbelte ihres dann herunter, um den Polizisten schüchtern anzulächeln. »Ja, Officer?«

»Wir haben eine Meldung bekommen, dass hier ein verdächtiges Fahrzeug parkt«, erklärte der Polizist. Ich sah, wie seine Augen von meinem zu Alexas rosigem Gesicht flitzten, ein schwaches Stirnrunzeln legte sich auf sein Gesicht.

»Oh … ich wusste nicht, dass das illegal ist, Sir!«, rief Alexa arglos aus. Dann hielt sie inne und blickte ihn mit großen, unschuldigen Augen an, während sie fortfuhr. »Ist es nicht, oder?«

»Es ist nicht illegal, Miss. Wir überprüfen nur, ob hier nichts Verdächtiges vor sich geht«, antwortete der Polizist. Seine Aufmerksamkeit wandte sich dem Spiegel zu, der auf dem Armaturenbrett lag, dann zu dem Fernglas und den hölzernen Schutzblöcken, die aus dem Rucksack gerutscht waren und nun auf der Rückbank lagen. »Was machen Sie hier oben?«

»Vögel beobachten!«, verkündete Alexa, errötete noch mehr und schaute nach unten, sich auf die Lippe beißend.

»Vögel beobachten«, wiederholte der Polizist trocken. »Nun, ich bin auch Hobby-Ornithologe. Haben Sie irgendetwas Interessantes gesehen?«

Ich öffnete und schloss meinen Mund. Mist, ich kannte kaum den Unterschied zwischen einer Krähe und einem Raben. Alexa aber antwortete ohne zu zögern. »Nichts Seltenes. Ein paar Drosseln, eine Rotrückenmeise und einen Distelfinken.«

Der Polizist nickte zu Alexas Worten und entspannte sich etwas. »Schön, ein paar junge Menschen zu sehen, die an diesem Hobby Interesse haben.«

»Mein Onkel hat mich dazu gebracht«, erwiderte Alexa glücklich und lächelte.

»Also wenn Sie nur Vögel beobachten, dann haben Sie noch einen schönen Tag.« Der Polizist streifte die Holzblöcke mit den Augen und lächelte Alexa zu, bevor er mir einen frostigen Blick zuwarf. Ich schenkte ihm ein schwaches Grinsen, was den Polizisten beim Weggehen schnauben ließ. Mit den erweiterten Sinnen, die ich besaß, hörte ich ihn beim Gehen murmeln: »Ich weiß, welchen Vogel der beobachtet ...«

Ich hüstelte leicht, schüttelte den Kopf und sah dann Alexa an, die mit dem lächelnden Gebaren fortfuhr, bis der Polizist verschwunden war.

»Wofür war der Kuss?«, fragte ich leise und tippte mir unbewusst auf die Lippen, nachdem ich mit dem Sprechen fertig war.

»Ist es nicht das, was man in Filmen tut?« Alexa zuckte mit den Schultern. »Ich bezweifle, dass er die Vogelbeobachtung allein akzeptiert hätte, daher habe ich den Kuss beigesteuert. Es hat funktioniert, oder nicht?«

»Ich dachte, du wärst nicht gut im Lügen«, wunderte ich mich.

»Bin ich nicht. Und war ich nicht«, entgegnete Alexa und zeigte auf etwas. »Drossel. Meise. Ooh, das ist ein Eissturmvogel!«

Ich starrte auf den plötzlichen Ausbruch von Glückseligkeit auf Alexas Gesicht und seufzte dann. »Du hattest eine eigenartige Kindheit.«

»Aha.« Alexa schniefte. »Ich genieße nur die Schönheit Seiner Arbeit.«

Ohne eine Erwiderung richtete ich meinen Blick auf ihr Skizzenbuch, das sie an der Seite ihres Sitzes fallengelassen hatte, außerhalb der Sicht des Polizisten. »Hast du irgendwas?«

»Nur Skizzen. Sie haben nicht viel geredet, aber ich bin mir ziemlich sicher, dass der asiatisch aussehende Mann unser Sprecher war.«

»Ah ...«, meinte ich mit einem Nicken. Nun, wenigstens hatten wir etwas erfahren.

»Wir sollten noch eine Weile Wache halten, bevor wir fahren«, meinte Alexa schließlich und lächelte mich an.

Ich nickte stumm und sah die Blondine an, die den Kuss bereits vergessen zu haben schien. Letztlich konnte ich auch nicht mehr tun, als ihn beiseite zu schieben. Wie man so schön sagte, man sägt nicht an dem Ast, auf dem man sitzt. Und ernsthaft, ich bezweifelte, dass die Novizin irgendwelche romantischen Gefühle für mich hegte.

Kapitel 10

Diesen Abend gab es griechisches Essen. Ich holte die Bestellung ab. Einmal Moussaka und eine doppelte Portion Calamari, von der jeder essen konnte, während Alexa Lammbraten und Lily einmal »Alles« bekam. Als ich die Menge des Essens realisierte, kam mir das wie ein wenig zu viel des Guten vor. Manchmal hatte ich das Gefühl, dass Lily allein für das Erlebnis aß, mehr als für das physische Bedürfnis. Dagegen würde ich mir bestimmt niemals Sorgen machen müssen, sie aus dem Badezimmer zu schmeißen – was vielleicht der einzige Grund war, dass wir drei in meiner alten Wohnung überlebt hatten.

»Okay, also wo waren wir?«, fragte ich, während ich eine weitere superleckere Calamari aufspießte. Warte mal, existierten Meeresungeheuer? Oder tintenfischartige Cthulhu-Monster?

Anstatt mir direkt zu antworten, ließ Lily vor meinen Augen eine Benachrichtigung aufploppen. Ich brummte und schlug nach der Box, um sie kleiner zu machen, sodass ich essen und gleichzeitig lesen konnte. Ich musste lächeln, als ich sah, dass sie Punkten, die wir schon abgestimmt hatten, kleine Anmerkungen hinzugefügt hatte.

Hilf Alexa, ihre Knappenprüfung abzuschließen (Kettenquest)

Dies ist eine verkettete Quest. Du musst die Teilquests abschließen, um die Hauptquest zu vollenden.

Teilquests:

- Untersuche und kümmere dich um die plötzlich angestiegene Einfuhr von Leprechaunfuß (Abgeschlossen)

- Sammle fünfzig Exemplare Gepunkteter Wynnpilze (28/50 gesammelt)

- Hilf beim Lösen der Probleme des Brixton-Waisenhauses (Hast du überhaupt schon angefangen?)

»Eine von Dreien ist doch nicht schlecht«, meinte Alexa. Sie zeigte in die Luft auf das, was ich als die zweite Questzeile vermutete. Diese hatten wir mit dem für uns arbeitenden Sammler abgedeckt. Ich mochte vielleicht sogar einen Weg herausgefunden haben, um in der Zukunft zusätzliches, kontinuierliches Einkommen zu generieren, wenn das gut lief.

»Aber zwei von Dreien wären nicht schlecht«, zitierte ich aus einem Song von Meat Loaf. Als keine unverzügliche Reaktion erfolgte, schaute ich zwischen den beiden Damen hin und her und seufzte dann. Offensichtlich war Rockmusik aus den 80ern kein schlagendes Argument bei den Beiden. »Okay, also wir wissen, wo sie Leprechaunfuß lagern. Leider sieht es nicht so aus, als ob sie die Droge in der Stadt produzieren. Sonst hätten wir das vermutlich auf der Karte entdeckt.«

»Wenn du das sagst«, äußerte Alexa, bevor ihr Blick sich verfinsterte. »Aber wenn sie die Droge nicht hier produzieren …«

»Wie verhindern wir, dass sie weiter hereinkommt?«, beendete ich den Satz für sie. »Es geht um Angebot und Nachfrage, aber die Nachfrage können wir nicht beeinflussen, daher müssen wir das Angebot abschneiden. Das fühlt sich ein wenig an wie der kleine niederländische Junge und der Damm.«

Wieder kam nur Stille von den Beiden.

»Ihr wisst schon, der Junge, der versuchte, die Strömung mit einem Finger aufzuhalten? Es ist nicht möglich. Selbst wenn wir die gesamte Ware verbrennen, werden sie einfach mehr schicken.«

Alexa nickte langsam und kaute in Gedanken versunken auf dem mit Fleischsaft durchtränkten Reis herum. »Aber wir müssen sie nicht vollständig aufhalten. Unser Job ist es nur, die Droge vorübergehend zu reduzieren.«

»Und das Waisenhaus?«, fragte Lily.

»Dort stecken wir auch fest. Wir können die Bußgelder nicht wirklich aufheben …« Ich hielt nachdenklich inne.

Nun, ich könnte vielleicht ihre Akten löschen. Ich war mir sicher, dass es dafür irgendwo einen Zauberspruch gab. Möglicherweise ein kleiner elektrischer Brand in den Büros und das Problem wäre gelöst. Wegen der Papieraufzeichnungen …

»Henry?«

»Ah, ich dachte gerade daran, dass ich eventuell die Geldstrafen löschen könnte, aber es wäre nur eine temporäre Lösung, oder nicht?«, erkundigte ich mich und beide nickten. Trotzdem war es eine Überlegung wert, ob wir uns etwas Zeit erkaufen sollten. Zeit war das Hauptproblem. Wir hatten nur noch eine Woche und immer noch keine Lösung gefunden. »Aber vielleicht könnten wir sie täuschen.«

»Was meinst du?«, fragte Alexa und ich lächelte.

»Nun, wenn sie die Nachrüstungen erst an allen anderen Baustellen durchführen, kann ich bei unserer eine *Illusion* wirken, um den Abstellraum aussehen zu lassen, als wäre er schon fertig. Wird er nicht sein, aber für die Inspektion sollte es ausreichen, oder?«

»Aber was ist mit den Bauarbeitern?«, erkundigte sich Alexa und sah beunruhigt aus. »Sie würden es wissen. Und wir würden lügen.«

»Ja, bei den Bauarbeitern bin ich mir nicht sicher. Vielleicht könnten wir sie gehen lassen und ihnen vorgaukeln, dass sie fertig sind. Immerhin werden sie jenseits eines schlechten Bauchgefühls nicht deutlich machen können, warum sie nicht mehr hineingehen wollen, richtig?«, äußerte ich.

Alexa protestierte. »Aber es ist nicht ihre Schuld!«

»Nein, es ist die des Waisenhauses«, erwiderte ich. »Wer heuert Irdische an, um an einem magischen Gebäude zu arbeiten? Aber nein. Schuld ist kein Wort, das ich nutzen will.«

»Sie hatten ein limitiertes Budget.«

»Aha«, kommentierte ich. »Und schau, wohin es sie geführt hat. Tatsächlich bin ich mir nicht einmal sicher, ob es eine gute Idee ist, sie an dem Rest des Gebäudes weiterarbeiten zu lassen.« Ich hielt inne und dachte über die Angelegenheit nach. »Eigentlich können wir diese Option verwerfen. Unser nächster Job sollte es sein, eine übernatürliche und magieempfindsame Gruppe von Bauarbeitern zu finden, die daran arbeitet.«

»Ich glaube nicht, dass die Äbtissin das mögen wird ...«

Ich starrte Alexa einfach an und ließ sie selbst über das Problem nachdenken. Am Ende ließ die Blondine ein wütendes Schnauben erklingen. »Du willst, dass ich mit der Äbtissin und den Bauarbeitern rede, stimmt's?«

»Natürlich. Es ist deine Quest. Vielleicht könnten sie eine Übergangslösung etablieren – das Gebäude magisch verstärken und es so aussehen lassen, als wäre die Arbeit irdisch erledigt worden oder sowas«, schlug ich vor. »Ich werde morgen bei Caleb Unterricht haben und danach einige Nachforschungen über das Gebäude anstellen.«

»Und die Schakale?«, fragte Alexa, auf ihren Teller pochend, während sie mich ansah.

»Sag du es mir.«

Bei meinen Worten verengten sich Alexas Augen, während sie die Sache überdachte. Wir hatten beide die gleichen Informationen. Letztendlich sagte Alexa nur: »Ich werde eine Präzisierung der Quest einholen. Wenn ein temporäres Stoppen des Drogenangebots alles ist, was wir tun müssen, kann es durch das Erstürmen des Hauses erreicht werden. Wenn sie etwas Permanenteres wollen …« Alexa verstummte allmählich und ich nickte.

Ja. Dazu hatte ich auch keine passende Antwort parat. Andererseits fühlte ich mich nicht schlecht. Hatten Regierungen es nicht seit Hunderten von Jahren versucht und dabei versagt, das Drogenproblem zu lösen?

****

»Hast du dein Projekt abgeschlossen?«, erkundigte sich Caleb, als ich am nächsten Tag ankam.

Mit einem Lächeln holte ich einige fehlgeschlagene Versuche und vorgearbeitete Blöcke heraus. Caleb hob eine Augenbraue, während ich den Meistermagier anstrahlte. »Ich dachte, du könntest einen Blick auf meine Arbeit werfen. Vielleicht hast du irgendwelche Anmerkungen für mich.«

Caleb tippte sich auf die Lippen, bevor er mit der Hand winkte und mir bedeutete anzufangen. Sobald ich die Blöcke und meine Ausrüstung beiseitegelegt hatte – nach einem leichten Hüsteln von Caleb, als ich zum ersten Mal meine Werkzeuge herauszog –, konzentrierte ich mich und begann zu arbeiten. In nur fünfzehn Minuten hatte ich ein weiteres Gerät aus modularem Kompass und Manabatterie produziert. Da ich Pläne dafür erstellt hatte, war es glücklicherweise einfach genug, das Projekt abzuschließen. Ich schnitzte sogar neue Verflechtungen in einige der Siegel, was die Effektivität der verzauberten Ausrüstung leicht zu erhöhen schien.

»Nun, es ist nicht der geschmackvollste Apparat«, meinte Caleb, während er den Block in der Hand wendete.

Er tippte auf die Batterien, ein schiefes Lächeln im Gesicht. »Und mit den Batterien wird das Rad nicht neu erfunden. Es gibt aber einige interessante Verbindungen deiner genutzten Zauber. Davon würde ich manche sogar genial nennen.« Ich begann mich über Calebs Worte zu freuen, bevor er hinzufügte: »Dennoch ist es keine Überraschung, denn du hast sie aus deinen ›heruntergeladenen‹ Zaubersprüchen genommen.« Caleb angelte seine Geldbörse aus der Tasche und zog vier Scheine hervor, die er mir aushändigte. »Ich werde diese Vorrichtung von dir kaufen.«

»Wirklich?«, fragte ich mit geweiteten Augen.

»Natürlich. Wie ich schon gesagt habe, manche der Zauberformeln, die du in den Block gewoben hast, sind ziemlich ausgeklügelt. Es ist viel leichter, durch etwas wie das hier die Zaubersprüche zu studieren, die der Dschinn in deinen Verstand implantiert hat …« Caleb pochte auf den Manakompass, »… als zu versuchen, deine Erklärungen aufzuschreiben.«

»Oh …« Ich atmete enttäuscht aus. Das hielt mich allerdings nicht davon ab, das Geld zu nehmen und es in meine hintere Hosentasche gleiten zu lassen. »Nun, wenn es so schlecht ist, könntest du …«

»Deine zahlreichen Fehler aufzählen? Natürlich«, erwiderte Caleb. »Dafür bin ich hier. Jetzt lass uns mit dem Offensichtlichen beginnen. Dein Umgang mit den Werkzeugen und deine Schnitzarbeiten sind im besten Fall unterdurchschnittlich. Ich würde sagen, dass es eine Beleidigung für deine Werkzeuge ist. Wenn man aber bedenkt, dass du ganze fünf Dollar dafür ausgegeben hast, wäre es ein zu großes Kompliment für die Werkzeuge. Begreifst du denn nicht, dass jeder Magier, der etwas auf sich hält, erhebliche Mittel aufwendet, um eine ordentliche Ausrüstung zu erwerben?«

Ich seufzte, während ich meinen Laptop herausholte und mich bereitmachte, Caleb zuzuhören, wie er einmal mehr über die Größe und Herrlichkeit von Magiern predigte. Nicht über seltsame Zauberer-Magier-Wunsch-Hybride wie mich. So schlecht es auch für meine Selbstachtung sein mochte, der Mann war gut in seinem Job. Und – das musste ich zugeben – er hatte wahrscheinlich recht.

Außerdem wollte ich irgendwann so einen selbstentflammenden Zauberstab mit eigener Inschrift.

***

»Und das sollte reichen, dir zu helfen, dein Design mindestens um das Dreifache zu verbessern«, trug Caleb vor und beendete damit seine Unterrichtsstunde.

Ich blickte auf die vielen Notizen, die ich gemacht hatte, von denen ich vielleicht ein Fünftel verstand, wahrscheinlich nur ein Viertel leisten konnte, und nickte nur. Die traurige Tatsache war, dass ich wusste, dass Caleb sogar noch mehr darüber vermitteln könnte. Aber wenn man die Differenz unserer beider Wissensstände bedachte, hatte er das geistige Niveau bereits heruntergeschraubt.

»Wieder einmal hast du es geschafft, mich von der geplanten Lektion abzulenken.«

»Sorry, aber das musste sein«, grinste ich und zuckte mit den Schultern. »Ich habe eigentlich eine weitere Bitte.«

»Natürlich hast du die. Was ist es denn nun schon wieder?«

»Rituale. Ich bin mit Alexa auf einer Quest und wir haben es mit einem Eindämmungs- und Verzauberungsritual zu tun. Es ist jedoch beschädigt, daher muss ich es wiederherstellen«, antwortete ich.

»Das Brixton-Waisenhaus.«

»Woher weißt du das?«

»Ich bin der Meistermagier, der für diese Region zuständig ist«, schnaubte Caleb. »Ein Teil meiner Pflichten erfordert, dass ich mir solcher Angelegenheiten bewusst bin.«

»Also weißt du, was genau durch das Waisenhaus eingedämmt wird?«, fragte ich und Neugier überkam mich. Immerhin wusste Alexa das nicht, und die Templer würden es mir nicht erzählen.

»Das tue ich nicht«, erwiderte Caleb steif. »Die Templer sind aus offensichtlichen Gründen nicht sehr mitteilsam über ihre Aktivitäten. Ich weiß nur, dass was auch immer dort in Schach gehalten wird, es höchstwahrscheinlich auch bleiben sollte.«

»Höchstwahrscheinlich?«

»Die Templer sind weniger nachsichtig als wir«, merkte Caleb an. »Und man muss bedenken, wann dies vorgefallen ist. Nun, die Zeiten haben sich geändert.«

»Ah …« Ich dachte darüber nach, was Caleb meinte. Ich schätzte, die Gesellschaft hatte sich seit den 60ern verändert. Und das, was damals als akzeptabel betrachtet worden war, hatte sich im Vergleich zu heute gewandelt, zumindest in den meisten Teilen der Welt. Es lag auf der Hand, dass Veränderungen der sozialen Gepflogenheiten der Irdischen auch die Toleranzniveaus unter den Übernatürlichen beeinflussen würden. Wie viele Überschneidungen es gab, müsste ich recherchieren. Aber

… »Gibt es einen Weg, das herauszufinden? Dort sickert ein wenig Mana hinaus.«

»Hmmm … Du meinst das Mana, das durch die Aura der Kreatur oder des Gegenstandes produziert wird«, korrigierte mich Caleb. »Aber ja, es gibt solche Wege. Mit unseren Fähigkeiten … Marissas vielsagende Multibox wäre die beste Möglichkeit.«

»Bitte was?«

»Marissas vielsagende Multibox.« Caleb lief in Richtung seiner Bibliothek. Er blätterte durch einige Bücher, bevor er das fand, was er suchte. Mit einem zerstreuten Schwenk seiner Hand landete das Buch auf einem Büchergestell, woraufhin Caleb gestikulierte und einen dort liegenden Stift anwies, den Zauberspruch zu kopieren. »Jetzt werden wir über Rituale reden. Lass uns mit einem Überblick deines aktuellen Wissens beginnen.«

Ich starrte neidisch auf das selbstzeichnende Werkzeug. Ich wollte auch so eins!

Caleb schlug die Hände zusammen. »Mr. Tsien!«

»Sorry. Überblick über Rituale. In Ordnung. Sie sind einfach verlängerte Zauber, oder nicht? Auf Kreidezirkel gezeichnet und durch verschiedene elementare Gegenstände verstärkt?«

»Das …« Caleb holte tief Luft und warf mir mit weit aufgerissenen Augen einen wütenden Blick zu. Ich machte ein unschuldiges Gesicht. »Es scheint, dass wir eine Menge Arbeit vor uns haben.«

***

Caleb damit zu ködern, was er über meine Kenntnisse zu Ritualen dachte, hatte tatsächlich einen Zweck, auch darüber hinaus, mich einfach zu erheitern. Das wenige Wissen, was ich darüber besaß, war in Wahrheit meist nur ergänzend zu dem Zauberwissen, das durch Lily bereitgestellt wurde. Von daher ließ mein grundlegendes Verständnis stark zu wünschen übrig. Erneut musste ich zugeben, dass die Art und Weise, wie Lily Informationen in mein Gehirn »gekippt« hatte, mich mit überraschend großen und sonderbaren Lücken zurückließ. Besonders weil Dschinns von Geburt an Zauber wirken konnten. Ihr Verständnis von Magie hatte überraschende Diskrepanzen, die manchmal in Problemen meinerseits endeten.

Zum Beispiel konnte mein Schutzzauber in Wirklichkeit nicht direkt in eine Barriere umgewandelt werden, weil das meiste des mir verschafften Wissens von einer Untergruppe der enochianischen Magie stammte, die sich nie um Rituale geschert hatte. Also während ich herausfinden könnte – und es auch tat –, wie man damit etwas verzauberte, lag das Übersetzen des Wissens in ein Ritual außerhalb meiner aktuellen Fähigkeiten. Und ja, die Unterschiede zwischen einem Schutzzauber, einem Ritual und einer Verzauberung waren zeitweise gering, aber wenn ich die fundamentalen Kräfte der Natur veränderte, konnte diese geringfügige Lücke tödlich sein.

Caleb verstand meine Probleme nach so vielen Monaten, die er mich schon trainiert hatte. Daher war er manchmal übergründlich in seinen Erklärungen. Und während ich keinen Fortschritt in meinen Ritualtalenten sah, wusste ich doch, dass ich nun ein festeres Verständnis der Grundlagen besaß. Wenn wir diese Lektionen beibehielten, würde ich in kurzer Zeit eine gewisse Ahnung davon haben, was man mit kaputten Verzauberungen und Ritualen anstellen musste. Natürlich …

»Warum stellst du die Verzauberungen nicht wieder her?«, fragte ich Caleb, während er den Unterrichtsplan unter Dach und Fach brachte.

»Was meinst du?«

»Nun, ist das nicht dein Job?«

»Noch einmal, du missverstehst meine Stellung. Ich bin hier, um nach signifikanten Bedrohungen Ausschau zu halten und mich um sie zu kümmern. Was auch immer durch die Templer im Waisenhaus festgehalten wird, ist bemerkenswert. Allerdings ist es auch, wie hervorgehoben wurde, von Natur aus nicht gewalttätig. Damit liegt es außerhalb meines Verantwortungsbereiches. Wie würde mein Leben aussehen, müsste ich mich um jedes unbedeutende Problem kümmern, das drittklassige Zauberer erschaffen haben? Nein. Was auch immer dort unten ist, ist etwas, das die Templer selbst handhaben können.«

»Und wenn es ein Gegenstand ist?«

»Falls er gefährlich ist, wäre es nach dem Versagen des Rituals leichter, ihn zu entfernen.«

»Und du willst in Ruhe gelassen werden.«

»Und ich will in Ruhe gelassen werden«, stimmte Caleb wohlwollend zu. »Du wirst bei deinem Werdegang feststellen, dass viele der Sorgen, die dich jetzt beschäftigen, weniger wichtig sind. Sie sind in Wirklichkeit trivial für deinen Fortschritt als Magier.«

»Für dich vielleicht«, flüsterte ich und sah auf die zahlreichen Bücher, die Caleb aus seiner Bibliothek mitgebracht hatte. Ich wusste, dass er hunderte mehr in seinem gegenwärtigen Haus hatte. Für »wahre« Magier waren Studieren und Experimentieren wichtiger, als hinauszugehen und »aufzuleveln«. Ob es nun Fluch oder Segen war, ich musste beides tun. Nur durch die konstante und praktische Nutzung meiner Zauber würde das mir verliehene Wissen besser integriert.

Und ehrlich gesagt mochte ich vielleicht ein kleiner Streber sein, aber selbst ich konnte des Lesens müde werden.

***

Da Caleb nur wenig dazu beigetragen hatte, dass ich erfuhr, was wirklich unter dem Gebäude eingesperrt war, nahm ich an, dass ich einige Zeit mit der Recherche darüber verbringen würde. Ich war neugierig, ob die Verzauberungen gleich zu Beginn oder erst kürzlich eingerichtet wurden. Es schien natürlich seltsam, dass die Templer nicht das taten, was alle taten, wenn man ein Gebäude verzauberte: Die Verzauberung im Fundament außer Sicht verankern. Es machte viele Dinge leichter, in einigen Fällen auch stärker.

In diesem Sinne besuchte ich das Archiv unserer öffentlichen Bibliothek. Erst nach meiner Ankunft fand ich heraus, dass es keine Gebäudepläne führte. Für die im Rathaus ausliegenden Pläne benötigte man zudem die

Erlaubnis des Eigentümers. Oh, und es gab keine Garantie, dass es Pläne für etwas so Altes wie das Waisenhaus gab.

»Also, was genau kann ich hier herausfinden?«, erkundigte ich mich leicht entnervt.

Glücklicherweise nahm der Bibliothekar – ein dünner, schmächtig aussehender Typ, der aussah, als könnte er mehr Zeit in der Sonne vertragen – keinen Anstoß an meiner Frage und leitete mich zur Mikrofilmabteilung. Dort zeigte er mir die verschiedenen vorhandenen Ressourcen und erklärte geduldig, dass es keine Websuche gab, die mir alle Informationen gefiltert ausgeben würde. Und dann ließ mich der Bastard allein.

Vier Stunden später kam die Erinnerung zurück, warum ich Bibliotheken hasste. Ich ließ sanft den Kopf auf den riesigen Folianten sinken, der emotionslos die Geschichte der Sozialbauten und Wohlfahrt für Kinder in der Stadt beschrieb. Er war äußerst langweilig, erwähnte aber wenigstens das Waisenhaus ... wenn auch nicht in dem Kontext, den ich benötigte.

»Kann ich Ihnen helfen?«, fragte mich eine leise Stimme. Ich zuckte zusammen und drehte den Kopf zur Seite. Neben mir befand sich eine bebrillte Kreatur mit einem Vogelkopf und kaffeebrauner Haut. Ich starrte das Wesen für eine Sekunde an und mein Gehirn versuchte, diesen speziellen Typus einzuordnen. Ihr gefiederter Kopf wippte leicht, während die Kreatur zu sprechen fortfuhr. »Ich bin Adom.« Die Lautstärke weiter verringernd, sagte Adom: »Ich stamme aus dem Geschlecht von Lord Thoth.«

»Oh …« In meinem Gehirn fielen die Würfel, dank langer, langer D&D-Runden und einer ziemlich merkwürdigen Obsession zu allen mythologischen Dingen. Thoth war der ägyptische Gott des Wissens. Einzelheiten aus einer aufgegebenen Kampagne kamen zurück und füllten weitere Lücken. Ägyptische Götter waren üblicherweise vernünftig, und da Adom einfach nur zu dieser Abstammungslinie gehörte, sollte ich ihn wie jeden Übernatürlichen behandeln. »Das kommt darauf an. Bist du gut im Recherchieren?«

»Ich habe etwas Geschick«, neigte Adom den Kopf.

»Perfekt«, entgegnete ich mit einem Grinsen. »Ich muss alles darüber wissen, was du über das Brixton-Waisenhaus herausfinden kannst. Innerhalb von fünf Tagen.«

»Lord Magier, ich fürchte, Sie missverstehen. Gute Recherche erfordert Zeit«, meinte Adom und schüttelte missbilligend den Kopf.

»Ich weiß, aber ich habe eine zeitlimitierte Quest erhalten, also auf geht's«, äußerte ich frech. »Ich zwinge dich ja nicht. Ähmmm … wie viel schulde ich dir dafür?«

Adom spannte den Hals zur Seite und beäugte mich für einige Zeit. »Fünf Tage hingebungsvolle Recherche. Eilauftrag. Zweitausend Dollar.«

»Zweitausend!«, schrie ich auf und erntete finstere Blicke von den Menschen um uns herum. Ich beruhigte mich und warf einen verlegenen Blick auf die Bibliotheksbesucher, die ich gestört hatte. »Das ist Halsabschneiderei. Eintausend.«

»Deal. Soll ich Sie hier treffen oder in Ihrem Büro?«, fragte Adom unverzüglich.

»Augenblick mal. Ich fühle mich betrogen!«, grummelte ich. Verdammt. Glücklicherweise war dies das echte Leben, sonst hätte ich vermutlich negative Punkte für diese Verhandlung bekommen. »Hier wäre in Ordnung. Wahrscheinlich sogar besser.«

»Es ist mir eine Freude, Geschäfte mit Ihnen zu machen«, entgegnete Adom und streckte seine Hand aus. Ich schüttelte sie, während ich aufstand. Dann lief ich aus der Bibliothek. Eintausend Dollar. Oh je. Wenn wir Alexas Quest abschlossen, sollten wir wohl immer noch Profit machen. Trotzdem. Eintausend Dollar.

Mich selbst verfluchend, machte ich mich auf den Weg nach Hause.

Kapitel 11

»Warum genau führen wir diese Observierung durch?«, motzte ich, während wir im Auto saßen und das Gebäude von einem neuen Ort aus beobachteten. Dies war der zweite Aussichtspunkt, den wir in den letzten Stunden genutzt hatten. Alexa hatte entschieden, dass es besser wäre, sich öfter zu bewegen, als wieder die Polizei auf den Hals gehetzt zu bekommen. Nicht, dass ich ihr widersprechen würde, aber …

»Informationen sind vor einem Angriff von großer Bedeutung. Haben wir eine Verbindung?«, erkundigte sich Alexa und stupste mich an. Ich sah auf den kleinen runden Makeup-Spiegel, den wir für diesen Zweck gekauft hatten. Wir dachten, dass es damit einfacher wäre, als dauernd den Rückspiegel verstellen zu müssen.

»Ja. Das Übliche«, antwortete ich und drehte den Spiegel zu Alexa. Ich schwöre, diese Typen sollten unbedingt etwas Besseres tun, als den ganzen Tag in die Glotze zu gucken. Kümmerte es irgendjemanden, welches abscheuliche Essen eingenommen, welcher lang verschollene Cousin mit Amnesie aus dem Gefängnis freigelassen wurde, oder wie man einen doppelten Chocolate-Fudge-Kuchen zubereitet? Am ehesten vielleicht Letzteres.

»Lass sie uns weiter beobachten«, meinte Alexa, nachdem sie in den Spiegel geschaut hatte.

»Schön. Aber worauf warten wir?«, fragte ich mit einer Grimasse. Trotzdem lehnte ich mich zurück und konzentrierte mich darauf, dem Abbild mehr Mana hinzuzufügen, während ich mein Bestes gab, so viel wie möglich davon aus der Umgebung zu ziehen.

»Entweder eine weitere Lieferung oder eine Zahlung. Sie wurden kürzlich bezahlt, also wird es das wahrscheinlich nicht wieder sein. Aber falls sie eine weitere Lieferung erhalten, können wir sie aufhalten und zerstören. Vielleicht können wir sogar gleichzeitig an das Geld kommen.«

»Du willst aber nicht den Angriff starten, wenn der Kurier dort ist, oder? Weil wir dafür zu weit weg sind …«

»Nein. Wir können es mit den dreien aufnehmen, aber ich weiß nicht, wie viele mit dem Kurier kommen. Auch nicht, wann das Geld eintreffen wird. Es wäre besser, wenn wir nur das Produkt zerstören«, entgegnete Alexa.

»Eigentlich glaube ich, dass es besser wäre, ihr Geld einzusacken. Schau, das Produkt ist in der Herstellung wahrscheinlich ziemlich billig, aber das Geld, das sie damit verdienen, ist nun mal Geld.«

»Warum glaubst du, dass es billig herzustellen ist?«

»Funktionieren Drogen nicht auf die Weise? Das Produkt ist billig, aber der Preis steigt, weil das Ganze illegal ist?« Ich zuckte mit den Schultern. »Oder der Preis steigt wegen der Verluste aufgrund der Durchsetzung von Gesetzen, was in diesem Fall unsere Aufgabe ist.«

Alexa legte bei meinen Worten die Stirn in Falten, nickte aber nach kurzem Überlegen langsam.

»Großartig. Dann lass uns nach Hause gehen und den Dolchstoß planen.«

»Können wir bitte nicht so darüber reden?«, fragte Alexa. »Wir sind keine Assassinen.«

»Na gut«, erwiderte ich vielleicht ein wenig mitleidig. Ich schätzte, sie würde auch keine schwarze Maske tragen wollen.

***

»Masken sind eine gute Idee«, lobte Alexa mit einem Nicken. »Ich werde mein Haar hochstecken und zusätzlich eine Perücke tragen.«

»Warte mal. Du findest die Idee mit der Maske gut?«

»Natürlich.« Alexa nickte entschieden. »Wir wollen nicht geschnappt werden. Und du solltest auch einen *Glamour* auf uns legen. Nur für alle Fälle.«

»Sicher«, entgegnete ich und passte meine Denkweise an. Ich sah auf die skizzierte Karte des Hauses, danach auf mein Millimeterpapier. Wer behauptete denn, dass der Kauf dieses löschbaren Millimeterpapiers für meine Rollenspiele Verschwendung wäre? Ha! Als ich es jedoch herausnahm, realisierte ich, wie lange es her war, dass ich eine gute Partie gespielt hatte. Seitdem meine letzte Gruppe aufgrund zwischenmenschlicher Konflikte auseinandergebrochen war – ernsthaft, wie oft mussten wir noch »verabrede dich mit niemandem aus der Spielgruppe« sagen, bis alle es verstanden –, hatte ich kein gutes Spiel mehr gehabt. Andererseits lebte ich in einer städtischen Fantasy-Kampagne. Aber ... nun, es fehlte trotzdem etwas.

Auf dem Kartengitter hatten wir, so gut wir konnten, das innere Layout des Gebäudes durch die wiederholte Anwendung von *Vorhersagen* skizziert. Wir hatten außerdem eine weitere Sektion für den ersten Stock hinzugefügt. Theoretisch hätten wir noch eine für den Keller haben müssen. Bedachte man aber, dass wir diesen nie wirklich gesehen hatten, blieb der Platz im Augenblick leer.

Obendrein besaßen wir zu all dem einen Ausdruck des Satellitenbildes der Nachbarschaft und eine Karte der Straßen rund um den Schauplatz. Sie enthielt Einbahnstraßen, Ausfahrten zur nächsten Schnellstraße, sowie andere hilfreiche Nebenstraßen. Ich hatte mir auch die Zeit genommen, zu markieren, wo die nächstgelegene Polizeiwache lag. Wir fanden jedoch heraus, dass die Wache nur wenige Streifenwagen besaß.

»Ich bin mir nicht sicher, ob ich beeindruckt oder beunruhigt sein soll, wie kompetent du einen Raub planst«, meinte Alexa und beobachtete mich dabei, wie ich weitere Informationen auf der Karte festhielt.

»Gib Shadowrun die Schuld«, erwiderte ich.

Lily prustete daraufhin los, während Alexa mich nur verständnislos ansah.

»Es ist genau wie ein Job bei Shadowrun. Du wirst sogar mit gezogener Knarre durch die Vordertür rennen!« Lily kicherte.

»Wir haben keine Schusswaffen. Oder warte, haben wir welche, Henry?«, fragte Alexa und starrte mich an.

»Keine Schusswaffen. Das sagt man nur so.« Ich legte den Kopf zur Seite in Richtung Lily. »Ich bin jedoch überrascht, dass das jemand kennt.«

»Ich lese gerne Fan-Fiction«, gab Lily zu. »Und anderer Leute Nacherzählungen ihrer Spiele.«

»Ah …« Ich hielt inne und betrachtete den Dschinn. »Du weißt schon, dass du dich einfach für ein Spiel registrieren könntest, um es zu spielen?«

»Kann ich das?« Lily verharrte, ihr Blick wandte sich unbewusst dem Ring an meinem Finger zu. »Ich vergesse immer, dass ich, du weißt schon, Dinge tun kann.«

»Ähem.« Alexa räusperte sich und deutete auf die Karte. »Also, worauf schauen wir hier?«

»Nun, wenn die Dinge schlecht laufen, haben wir ungefähr zehn Minuten – mehr oder weniger –, bis die Polizei eintrifft. Höchstens fünf, falls ein Streifenwagen in der Nähe ist«, erklärte ich, auf die Karte tippend. »Das Viertel ist größtenteils mit Doppelverdienern durchsetzt, daher glaube ich, dass es tagsüber um zehn am besten wäre. In der Nacht sind dort mehr Menschen, deshalb würden wir eher erwischt werden. Wir tun es lieber, wenn die meisten außer Haus sind.«

»Klingt gut«, meinte Alexa.

»Okay. Wir gehen tagsüber hinein. Wenn wir warten, bis sie alle oben sind, können wir direkt zur Vordertür laufen. Ich bin mir ziemlich sicher, dass ich die magische Variante eines Dietrichs erschaffen kann, wenn ich den Rest der Nacht dafür nutze«, erläuterte ich. »Was uns die Vordertür öffnet. Dann müssen wir uns nur noch …« Als mich die Erkenntnis traf, stoppte ich.

»Wir müssen uns um sie kümmern.«

»Genau. Ja …« Mein Gehirn blieb wieder stehen, es entstand eine Pause, die Alexa dazu brachte, mich stirnrunzelnd anzusehen.

»Was stimmt nicht, Henry?«

»Ich bin mir bei unserem Plan nicht sicher. Wenn sie Widerstand leisten, müssen wir gegen sie kämpfen. Sie haben Schusswaffen und …« Ich hielt inne und atmete bebend ein. »Und ich weiß nicht, ob ich ihnen die Waffen wegnehmen kann, ohne sie zu töten. Falls ich überhaupt bereit bin, sie zu töten. Falls ich es kann. Was, wenn ich erstarre? Was, wenn du erschossen wirst, während ich erstarrt bin? Was passiert, wenn meine Schilde nicht gegen die Kugeln ankommen? Was, wenn die Kugeln abprallen und sie treffen? Was …«

»Henry.« Eine Hand legte sich auf meinen Arm und drückte ihn so fest, dass mein Atem stockte und meine abschweifenden Gedanken zur Ruhe kamen. »Du hast zuvor noch nie getötet, stimmt's?«

»Doch, habe ich«, erwiderte ich protestierend.

»Ich meine keine Ratten. Oder Dämonen. Oder offensichtliche Monster«, konterte Alexa. »Ich meine Menschen. Oder menschenähnliche Wesen.«

»Ich …« Ich schüttelte den Kopf. »Was ist daran so anders?«

»Es ist halt so.« Alexa zuckte mit den Schultern. »Wir alle haben unsere eigenen mentalen Problemchen. Es ist nichts Schlimmes. Es macht dich nicht schwach. Aber du musst darüber sehr, sehr sorgfältig nachdenken. Bevor wir noch irgendwelche Pläne aufstellen, musst du ergründen, wo sich deine Grenzen befinden.«

»Und wenn ich sie nicht töten kann?«, flüsterte ich leise.

»Dann werden wir es wissen. Und drumherum planen«, antwortete Alexa.

Ich nickte stumm und zog meinen Arm zurück. Ich bemerkte schockiert, dass meine Hände zitterten, Adrenalin meine Nerven blank legte und mein Herzschlag ohne jedweden Ausweg in die Höhe schoss. Ich taumelte zur Couch, ließ mich draufplumpsen und holte langsam Atem, während meine Gedanken kreisten.

Konnte ich töten? Sollte ich töten? Sie waren Gangster. Drogendealer. Schlechte Menschen. Aber ich war nicht der Punisher. Ich war kein Soldat, der morgens aufstand und Lieder darüber sang, wie er seinen Feinden in den Kopf schießt. Ich war ein Gamer, dem eine Gabe verliehen worden war, und ich hatte sie bisher meistens dazu verwendet, Gutes zu tun. Klar, ich hatte einige Kämpfe bestritten, aber einen Dämon beziehungsweise

Teufelsratten zu töten, war moralisch nicht verwerflich. Sie waren Ungeziefer. Und Dämonen. Ich müsste wirklich verkorkst sein, um ein Problem mit dem Töten von Dämonen zu haben.

Ich hielt inne und merkte, dass ich einmal mehr vor dem anstehenden Thema zurückschreckte. Die Drogendealer. War es richtig? Wenn sie versuchten, mich zu töten, sicher. Das konnte ich. Auge um Auge. Kein Problem. In der Hitze des Gefechts ergab es Sinn. Aber momentan plante ich, in ihr Haus einzudringen und sie zu bekämpfen. Es war so hinterrücks. So … falsch.

War das der Grund, warum das Gesetz zwischen vorsätzlicher Tötung und Mord aus Leidenschaft unterschied? Weil das Planen und Ausführen eines Plans so viel schlimmer war? Dass man sich selbst abhärten musste, um das tun zu können? Aber taten diese Drogendealer nicht genau das Gleiche? Mit ihren Drogen.

Wo zogen wir – zog ich – die Grenze? Ich war kein Heiliger. Ich würde nicht sagen, dass ich niemals töten würde. Das funktionierte nur in Comics. Zur Hölle damit, wenn man den großen Schaden bedachte, den Batman normalerweise einem durchschnittlichen Straßenräuber zufügte. In der realen Welt würde er im Endeffekt aus Versehen jemanden töten, sei es durch eine medizinische

Komplikation, ein unbekanntes Herzleiden, einen Krampfanfall oder ein in das Gehirn eindringendes Blutgerinnsel. Menschen waren zerbrechlich.

Aber das bedeutete nicht, dass ich andere töten wollte. Oder dass ich es sollte. Irgendwo, irgendwie sollte es eine Grenze geben. Zumindest für mich.

Ich saß auf der Couch und blickte auf die geschäftige Straße, während ich darüber nachdachte, wo genau ich die Grenze in meinem neuen Leben zog. In welcher Situation entschied ich, Henry Tsien, Magier, dass es in Ordnung war, ein Leben zu nehmen?

***

Stunden später, als das Abendessen vor mich gestellt wurde, blickte ich auf. Diesmal war Alexa mit dem Kochen an der Reihe gewesen, was leckere, aber einfache Pasta mit Tomaten-Hackfleisch-Sauce ergab. Während das noch dampfende Essen vor mir stand und meinen leeren Magen verhöhnte, nahm Alexa vor mir Platz und sprach mich an.

»Bist du in Ordnung?«

»Ja. Glaub ich zumindest. Ich schätze, ich habe noch nie wirklich darüber nachgedacht, was es bedeutet«, offenbarte ich leise. »Von Orks oder Werschakalen angesprungen und attackiert zu werden, ist das Eine. Ich konnte alles rechtfertigen, was ich tun musste, um mich selbst zu verteidigen. Auch wenn es beängstigend war, nun, was ist das nicht? Aber Einbrechen und sich gewaltsam Zugriff verschaffen … Das Töten von Menschen. Die Moral ist nicht schwarz oder weiß, wenn es im realen Leben passiert.«

Alexa neigte den Kopf kurz zur Seite, bevor sie langsam nickte. »Das ist etwas, was ich an dir bewundere und zugleich bemitleide, Henry. Deine Unschuld, deinen Optimismus und deinen Glauben an die Menschen. Während uns gelehrt wird, dass jeder von Gott geliebt wird, werden wir gleichzeitig trainiert zu töten und Übernatürliche minderwertiger als Menschen anzusehen. Selbst die Menschen, die mit Magie und der übernatürlichen Welt dilettantisch herumstümpern, werden als verdorben und wertlos angesehen. In der Theorie war es leicht für mich. Ich war eine Glaubensheilerin. Es war nicht so, dass ich direkt mit ihnen hätte kämpfen müssen. Während wir alle das Training durchliefen, war es für mich weniger real. Dann wurde ich zu dir geschickt und wir haben mit den Übernatürlichen interagiert – Quests für sie erledigt. Mit ihnen geredet. Schutzzauber für ihre Neugeborenen und Lichtshows für ihre Abschlussfeiern durchgeführt. Sie hörten auf, wie Monster auf mich zu wirken, aber …«

»Aber?«

»Aber die Bösen sind immer noch böse. Die Templer sind hier, um diejenigen aufzuhalten, die schlecht sind, die Böses tun. Ob es nun Drogendealen oder das Töten von Menschen ist, ob sie menschlich oder übernatürlich sind. Wenn sie Böses tun, ist es mein Job – unser Job – sie aufzuhalten«, beantwortete Alexa.

»Aber ich bin kein Templer.«

»Nein. Bist du nicht.«

Ich rieb mir das Gesicht, nahm meine Gabel und wickelte ein paar Nudeln auf, um mich abzulenken. Nach einiger Zeit schüttelte ich den Kopf und ließ die Gabel fallen. »Ich denke nicht, dass ich es mir aussuchen kann, Alexa. Ich weiß, dass es falsch ist, was sie tun. Ich weiß das. Aber sie zu töten, wenn sie nicht vorhaben, mich zu töten, das kann ich nicht.«

»Dann sollten wir einplanen, sie gefangen zu nehmen«, schlug Alexa vor. »Wenn wir die Zeit haben, kann ich die Tempelritter bitten, sie einzusperren.«

»Die sie dann töten«, sprach ich mit Entsetzen in der Stimme aus.

»Nicht unbedingt«, erwiderte Alexa. »Ich bin mir sicher, dass sie Informationen haben, die wir nutzen könnten.«

»Wie zum Beispiel?«

»Ihren Lieferanten. Für wen sie arbeiten. Ihre Ziele«, ratterte Alexa herunter.

»Oh …«

Ich konnte nachhaken und sie fragen, was passieren würde, wenn all diese Informationen erlangt waren und sie erfahren hatten, was sie wissen wollten. Aber mal ehrlich, ich wusste diese Antwort schon. Und irgendwie musste ich zugeben, dass ich es zulassen würde. Vielleicht war es heuchlerisch von mir, Menschen zum Tode zu verdammen, ohne ihr Blut an den eigenen Händen zu wollen. Aber selbst wenn, dann war es eine Stufe der Scheinheiligkeit, mit der ich leben konnte. Und auch schlafen.

»Gefangennehmen.« Ich drehte erneut Nudeln auf und nickte dann entschieden. »Wenn wir das tun wollen, sollte ich mich besser an die Planung machen.«

Alexa lächelte zu meinen Worten, nickte leicht und lehnte sich zurück. Nebenbei bemerkte ich, wie Lily finster dreinblickte, während sie am Computer tippte, aber sie sagte nichts, zumindest noch nicht.

Erst später in der Nacht, als Alexa sich zum Schlafen zurückgezogen hatte, ich nach unten gekommen war und mein Verstand noch immer geringfügige Änderungen des Plans durchspielte, sprach der Dschinn schließlich.

»Bist du damit wirklich einverstanden?«, fragte Lily, während ich die Miniaturen eines kleinen Magiers in Robe und eines Paladins auf dem Spielbrett verschob.

»Was? Mit dem Plan? Natürlich, ich habe ihn mir ausgedacht.«

»Auf Geheiß der Templer«, wandte Lily ein, tippte auf die Tastatur, um ihr Spiel zu pausieren, und drehte sich direkt zu mir. »Es ist nicht wirklich deine Quest. Du hast keine persönlichen Nachteile, falls du versagen solltest.«

»Außer, dass ich vielleicht Alexa verliere.«

»Bis auf das«, räumte Lily ein. »Aber obwohl sie jetzt vielleicht freundlich zu dir ist, erinnere dich, dass es ihre Aufgabe ist, ein Auge auf dich zu haben und dich am Leben zu halten, bis du Level Hundert erreichst und dir der Ring abgenommen werden kann.«

»Woraufhin jeder, auch ihr Boss, hinter mir her sein wird«, stellte ich bestätigend fest. »Ich erinnere mich. Und darum ... darum muss ich das tun.«

Lily grummelte und drängte mich fortzufahren. Ich seufzte.

»Ich bin kein Mörder, Lily. Ich meine, klar. Ich habe Kobolde getötet. Und den Dämon. Und Teufelsratten und böse Raben. Und diese seltsamen Lama-Kreaturen«, gab ich zu und hakte die Gewalttaten ab, die ich im Laufe meiner Zeit als Magier begangen hatte. »Aber ich bin kein Mörder. Nicht wie die Templer. Oder die Orks. Oder die Werschakale. Ich wurde nicht zum Töten erzogen.«

»Also wirst du ihnen klarmachen, dass du nicht töten wirst?«, fragte Lily noch immer skeptisch. »Wie wird dir das beim Überleben helfen?«

»Wenn ich überleben will, muss ich mich selbst anstrengen. Und sie zu töten ist leicht. Simpel. Aber mein Leben wird dadurch nicht einfacher sein, und es wird auch nicht leichter werden«, überlegte ich langsam und forschte in meinem Verstand, um einen Denkprozess zu erklären, den ich selbst kaum begriffen hatte. »Falls ... wenn ich Level Hundert erreiche, wenn der Ring sich löst, werde ich gegen alle kämpfen müssen. Falls ich lerne, mich in den Griff zu bekommen, solange man mich noch mit Samthandschuhen anfasst, werde ich vielleicht mit ihnen allen fertig, sobald die Samthandschuhe verschwunden sind.«

Lily lächelte traurig zu meinen Worten, erwiderte aber weiter nichts. Ich wusste – so wie sie wahrscheinlich –, dass ich eine Art naiver Hoffnung besaß. Aber meine Überlebenschancen mit Level Hundert brauchten diese Hoffnung. Ich wusste schon von zwei größeren Gruppierungen, die es auf mich abgesehen hatten. Und natürlich würden andere folgen. Aber Hoffnung, so naiv und aussichtslos sie sein mochte, war alles, was ich hatte.

***

Die Fahrt zum Drogenhaus am nächsten Morgen verlief still und angespannt. Ich tätschelte wiederholt meine Jacke, eine nervöse Bewegung, während ich versuchte zu erfassen, was zur Hölle ich übersehen hatte. Es war bescheuert, ich hatte buchstäblich eine lange Liste von Allem aufgestellt, was ich benötigen würde, und alles heute früh am Morgen abgehakt. Dann hatte ich die Liste gelöscht und alles verbrannt, was als belastendes Material gelten könnte.

»Hör auf damit. Nichts hat sich seit der letzten Minute verändert«, forderte Alexa miesepetrig.

»Sorry.« Ich senkte die Hände. »Okay. In fünf Minuten werde ich einen *Glamour* und eine *Illusion* auf uns werfen, um zu verbergen, wer wir wirklich sind. Ich werde das Gleiche mit dem Auto machen, sodass man das Fahrzeug nicht zurückverfolgen kann. Dann …«

»Henry. Wir sind das hundertmal durchgegangen. Wir werden das gut hinbekommen«, entgegnete Alexa, was mich allmählich verstummen ließ. Ich wusste, dass sie recht hatte, aber ich verspürte den Drang, sie anzuschnauzen. Ein Gefühl, das ich mit einer Woge an Willenskraft herunterschluckte, auf die ich ziemlich stolz war. In Wahrheit wusste ich, dass ich mich irrational verhielt.

»Okay. Okay.« Ich verfiel in Schweigen und nach einigen Sekunden begann ich erneut, über die Liste der Gegenstände nachzudenken, die ich mitgebracht hatte.

»Fünf Minuten«, unterbrach mich Alexa, während ich gedanklich zum x-ten Mal die mitgebrachten Dinge durchging.

Ich holte tief Luft und atmete aus, während ich eine *Illusion* über das Auto legte. Es war keine komplexe *Illusion*, nur geringfügige Änderungen wie die Farbe des Autos und das Nummernschild neben dem Entfernen von Dellen, Kratzern und anderen potentiell identifizierbaren Dingen. Nachdem ich eine Manawoge in das Auto geschickt und den Zauber abgeschlossen hatte, drehte ich mich zu Alexa und nickte. Zusammen tippten wir auf einen kleinen verzauberten Holzblock, den ich letzte Nacht erschaffen hatte, um für uns einen einfachen *Glamour* und eine *Illusion* zu speichern. Für beide Fälle hatte ich langweilig und generisch gewählt. Ich ließ Alexa älter, brünett und weniger markant aussehen, während ich mich selbst kaukasisch und ebenfalls brünett und älter aussehen ließ.

Während sich das Auto dem Haus näherte, nahm ich mir einen Moment, mich ein letztes Mal mit den Spiegeln im Haus zu verbinden, um zu überprüfen, ob sich die drei an ihren üblichen Plätzen befanden. Glücklicherweise waren sie das, was es uns erlaubte, unsere schändliche Tat unmittelbar fortzuführen.

Schritt eins: Das Auto parken, so dass wir direkt und problemlos zum Haus gehen konnten, ohne uns dabei verdächtig oder zwielichtig zu verhalten. Ich griff meinen Rucksack und schwang ihn über die Schulter, während Alexa ihren auseinandergebauten Speer in einer einfachen Sporttasche mitnahm. Als wir dem Haus näherkamen, bewegte ich mich so, dass Alexa nicht von irgendwelchen Nachbarn gesehen werden konnte, während ich einen simplen Illusionszauber über die Überwachungskamera des Hauses legte. Nach einem kurzen Moment hatte Alexa die Tür mit ihren Dietrichen geöffnet.

Ich fühlte mich wirklich schlecht wegen meiner Selbstüberschätzung. Als ich tatsächlich einmal über die Voraussetzungen des magischen Schlossknackens nachgedacht hatte, wurde mir klar, dass ich weder die

Zaubersprüche, noch die nötige Zeit hatte, ein verzaubertes Werkzeug zu vervollkommnen. Onlinevideos, die zeigten, wie man Bolzen und Zylinder bewegte, waren eine Sache. Aber einen Machtzauber zu erschaffen, der nicht nur den Bogengrad und den Winkel anpassen, sondern auch die Geschwindigkeit der Kraft auf winzig kleine Metallstücke anwenden konnte, war jenseits meines Verstandes. Alexa hatte letzte Nacht lange gelacht, als ich wegen dieser Angelegenheit zu maulen begann, bevor sie mich über ihre Fähigkeiten informierte.

Schritt zwei war einfach. Sobald wir drinnen waren, verifizierte ich mittels *Vorhersagen*, dass unsere Ziele sich noch immer am gleichen Ort befanden. Während ich das tat, setzte Alexa ihren Speer zusammen und machte sich für den Kampf bereit, der jederzeit losbrechen konnte. Zur selben Zeit ging ich die Zauberformeln durch, die ich nur für diese Situation erschaffen hatte, bevor ich den Vorhersagezauber löste. Wenn alles gut lief, würde niemand sterben.

Schritt drei erforderte tatsächliches Handeln. Ich schlich mich an, mit meiner besten Nachahmung von Sneaky Pete. Natürlich war ich nicht wirklich im Schleichen ausgebildet, aber ich war ja auch mal Kind. Die Regeln in Erinnerung rufend, die wir genutzt hatten, als wir zuhause

Ninjas spielten, stellte ich sicher, dass ich nicht in die Mitte der Treppenstufen trat, während wir geduckt hinaufstiegen. Als ich den ersten Stock erreichte, blickte ich verstohlen um die Ecke, um die drei ausgestreckt im Wohnzimmer zu erblicken, immer noch auf den Fernseher starrend.

Erneut erschuf ich in meinem Verstand eine Zauberformel. Diesmal bereitete ich einen *Machtpfeil* vor. Aber statt eines einzelnen kugelförmigen Gefäßes beschwor ich ein längeres zylindrisches Gefäß. Eins, das leicht flexibel war. Ich nannte es Machtseil und theoretisch könnte ich durch die dreifache Anwendung des Zaubers die drei Menschen ohne Probleme einwickeln.

Während sich die beiden ersten Zauber bereits in meinen Gedanken formten, begann ich mit dem dritten. Es war zwar schwer, aber nicht unmöglich, da dies immer der gleiche Zauberspruch war. Nicht wie bei der Beschwörung von drei verschiedenen. Hier musste ich mich wenigstens nur darauf konzentrieren, die Manafäden und Zauberformeln im Gedächtnis zu behalten.

Das laute und stetige von draußen kommende Geplärre einer Hupe unterbrach meine Konzentration, der dritte Zauber löste sich auf. Ich verlor beinahe auch die anderen zwei, die Rückkopplung des unterbrochenen Zaubers ließ mich aufkeuchen und die Zähne zusammenbeißen. Glücklicherweise wurde der Lärm, den ich verursachte, durch das kontinuierliche Hupen übertönt.

»Scheiße. Ist heute Liefertag?«, knurrte eine Stimme von oben. Stühle knarzten, als unsere Ziele aufstanden. Mit weit aufgerissenen Augen wechselte ich mit Alexa einen schockierten Blick, da unsere Pläne in Sekunden verrissen worden waren. Einen Moment lang standen wir starr vor Schreck. Schritte kamen näher, bevor Alexa reagierte, nach oben raste, mich leicht zur Seite rempelte und dazu zwang, erneut um die Aufrechterhaltung der Zauber zu kämpfen.

»Was … Urkk«, schrie die Stimme, der krächzende und gurgelnde Schluss lieferte einen akustischen Hinweis, was passiert war. Ich hatte keine Zeit mehr, keine Gelegenheit, um über unser Pech nachzudenken. Es war Zeit zum Handeln.

Ich lief nach oben, suchte und fand meine Ziele. Einer griff nach einer Schrotflinte unter seinem Stuhl, der Zweite versuchte mit seiner freien Hand, Alexas Speer abzuwehren, während er vergeblich nach einer Pistole in seiner Hose griff, und der Dritte lag mit aufgeschlitzter Kehle auf dem Boden. Ich blendete den Zweiten aus und konzentrierte mich auf den Ersten, während ich die Koordinaten meines Zaubers anpasste.

»Machtseil!«, rief ich und ließ den Zauber mit einer akustischen Komponente frei. Ich hielt den zweiten Zauber zurück, webte allerdings bereits die Zauberformel, um die Reichweite auf »viel näher« anzugleichen. Nicht, dass es nötig war. Alexa hatte die Hand des Mannes aufgeschnitten, sich dann gedreht und in die Region seiner Blase, genau über der Pistole getreten, was den Gangster vom Ziehen abhielt.

Mein Machtseil flog nach vorn und wickelte Arme und Körper des ersten Gangsters um den Polstersessel, auf dem er gesessen hatte. Er schrie, als sich die Kette festzog. Gepolsterte sowie hölzerne Bestandteile des Sessels knarrten, während meine hastig rekonstruierten Zauberformeln die Bewegungen des Gangsters etwas zu sehr einschränkten. Er brüllte vor Schmerz und Überraschung, ein Geräusch, das mir durch Mark und Bein ging. Ein Machtball in seinem Mund funktionierte als ein nützlicher fast transparenter Knebel.

Während ich mich zu Alexa und ihren Gegnern umdrehte, bemerkte ich, dass sie ihren Speer in das Genick des zweiten Mannes gestoßen hatte, diesmal zerschnitt er Venen und Arterien. An seine Kehle greifend, gurgelte der Mann, während sein Blut herausfloss, nicht imstande, mehr Geräusche als Alexas erstes Opfer herauszubringen.

»Fixiere ihn!«, blaffte Alexa mich an, während ich auf die größer werdende Lache Blut starrte. Ich drehte mich herum und sah, dass mein eigenes Ziel seinen Stuhl seitlich zu Boden hatte fallen lassen, während er sich immer noch festgebunden vergeblich zu seiner Schrotflinte vorkämpfte.

Ich hetzte zu ihm und trat die Waffe weg, bevor ich die Füße des Mannes mit einigen Kabelbindern fesselte. Ich runzelte die Stirn und erkannte, dass ich ihn entweder freigeben konnte, um dann zu versuchen, seine Arme gewaltsam zusammenzureißen und ihn wieder zu fixieren, oder ich könnte ihn durch Magie an den Stuhl gefesselt lassen. Ich wusste, dass das nicht die sicherste Methode war. Der Stuhl war zu groß und aus Plüsch, zu nachgiebig für eine wirklich sichere Fesselung. Mit einer Grimasse vermerkte ich gedanklich, später nach einem Schlafzauber zu schauen. Dann erschuf ich ein zweites Machtseil. Dieses ließ ich über eine seiner Schultern und zwischen seine Beine gleiten in dem etwas bizarren Stil eines Fünfpunktgurts bei einem Kindersitz.

»Komm schon«, schnauzte Alexa von unten. Ich konzentrierte mich wieder und hörte, dass sich unten die Garagentore öffneten. Ich eilte ins Erdgeschoss und meine Füße machten schmatzende Geräusche, als ich durch das Blut lief. Kurz drehte sich mein Magen um und erinnerte mich daran, dass es dort nun zwei sterbende Menschen gab, die ich zurückließ, aber …

»Ich werde zuerst die Garagentore schließen. Mach einen *Machtspeer* bereit. Ich werde mich um die erste Person kümmern, die herauskommt. Du kümmerst dich um die zweite!«, wies Alexa mich an, während sie sich neben die Tür zur Garage kauerte, die Fernbedienung der Garagentore noch immer fest in der Hand haltend. Beinahe sofort, als sie oben waren, drückte sie auf den Knopf und die Tore schlossen sich wieder. »Halt dich bereit.«

Ich nickte und konzentrierte mich innerlich, während ich einen *Machtspeer* bereitmachte. Ich rundete die Spitze ab, um sicherzustellen, dass er meinen Widersacher nicht sofort töten würde. Ein Teil von mir fragte sich, ob ich *Vorhersagen* beschwören sollte, um zu überprüfen, wie viele Typen wir erwarten könnten, aber wir hatten nur Sekunden übrig und keinen Zugriff auf einen Spiegel. Ich verwarf die Idee und zwang mich, tief einzuatmen, das Surren des fertigen Zaubers setzte meinem Verstand zu.

»Mario!«, rief eine überraschend schrille Stimme aus der Garage. Einen Moment später ruckelte der Türknauf und die Tür schwang auf, einen überrascht aussehenden Menschen offenbarend. Auf den zweiten Blick bemerkte ich allerdings, dass die Kreatur kein Philtrum unter der

Nase hatte und ihre Haut leicht in einem schwachen goldenen Glanz leuchtete. Bevor ich alles erfassen konnte, schwang Alexa ihren Speer in Richtung des Wesens. Nur ein reflexartiges Abblocken mit der Sporttasche, die es in der Hand hielt, rettete es vor dem Aufspießen.

»Wer seid ihr?«, knurrte das Wesen und sprang zurück, während es Alexas Angriffe mit der Tasche vereitelte. Dieser goldene Glanz schien sich um seine Stirn zu konzentrieren, die Intensität wurde größer. Mit einem Knurren hob ich die Hand und ließ den *Machtspeer* frei, bevor ich mich gleich mit welchem Zauber, Fluch oder welcher Fähigkeit auch immer auseinandersetzen müsste.

Diwata (Level 38)
LP 138/138

Der Diwata zuckte mit dem Kopf zur Seite in einem vergeblichen Versuch, dem *Machtspeer* in letzter Sekunde auszuweichen. Der *Machtspeer* schnitt sich durch die Seite seines Kopfes, was das Monster zurücktaumeln ließ. An diesem Punkt fetzte sich Alexas Stoß durch seine Schulter. Die Novizin drängte nach vorn, während sie versuchte, die Kreatur aus dem Gleichgewicht zu bringen. Die beiden betraten die Garage, wo Alexa von einem größeren Humanoiden an der Schulter getroffen wurde.

Sofort kroch ich zur Tür und sah, wie Alexa gegen Holzregale in der Garage gedrückt und wiederholt von einem Ork in der Größe eines Linebackers geschlagen wurde, auf seiner Sportjacke aus Polyurethan zeigte er sportbegeistert das Logo eines bekannten Footballteams. Aber ich hatte nur wenig Zeit zum Beobachten, da der Diwata seine Aufmerksamkeit auf mich gerichtet hatte, das Leuchten auf seiner Stirn kehrte zurück.

»Schild!«, fauchte ich, hob die Hand, spreizte die Finger und mein Schild wehrte die Druckwelle der magischen Energie komplett ab. Ich schwankte, während die Kreatur ihren Vorteil ausnutzte und kontinuierlich mit ihrer eigenen Magie auf die Schutzwand meines Zaubers einschlug. Ungeachtet der Brillanz des Angriffs versuchte ich verzweifelt zu sehen, was in der Garage passierte.

Außerstande, hinter meinen nun undurchsichtigen Schild zu blicken, hob ich die andere Hand und begann, einen *Machtpfeil* zu beschwören. Ich nutzte die simplere Version des Zaubers, damit ich die Anzahl der *Machtpfeile* multiplizieren konnte. Dann schoss ich sie blindlings durch die Garagentür, darauf hoffend, dass Alexa noch immer in der Ecke war. Für einen Moment gab der Druck auf meinen

Schild nach, kehrte dann aber doppelt so stark zurück. Risse entstanden überall auf dem Schild, als meine Konzentration wankte und mein Mana sich zusehends leerte.

»Verdammt«, fluchte ich, hielt beide Hände in die Höhe und ließ Mana durch sie fließen, um meinen Schild zu verstärken. Er hielt wieder, aber ein kurzer abgewürgter Schrei aus der Garage ließ mich wissen, dass meine Freundin Hilfe benötigte. Schnell. Ich schluckte, warme nach Eisen schmeckende Flüssigkeit rann nach einem Biss auf die Zunge meine Kehle hinunter, während ich mich zwang, mich zu fokussieren.

Ich konnte innerhalb der Garage nicht genug sehen, um einen Zauber zu beschwören. Ich konnte dafür nicht einmal Mana umleiten. Es gab keine Garantie, dass mein Schild und mein Mana länger Bestand hätten als bei dem Diwata, aber ich musste handeln. Ich musste dazustoßen.

Stoßen.

Oh. Ich ohrfeigte mich in Gedanken selbst, konzentrierte mich auf die Zauberformel und suchte innerhalb meines Verstandes schnell nach der entsprechenden Lektion. Es war seltsam, wie der kanalisierte Zauber in mir eine physische Existenz zu haben schien, wie ein leuchtender Text, verdreht und zusammengestaucht, durch den Mana floss. Ein Kanal, den ich nur lokalisieren und anpassen musste. In diesem Fall war es der Teil der Positionierung des Zaubers.

Ich löste die anderen Bestandteile des Zaubers und passte die Abschnitte an, die Größe und Ausrichtung des Schildes vorschrieben. Meinen Körper als Anfangspunkt für die Koordinaten nutzend, schob ich meinen jetzt losgelösten Schild vorwärts und änderte rasch seine Position. Ich wandelte im Grunde den gesamten *Machtschild* in ein sich bewegendes Projektil um, das ich konstant mit Mana fütterte. Ein lautes Einatmen und ein plötzlicher Gegendruck informierten mich, dass meine Aktionen bemerkt worden waren, allerdings zu spät. Der Aufprall des Schildes auf den Körper des Diwata erschütterte mich mental, aber glücklicherweise brach die Attacke der Kreatur gleich nach dem Aufprall ab.

Selbst dann gab ich nicht nach. Fortwährend an meinem Mana zapfend, schob ich den Schild weiter vorwärts und drückte die Kreatur in der Garage auf die Motorhaube des geparkten Autos. Ich spürte einen plötzlichen Druckverlust an der Vorderseite, sogar als mein *Machtschild* sich nicht weiterschieben wollte, während die Beine des Wesens zerquetscht und zwischen Auto und Schild eingeschlossen wurden. Der Diwata stieß abgewürgte Schreie aus, obwohl sich der Zauber langsam zerstreute. Ich hatte keine Zeit für das Monster, hastete in die Garage und erblickte Alexa.

Der Novizin ging es nicht so gut, ihre Schulter war mithilfe ihres eigenen Speers an die Wand gepinnt. Sie und ihr Gegner kämpften um den Schaft des Speers, der größere Ork baute sich über der Novizin auf, während er den Speer erbarmungslos Alexas Griff entzog.

»STIRB«, brüllte ich, während ich die Hand hochschleuderte und einen *Eisball* herbeirief. Ich passte den Zauber an und machte das Gefäß schärfer und zielgerichteter. Dann startete ich die Attacke auf den Hinterkopf des Orks. Unglücklicherweise hatte ihn mein Schrei alarmiert und er duckte sich, was den *Eisball* direkt über Alexas geweiteten Augen einschlagen ließ.

»Nicht auf mich!«, schrie Alexa, nutzte aber die flüchtige Entgleisung der Konzentration des Orks, um ein Knie zwischen seine Beine zu stoßen. Er knickte noch weiter ein und sein Griff lockerte sich. Das gab Alexa die Gelegenheit, den Speer sauber aus ihrer Schulter zu reißen. Ich schoss einen *Machtspeer* in den unteren Rücken des Orks, der Angriff grub sich durch seinen Körper und drang von hinten in die Brusthöhle der vorgebeugten Kreatur ein.

Während der Ork nach einem kraftvollen Stoß von Alexa wegtaumelte, sah sie mich dankbar an und warf dann den Speer. Ich drehte mich zur Seite, nur um zu sehen, wie der Diwata rückwärts torkelte, seine Beine waren wieder geheilt. Allerdings steckte jetzt der Speer in seiner Brust.

»Was?« Mein Mund klappte auf. Ich hatte gesehen und gespürt, wie mein Schild seine Beine zerquetschte. Mit einem Kopfschütteln stolperte ich zu ihm und riss den Speer aus seinem Körper. Dann wuchtete ich ihn erneut in die Brust des Monsters, sein Herz durchbohrend. Die Kreatur zuckte noch einmal, zum allerletzten Mal. Ich atmete erleichtert aus. Anders als der Diwata lag der Ork auf dem Boden und verblutete, während Alexa eine weiß leuchtende Hand auf ihre Schulter legte.

»Bist du in Ordnung?«

»Nein!«, blaffte Alexa. Ich nickte stumm, wankte zu ihr und hob die Hand, um *Heilen* zu wirken. »Nicht nötig. Die Kettenweste hat Schlimmeres verhindert. Meine Heilung wird das in einigen Minuten behoben haben. Behalte du dein Mana.«

Ich nickte erneut wortlos, dankbar, dass ich meine bereits niedrigen Manareserven nicht noch mehr belasten musste.

»Ich werde …« Ich hielt inne, überlegte, was ich tun sollte, und deutete dann hoch auf die Treppe. Alexas schroffes Nicken ließ mich verbissen lächeln, während ich die Treppe hinaufging, mit pochendem Herzen und zittrigen Händen. Erst als ich oben ankam und feststellte, dass das letzte am Leben gebliebene Mitglied der kriminellen Gruppe noch immer gefesselt war, sackte ich mit bebenden Händen zu Boden.

Oh Götter. Sie war beinahe gestorben. Ich war beinahe gestorben.

Kapitel 12

Ich brauchte ein paar Minuten, um über die plötzliche Welle der Gewalt hinwegzukommen, den Tod, den wir über diese lebenden, atmenden, empfindungsfähigen Menschen und Übernatürlichen gebracht hatten. Als der anfängliche Schreck vorbei und das Adrenalin zurückgegangen war, stand ich auf und sah aus dem Fenster. Glücklicherweise schien keinerlei Bewegung von anderen Häusern auszugehen, keine zuckenden Vorhänge oder wichtigtuerische Nachbarn. Während mir unsere kleine Auseinandersetzung ungemein laut vorgekommen war, schien sie keine übermäßige Aufmerksamkeit auf sich gezogen zu haben. Oder jemand war schon am Telefon, um die Polizei zu verständigen.

In der Zeit, in der ich mich beruhigte, bemerkte ich, dass ich nicht der Einzige war, der zur Ruhe gekommen war – unser Gefangener lag still auf dem Boden und starrte mich an. Bisweilen sah ich, wie er gegen das Machtseil ankämpfte, bevor er sich wieder entspannte und dabei nichts erreicht hatte. Mit einem düsteren Lächeln ging ich an ihm vorbei, um die Waffen aufzusammeln. Ich entlud vorsichtig die Schrotflinte und die Pistolen, steckte die Patronen ein und warf die Waffen in eine Einkaufstasche, die ich entdeckt hatte.

»Henry?«, rief Alexa zu mir hoch, während sie die Treppen heraufkam. »Oh, gute Idee. Hast du schon das Geld gefunden?«

»Noch nicht«, antwortete ich. »Ich war … ähm … noch nicht.« Ich errötete leicht und entschied mich, sie nicht über meinen kurzzeitigen Kontrollverlust zu informieren. Ich war mir sicher, dass sie es verstehen würde. Sie kannte die letzten Situationen, in denen ich einen »blinden Moment« gehabt hatte. Aber mein Stolz war heute schon genug in Mitleidenschaft gezogen worden. »Ich werde danach Ausschau halten.«

»Klar doch. Aber wie wäre es, wenn du zuerst seinen Knebel entfernst?«

Ich gestikulierte in seine Richtung und löste damit den einfach gewobenen Machtball, der in seinem Mund gesteckt hatte. Der Mann spuckte aus, rieb sein Gesicht an der Schulter, den Sabber vom Mund wischend, während Alexa den Stuhl aufrichtete. Nur ein leichtes Zischen der Novizin wies darauf hin, dass sie zuvor verletzt worden war. Nun, außer des blutigen Shirts, das sie trug.

»Jetzt lass uns reden.«

»Denkst du, dass ich Angst vor dir habe, Mädchen?«

Das laute Knacken des Speergriffs, der den Mann traf, verfolgte mich, während ich in das Badezimmer lief. Ich schloss die Tür, blendete die Geräusche des Verhörs aus und begann, den Raum zu inspizieren. Nun, durchwühlen war vielleicht das passendere Wort. Natürlich sorgte ich zuerst dafür, neue Handschuhe anzuziehen, die alten sahen nach den vorangegangenen Kämpfen irgendwie ziemlich schlimm aus.

Leider war der Raum nicht sehr interessant, es sei denn, man hatte ein leidenschaftliches Interesse an stinkenden Männersocken und muffiger Unterwäsche. Was vielleicht eine sexuelle Vorliebe sein könnte, vermutete ich. Aber ich schätzte auch, dass der Marktpreis dafür unrentabel war. Ich hätte beinahe mein Handy herausgezogen, um ihn zu überprüfen, aber durch meine nun höhere Selbstbeherrschung, die ich durch das Studieren von Magie erlangt hatte, konnte ich mich weiter auf meine Suche konzentrieren.

Als ich mit dem Raum fertig war, ging ich zum nächsten. Und dort fand ich den Jackpot. Ein einzelner großer Safe stand in einem Abstellraum und wartete auf einen Meistersafeknacker. Natürlich war das nicht ich.

»Alexa, hier ist ein Safe«, rief ich der Novizin zu, während ich den Raum verließ.

Alexa lächelte daraufhin und wandte sich mit einer raubtierhaften Miene dem Menschen zu. Aus einer gespaltenen Lippe und einer gebrochenen Nase blutend, warf der Mann Alexa einen wütenden Blick zu, ließ seinen Mund aber geschlossen.

»Überprüf ihre Geldbörsen. Oder die Umgebung des Safes. Ich wette, dass diese Trottel die Kombination irgendwo aufgeschrieben haben«, riet mir Alexa, die Augen auf den Mann fokussiert. Als er hinunter zur Treppe schaute, schnaubte sie. »Oder vielleicht am Kühlschrank?«

Die Augen des Mannes weiteten sich etwas, dass sogar ich es mitbekam.

»Sollten sie wirklich so dumm sein?«, murmelte ich, während ich die Treppe hinunterging und aufpasste, nicht durch die wachsende Lache Blut zu laufen. Ich wusste, dass wir wegen all dem etwas unternehmen mussten, aber im Moment entglitt mir das Ganze. Ich hatte wirklich keine nützlichen Zaubersprüche für solch eine Situation parat.

Nach wenigen Minuten war ich wieder oben und hielt den Post-it-Zettel mit der Kombination in der Hand, der griffgünstig mit einem Magneten der Aufschrift »Walk Away Fatty« am Kühlschrank befestigt gewesen war. Ich fragte mich, welcher der Drei den Magneten gekauft hatte, während ich am Schloss drehte. Ich benötigte drei Versuche, einmal drehte ich falschherum und beim zweiten Mal verpasste ich eine Zahl, bevor ich den Safe öffnen konnte. Wenn sie schlau genug gewesen wären, Dinge wie eine grundlegende, funktionsfähige Sicherheit auf die Beine zu stellen, dann wären sie nicht Ganoven geworden.

Und jetzt nicht tot.

Während ich in den Safe griff, um das dort gestapelte Geld in die von mir entdeckte schwarze Sporttasche zu legen, begannen meine Hände erneut zu zittern. Ich holte gewaltsam Luft und atmete aus. Ich übernahm die Kontrolle über meine umherirrenden Gedanken und schob sie für den Moment beiseite. Vorerst ging ich ihnen lieber aus dem Weg.

»Ihr glaubt, dass ihr damit davonkommt? Ihr wisst nicht, mit wem ihr euch anlegt! Sie werden euch töten. Sie sind nicht menschlich!«, schrie der Mann, an dem Sessel strampelnd. »Ihr seid wahnsinnig.«

»Warum erzählst du mir dann nicht alles darüber? Wer diese Leute sind«, verhöhnte Alexa den Mann.

»Du verstehst es nicht. Sie werden mich töten. Und euch. Oder schlimmer!«

»Was ist schlimmer als der Tod? Also außer Folter«, räumte Alexa ein und ein leichtes, hohes Jaulen folgte kurz danach ihren Worten. »Sei still ... du willst doch nicht, dass ich dich wieder kneble, oder?«

»Sie werden dir deine Seele herausreißen. Sie nutzen Magie!«

»Du bist wirklich nicht sehr schlau, stimmt's?«, fragte ich ihn, als ich zurück in den Raum kam, gebeugt durch die schwere Tasche unrechtmäßig erworbenen Kapitals. »Was denkst du, habe ich benutzt?«

Der Mann hielt inne und schaute nach unten, wo er festgehalten wurde. Dann warf er sich mit seinem Sessel herum und schrie etwas über den Teufel. Alexa griff sich eine Socke, schob sie in seinen Mund und stopfte sie tief hinein, bevor sie mich wütend anblickte.

»Du musstest ihn ja auch erinnern.«

»Woher sollte ich wissen, dass er so dumm ist?«, klagte ich.

»Du hast gerade mit einem Post-it-Zettel aus der Küche einen Safe geöffnet.«

»Touché.« Mit einem Blick auf die stillen, abkühlenden Leichen sagte ich langsam: »Wir haben vielleicht ein Problem.«

»Kein Problem. Ich habe meine Vorgesetzten bereits angerufen. Sie sind auf dem Weg.«

»Ist das nicht, du weißt schon, Teil deiner Prüfung?«

»Nein«, erwiderte Alexa mit einem Stirnrunzeln. »Warum sollte ich darin geprüft werden, wie man Leichen loswird? Weißt du nicht, dass mit bestimmten übernatürlichen Körpern vorsichtig umgegangen werden muss? Ein mutierter Zombie, der in den nahegelegenen Fluss geworfen wird, könnte erhebliche Probleme verursachen. Das lässt man lieber die Experten erledigen. Selbst Templer Ignis würde mich bei der ordnungsgemäßen Nutzung unserer Ressourcen und meines Trainings nicht durchfallen lassen.«

»Oh«, blinzelte ich. Nun, was auch sonst. »Und was passiert jetzt mit dem da?«

»Sie werden sich darum kümmern«, informierte mich Alexa. Da der Überlebende gesichert war, lief sie zur Couch, setzte sich und zog eine Tasche zu sich. Sie entnahm ihr zwei Geldbörsen. Alexa öffnete sie, prüfte die dort vorhandenen Karten und blickte unwirsch, während sie aus beiden die Führerscheine herauswarf.

»Problem?«

»Ja«, antwortete Alexa.

Als sie weiter nichts sagte, lief ich hinüber, um einen Blick auf die Führerscheine zu werfen. Oh. Das ergab Sinn. Sie waren aus Ashland, unten im Süden. Auch wenn Ashland in unserem kleinen Staat rein technisch nicht die Hauptstadt des Verbrechens war, so war das doch nur eine Formalie, weil kein Politiker eine solche Auszeichnung verlieh. Es wäre wie die Verleihung des Darwin Awards an die Mutter eines Kindes. Gemein und unnötig.

»Gibt es dort unten eine große übernatürliche Präsenz?«, wollte ich von Alexa wissen, die ein abgewürgtes Lachen herausließ. Eines, das aufhörte, als sie bemerkte, dass ich nicht scherzte.

»Ist der Ozean nass?«, fragte Alexa rhetorisch. »Aber es ist mehr als das. Die Übernatürlichen, die die Stadt beherrschen, sind von der schlimmsten Art. Uralte Vampire, Gangs von Gestaltwechslern, Bluthexer und dämonische Kulte gedeihen in dieser Stadt. Es spielt keine Rolle, wie oft die Magier oder die Templer oder irgendjemand sonst den Ort säubern, sie kommen einfach zurück.«

»Ihr Templer bleibt nicht dort?«, fragte ich.

»Limitierte Ressourcen«, offenbarte Alexa. »Wir müssten bereits eine signifikante Anzahl an Menschen dorthin abstellen, um auch nur ein Auge darauf werfen zu können. Geschweige denn die Tatsache, dass eine zu geringe Anzahl innerhalb weniger Wochen getötet werden würde. Jedenfalls gibt es dort immer einen weiteren Dämonenkult, ein weiteres uraltes Monster, das aus seinem Schlaf erwacht, oder ein Artefakt, das irgendwo eingedämmt werden muss.«

Bei Letzterem verzog ich das Gesicht, und ich wusste, dass es ein sehr treffendes Beispiel war. Nicht, dass Lily und ich viel Ärger bereitet hatten, aber das Potential an Ärger war der Grund, warum die Templer uns fürchteten und sie dazu zwang, ihre Truppen für uns abzustellen. Allerdings fragte ich mich manchmal, ob sie wirklich so viele Wächter benötigten, wie ich zu spüren glaubte.

»Die Drogen?«

»Sind unten, im Van. Ich habe nachgesehen und sie dann dort gelassen«, berichtete Alexa.

Ich nickte und schaute missbilligend auf die Körper und die sich ausbreitende Pfütze Blut. Ich hob die Hand und kühlte ohne Probleme die Leichen. Ich verringerte ihre Körpertemperatur und gefror das Blut in den Körpern und auf dem Boden. Ich konnte die Dinge dadurch etwas einfacher machen.

Alexa schenkte mir dafür ein leichtes Nicken und konzentrierte sich dann darauf, den Inhalt der Geldbörsen zu untersuchen. Ich beobachtete sie noch einen Moment, bevor ich mich entschied hinunterzugehen. Lieber im Wohnzimmer herumhängen, selbst bei zugezogenen Vorhängen, statt im Raum mit den Leichen zu bleiben. Ich dachte besser nicht daran, was ich getan hatte.

Manchmal fragte ich mich, ob ich den richtigen Wunsch ausgesprochen hatte. Ich hatte mein irdisches Leben aufgegeben, aber auch Teile meiner Moral und einige Ansichten, die ich zuvor hatte. Aus mir war ein Killer geworden, jemand, der ohne zu überlegen Leben nahm. Und auch wenn sie keine guten Menschen gewesen waren, fragte ich mich, was es für mich bedeutete, dass ich bereit war, so etwas wieder zu tun.

***

Einige Stunden später kamen Alexas Leute an. Sie brauchten nicht lange, um uns hinauszuschmeißen, und wir stimmten gerne zu, dass wir unseren Teil im Aufspüren und im Umgang mit der neuesten Lieferung getan hatten. Das war ein Tropfen auf dem heißen Stein, aber es war zumindest ausreichend, um für sie als abgeschlossene Quest zu gelten, besonders weil wir ihnen eine lebende, atmende Wissensquelle hinterlassen hatten. Überraschenderweise stellten sie keine Fragen zu der Tasche voller Geld, die ich hinaustrug. Andererseits war es möglich, dass Alexa sie bereits über das geplante Reiseziel der Tasche informiert hatte — die Kasse des Brixton-

Waisenhauses. Damit schlugen wir zwei Fliegen mit einer Klappe.

Später an diesem Abend, als Alexa ging, um das unrechtmäßig erworbene Geld zu spenden und die Reparaturarbeiten zu kontrollieren, wirbelten meine Gedanken erneut umher.

»Hör auf damit«, forderte Lily.

»Womit?«

»Zu grübeln. Du hast also ein paar schlechte Menschen getötet. Es ist ja nicht so, als hättest du Babys gehäutet, um einen Bucheinband herzustellen«, merkte der Dschinn an, als er mir gegenüber am Wohnzimmertisch saß und den Kopf auf die Hände stützte.

»Das ist ein drastisches Beispiel.«

»Ich hatte viele Besitzer«, erklärte Lily ohne Entschuldigung. »Und du, mein Lieber, bist weit davon entfernt, schlecht zu sein. Du bist nicht einmal der Einfältigste. Die überleben nur selten eine Woche.«

Ich ächzte, mein Bein reibend. »Aber Töten …«

»Ist schlecht. Ich weiß«, vollendete Lily naserümpfend. »Das sagt die moderne Gesellschaft, aber dann lehren sie die Soldaten, zu töten, geben den Polizisten Schusswaffen und verhängen für Verbrechen die Todesstrafe.«

»Also was? Gewalt ist ein Teil des Menschseins?«

»Gewalt ist ein Teil der Welt«, philosophierte Lily. »Selbst eure Veganer töten Pflanzen zum Überleben. Frag irgendeinen Ent und sie würden das als ein genauso schlimmes, wenn nicht gar schlimmeres Verbrechen ansehen als die Kriege der Menschheit. Menschen haben sich ihr ganzes Leben lang gegenseitig getötet, aus allen möglichen Gründen. Dein Körper bekämpft Viren und Bakterien in jedem Moment deines Lebens, um dich am Leben zu erhalten. Das Töten beziehungsweise Entfernen von Bedrohungen aus dem Körper der Gesellschaft ist nicht falsch.«

»Aber welches Recht habe ich, diese Entscheidung zu treffen?«, fragte ich mit angespanntem Gesicht.

»Haben sie versucht, dich zu töten?«

»Nachdem wir eingebrochen sind!«

»Nachdem sie begonnen haben, mit einer gefährlichen, widerwärtigen Droge zu dealen.«

»Nun … ja«, entgegnete ich langsam. »Aber …«

»Hast du es zuerst überprüft? Hast du gesehen, wie sie die Drogen verkauft haben? Haben sie zuerst nach ihren Waffen gegriffen?«

»Ja …«

»Dann«, folgerte Lily und klopfte mir auf den Kopf, »hast du deine Hausaufgaben gemacht. Du hast dich versichert, dass sie böse Typen waren. Du bist sogar mit einem Plan hineingegangen, um zu vermeiden, sie zu töten. Dass die Dinge verkehrt gelaufen sind, ist nicht deine Schuld. Sie haben nach ihren Waffen gegriffen. Der Rest war die natürliche Konsequenz.«

»Ich dachte nur …« Ich öffnete protestierend meinen Mund und wurde durch einen Finger auf meinen Lippen zum Schweigen gebracht. Ich blickte den Dschinn wütend an und war in Versuchung, in den Finger zu beißen, der zuvor aber hastig zurückgezogen wurde.

»Henry, hör auf darüber nachzudenken, wie du dich fühlen solltest. Überleg doch mal. Bist du tatsächlich bestürzt, weil du sie getötet hast oder weil du glaubst, dass du bestürzt sein solltest?«

»Das …«

»Denk nach! Oder fühle es«, kommandierte Lily mich herum und ich grummelte, lehnte mich nach hinten und kreuzte die Arme über meiner Brust. Trotzdem drängte ich schließlich die ansteigende Wut zurück und dachte über ihre Worte nach.

Fühlte ich mich wirklich schlecht? Richtig schlecht? Vielleicht ein wenig. Nicht wegen ihnen, aber wegen ihrer Familien, welche auch immer sie vielleicht gehabt hatten. Aber sie hatten ihre Entscheidung getroffen. Sie hatten sich für den Weg entschieden, nach dem Schwert zu greifen. War es also so überraschend, dass sie durch das Schwert umgekommen waren? Oder durch einen Speer in diesem Fall. Fühlte ich mich schlecht, weil sie gestorben waren?

Nein.

Ich war einfach nur bestürzt, weil ich irgendwie, irgendwo dachte, dass ich es sein sollte. Ich hatte mein Bestes getan, um sie vor dem Sterben zu bewahren, davor, getötet zu werden. Es war nicht so gelaufen, wie ich es wollte, und jetzt war es vorbei. Sie waren tot, aber es war nichts, was ich aufrichtig bedauerte. Sobald ich das erst einmal realisiert hatte, entspannte sich meine Brust und die Anspannung in meinem Nacken verschwand. Ich verzog das Gesicht, als ich bemerkte, was das bedeutete, aber ich blendete den Gedanken einen Moment später aus. Schön. Vielleicht war ich so auf die Art Mensch konzentriert gewesen, die ich sein sollte, dass ich mich selbst aus der Ruhe gebracht hatte, weil ich nicht diese beliebige Überzeugung erfüllte.

Aber …

»Ich bin trotzdem bekümmert«, vertraute ich ihr an, mein Herz berührend. »Ich … Sie sind gestorben, und sie haben Menschen hinterlassen, die um sie trauern werden. Und ich weiß, dass es ihre Wahl war, aber …«

»Aber?«

»Aber es geht nicht um sie«, fuhr ich fort, zugleich ausatmend, meine Hände zitterten nicht mehr. Ich sah Lily mit weiten Augen an und beugte mich hinüber, um überfallartig ihren Kopf zu küssen. »Ich danke dir. Aber ich muss jetzt gehen.«

Lily sah aufgrund des Kusses für eine Sekunde geschockt aus, während ich zum Ausgang lief, in den Taschen nach meinem Handy fischte und meine Jacke anzog.

»Ma? Alles ist gut! Ich wollte nur sehen, ob du heute Zeit für ein Abendessen hast. Nein, es ist alles in Ordnung. Nein, ich werde nicht heiraten. Mama!«

***

Später am Abend – viel später – kehrte ich zurück und fand Lily an ihrem üblichen Platz im Wohnzimmer sitzend, auf der Tastatur tippend und die Maus bewegend, wobei sie gelegentlich dem anderen Laptop einen Blick zuwarf. Ich schloss leise die Tür und schlich auf Zehenspitzen zur Treppe, ich wollte sie nicht stören. Ich schaffte es beinahe.

»Hast du es ihnen erzählt?«

Ich hielt inne, die Hand auf dem Treppengeländer. Ich dachte über den Abend nach. Abendessen mit meiner Familie, für das meine Mutter aufgrund meines plötzlichen Erscheinens eine Extraportion Schweinefleisch in Sojasauce, gedünstetes Pak Choi, gebratenen Fisch und Reis gekocht hatte; wie meine Eltern von ihrer Arbeit gesprochen hatten, der üblichen Plackerei und der Politik im Büro; und wir waren wie immer dem heiklen Thema meiner Beschäftigung ferngeblieben – beziehungsweise dem Mangel an Beschäftigung. Wir hatten geredet und in Erinnerungen geschwelgt, über meine Geschwister getratscht und dann den Rest des Abends damit verbracht, einen alten Kung-Fu-Film anzuschauen und damit einer gemeinsamen Liebe mieser Unterhaltung von den Shaw Brothers zu frönen. Aber …

»Nein.« Meine Finger umklammerten das Geländer, während ich mir in Erinnerung rief, wie ich immer wieder die Nerven verloren hatte. Wie ich versagt hatte, ihnen zu erzählen, was ich tat. Von den Risiken, die ich einging. Vom möglichen Besuch, den sie eines Tages erhalten könnten. »Ich konnte es nicht. Sie waren so froh, mich zu sehen, und …«

»Und?«

»Und ich wollte sie nicht in diese Welt lassen«, gestand ich plötzlich, meine Stimme heizte sich auf. »Sie ist wunderschön. Und unglaublich. Wundersam und magisch. Sie waren schon beunruhigt, weil ich den Bus nach Hause nahm, besorgt, dass ich in den öffentlichen Verkehrsmitteln ausgeraubt würde. Hätte ich es ihnen erzählt, hätten sie es meinen Geschwistern verraten, und ich kann nicht … Ich werde sie nicht involvieren. In dieser Welt möchte ich sie nicht dabeihaben.«

»Sie ist aus gutem Grund verborgen«, stimmte Lily zu. »Die Welt bewegt sich weiter, mit Frieden und bürgerlicher Ordnung für jeden, außer für einige Wenige und Andersartige.«

Ich konnte nicht anders und spürte, wie sich meine Mundwinkel zu ihren Worten verzogen. Ich schenkte dem Dschinn ein letztes Nicken, bevor ich nach oben in mein Bett ging. Ich bemerkte belustigt, dass ich jetzt ein Teil dieser Wenigen und Andersartigen war. Aber vielleicht würde ich vor dem Schlafen einen Brief schreiben. Einen, der die Dinge vielleicht ein wenig mehr erklären würde. Nur für alle Fälle, wenn und falls die Dinge schlecht liefen.

Kapitel 13

»Nun, das war ein passables Bestreben. Beim Zerstören des Viertels«, meinte Caleb bissig und deutete auf das revidierte Ritualdiagramm, das ich erstellt hatte. Ich blickte auf die Verbesserungen, die ich am Proberitual vorgenommen hatte. Er hatte mich an diesem Morgen gebeten, noch einmal alles als Teil meines Unterrichts genauer zu betrachten. »Du hast Machtkanäle, die ohne einen Ausgang in Kreisen verlaufen, hier und hier.«

Ich blinzelte und folgte seinen Fingern an die Orte, wo sie die schwebenden Manaformeln nachzogen, die ich aus dem Ritualkreis materialisiert hatte, während ich weiter Mana hineinsickern ließ. Ich beobachtete diesen Fluss und erkannte, wo sein Finger in der Luft den Positionen der langsam wachsenden Manadichten folgte. Ich zuckte zusammen.

»Vergiss nicht, du benötigst immer ein Abflussventil. Es gibt keine Garantie, dass ein Ritual auch funktioniert«, fuhr Caleb fort. »Jetzt setze es frei.«

Ich nickte, veränderte die Formel und ließ das gebündelte Mana in den Äther frei, wo sich die gefährliche Anreicherung zerstreute. Anders als die meisten Menschen es vermuten würden, trieb ich die Rituale nicht durch mein eigenes Mana an. Ich startete und leitete sie mit meinem Mana, aber ein Ritual zog, im Gegensatz zu einem

Zauberspruch, Mana aus externen Quellen und lagerte es ein, um das Ritual anzutreiben. Warum sollte man schließlich all den Ärger des Schnitzens, Ausgestaltens und Verzauberns eines Ritualkreises auf sich nehmen, wenn man den Zauberspruch selbst wirken konnte? Man würde sich Dutzende Schritte ersparen.

Nein, Rituale gab es, um sie durch externe Energiequellen zu speisen. Das war der Grund, warum selbst schwache Zauberer mit einem Ritualkreis gefährlich waren. Warum ein außer Kontrolle geratenes Ritual so gefährlich war. Natürlich brachen die meisten Rituale in sich selbst zusammen, weil die zur Erschaffung des Kreises genutzten Materialien entnommen wurden, kurz bevor eine Katastrophe biblischen Ausmaßes stattfand. Trotzdem konnte aber die resultierende Rückwirkung eines explodierenden Ritualkreises – wie Caleb betonte – einen Häuserblock einebnen. Nicht alle Gasexplosionen da draußen waren tatsächlich auch Gasexplosionen.

»Aber sind diese Abflussventile, die Zwischenräume in der Formel, nicht Schwachstellen in der Formel selbst?«, fragte ich.

»Sind sie, aber wenn deine Besorgnis der Intensität des Rituals gilt, solltest du vermutlich überhaupt kein solches Ritual ausprobieren«, antwortete Caleb. »Eine Tür ist ein

Eingang zu einem Haus, und man würde kein Haus ohne eine Tür bauen, oder? Passe die Intensität deines Rituals an das an, was du erwartest eindämmen zu müssen, vergiss aber nie die Tür.«

Ich grummelte und entschied mich, nicht weiter mit Caleb zu diskutieren. Dennoch konnte ich in den hintersten Winkeln meines Verstandes, wohin Lily das magische Wissen gestopft hatte, Formeln und Zaubersprüche sehen, sowie Rituale, die ohne irgendwelche Abflussventile erschaffen worden waren. Bindungen, die den Lauf der Zeit überstehen sollten.

»Wenn du dann fertig bist?«, drängte Caleb und schwang, ohne auf eine Antwort von mir zu warten, seine Hand über das Ritual und verteilte es. Sofort begann der Kreis sich entsprechend seiner Befehle zu verschieben und anzupassen, während die Verzauberungen und die Formeln des Kreises sich dem anglichen, was er im Sinn hatte. Es war eine sorglose Demonstration der Macht und des herausragenden Könnens, die mich den Magier beneiden ließen.

»Beginne.«

***

Stunden später taumelte ich aus dem Unterricht. Zauberformeln schwirrten in meinem Gehirn herum, ordneten sich selbst und dann noch einmal neu an, während ich versuchte, alles zusammenzusetzen. Mein Kopf schmerzte, aber auf angenehme Weise, weil das geborgte Wissen sich langsam anglich und ich endlich verstand, was mir gegeben worden war. Ich war immer noch kilometerweit davon entfernt, ein wahrer Magierlehrling zu sein, aber …

Klasse: Magier

Level 23 (37% Erfahrung)

Bekannte Zauber: Lichtsphäre, Machtspeer, Machtschild, Machtfinger, Temperatur verändern, Gong, Windstoß,

Heilen, Heilschutzzauber, Verbinden, Verfolgen, Ausbessern, Schutz, Glamour, Illusion, Magie

erkennen, Herbeirufen, Eisball, Feuerball, Prisma, Verstärken, Vorhersagen & Überwachen, Verwirren

Magische Fähigkeiten

Manafluss: 4 / 10

Umwandlung Mana in Energie: 4 / 10

Zaubergefäß: 4 / 10

Räumliche Lage: 4 / 10

Räumliche Bewegung: 4/10

Energiemanipulation: 4/10

Biologische Manipulation: 3/10

Manipulation der Materie: 2/10

Beschwörung: 1/10

Dauer: 5/10

Rituale: 2/10

Mehrfachbeschwörung: 2/10

Verzaubern: 2/10

Es war interessant, dass sich meine Zauber nicht wesentlich erweitert hatten. Oh, ich hatte ein paar mehr. *Prisma* war eigentlich eine Variante der ursprünglichen *Lichtsphäre*, allerdings eine, die es mir erlaubte, mit einer Art Taschenlampe in mehreren Farben herumzuspielen. Das Licht selbst tat nichts außer der Teilung in verschiedene Farben, daher war es mehr ein Hilfszauber wie *Ausbessern* oder *Verfolgen* als ein Kampfzauber. Mir wurde allerdings klar, dass Hilfszauber wahrscheinlich die verdammt nützlichsten Zaubersprüche überhaupt waren. Es überraschte mich, wie selten diese Zauber in meinen alten Rollenspielbüchern existierten. Wir alle waren anscheinend nur mordende Vagabunden.

Andererseits kümmerte sich das zu meinen Fähigkeiten hinzugefügte grundlegende Verzaubern um die meisten Bedürfnisse. Schließlich war die Notwendigkeit, bereits verzauberte Objekte mit Zaubern zu überlagern – wie meine Holzblöcke –, das, was Magie wahrhaft nützlich für die breite Öffentlichkeit machen würde. Wenn Magie – oder Technologie – die Massen erreichte, geschah der wirkliche Wandel. Es amüsierte mich irgendwie, dass ich erst jetzt *Verstärken* erhielt, nachdem ich Basis-Wissen über das Verzaubern erlangt hatte. Andererseits war *Verstärken* vielleicht gerade jetzt zugänglich, weil ich ausgearbeitet hatte, wie ich mich selbst verzaubern konnte. Der Zauberspruch erlaubte mir im Grunde, temporär eine Verzauberung auf einem Objekt zu platzieren und die Notwendigkeit des Einschnitzens oder sonstiger Überlagerungen zu umgehen, indem ich die Zauberstruktur von *Verstärken* als Gefäß für die Verzauberung nahm.

Vorhersagen & Überwachen war einfach nur ein Upgrade von *Vorhersagen*, eine komplexere Version, die bei einigen der Probleme helfen würde, denen ich in der Grundform begegnet war. Unter anderem konnte ich den Zauber mit mehreren physischen Objekten gleichzeitig verbinden, was mir eine wesentlich größere Vielfalt bot. Ich wusste, der nächste Schritt würde mir sogar ein schwebendes, wachendes Auge verschaffen, das an keine physische Oberfläche gebunden war. Aber dafür brauchte ich noch einige Zeit.

Zu guter Letzt, und worüber ich wahnsinnig begeistert war, kam *Verwirren*. Dieser neueste Zauberspruch würde mir ein komplett neues Gebiet der Magie eröffnen: Psychische Magie. Natürlich war *Verwirren* deren einfachster Zauber und bombardierte im Kern den Verstand des Ziels mit zahlreichen zufälligen Gedanken. Als ich heute Morgen mit dem Zauberspruch im Kopf aufgewacht war, konnte ich nicht anders, als zu kichern. Vor Tausenden von Jahren zum ersten Mal erfunden, hatte sich der Zauberspruch in den Jahren bis zur Erfindung des Radios und des Fernsehers nicht sehr verändert. Die neueste Iteration war eine geringfügige Aktualisierung. Sie erlaubte mir, aus mehreren willkürlichen elektronischen Signalen Energie zu ziehen und mein Ziel im Prinzip in einen gigantischen Fernsehempfänger zu verwandeln.

Ich hatte tatsächlich darüber nachgedacht, mit dem Zauber herumzuspielen, wenn ich Zeit hatte, und einiges aus dem Wissen zu nutzen, das ich durch *Heilen* gesammelt hatte, um zielgerichtete neurochemische Ungleichgewichte und Überhitzungen von Neuronen zu erzeugen. Das einzige Problem war, dass ich nicht wirklich wusste, was die verschiedenen Abschnitte des Zaubers bewirkten oder wie man ihn veränderte, ohne – sagen wir mal – jemandes Kopf explodieren zu lassen.

Darüber hinaus war natürlich das Umgehen der angeboren Auraresistenz von Menschen ein Problem. Ein Zauberspruch wie *Verwirren* funktionierte, weil er die Dinge in einer etwas anderen Weise anging, aber das benötigte Mana war schier gigantisch. Anders als zum Beispiel beim *Machtpfeil* musste ich die Aura meines Ziels erst umgehen, damit der Zauber es traf. Zwar war dies auch bei *Heilen* so, doch hier vertraute mir die Person meistens und »öffnete« dadurch ihre Aura. Oder sie war bewusstlos. Grundsätzlich verringerte das die Manakosten, und das nicht unerheblich, wie ich aus Erfahrung wusste. In beiden Fällen eröffnete mir *Verwirren* eine Möglichkeit, Personen auszuschalten, ohne sie körperlich angreifen, schlagen oder anderweitig verletzen zu müssen.

Pfeifend lief ich von Caleb zurück zum Haus, nur um von einer ungeduldig wartenden Alexa angehalten zu werden.

»Wo warst du?«, verlangte sie zu wissen.

»Beim Unterricht.«

»Warum bist du nicht an dein Telefon gegangen?«, fragte Alexa und deutete auf ihr parkendes Auto. Ich duckte mich, um hineinzuklettern, während sie ebenfalls den Kopf einzog.

»Ähm …« Ich griff nach meinem Handy und starrte auf den schwarzen Bildschirm. »Mist. Hab vergessen, es aufzuladen. Wo liegt das Problem?«

»Es gibt ein Problem im Waisenhaus. Die Bauarbeiter haben die Ritualbindungen noch weiter beschädigt«, berichtete Alexa und ihre Lippen wurden zu dünnen Strichen, bevor sie fortfuhr. »Die Äbtissin hat erwähnt, dass die Kinder sich jetzt unbehaglich fühlen.«

Ich nickte zu ihren Worten und war nicht überrascht. Kinder waren üblicherweise empfindsamer als Erwachsene. Es hatte zum Großteil damit zu tun, dass ihre Aurastärke deutlich geringer war, aber auch durch eine breitere Akzeptanz der Welt. Doch leider hatte das auch einen Preis… Es war der Grund, warum alte streitsüchtige Dreckskerle an heimgesuchten Orten gut leben konnten.

»Ist das Ritual zerstört?«

»Glaubst du, ich würde hier warten, wenn es so wäre?«, fragte Alexa mit geschürzten Lippen. Ich blinzelte und nickte dann, die Bedeutung ihrer Worte erfassend.

»Irgendwelche weiteren Hinweise darüber, was dort unten ist?«, erkundigte ich mich, während ich unsere Optionen durchging. Glücklicherweise trug ich meinen

Rucksack voller Materialien dieser Tage immer mit mir herum, daher hatte ich wenigstens Materialien zum Verzaubern bei mir.

»Mir wurde mitgeteilt, dass diese Information für den erfolgreichen Abschluss der Mission nicht erforderlich ist.«

Ich räusperte mich und registrierte ihren frostigen Ton. Wohlweislich äußerte ich meinen Unmut nicht. Jedenfalls nicht in diesem Moment. Wir hatten Wichtigeres zu tun. Ich würde hoffentlich ohnehin in ein paar Tagen eine Antwort erhalten.

Als wir um die Ecke in die Straße bogen, die zum Waisenhaus führte, ließ ich ein leichtes Fauchen heraus. Es war keine Überraschung, dass kaum Fußgängerverkehr vorhanden war. Als ein Magier war ich feinfühliger, aber die um sich greifende Kälte und die sich auf meinen Unterarmen aufstellenden Haare waren etwas, das sogar ein Irdischer fühlen würde. Unbewusst würden diejenigen, die diese Straße meiden könnten, das lebensfeindliche Gebiet schnellstmöglich verlassen. Selbst die fliegenden Ratten – sprich Tauben – waren der Umgebung entflohen und pickten andernorts in weggeworfenen Abfällen.

»Könnten die Kinder irgendwo anders wohnen?«, fragte ich, hielt meine Hand nach außen und speiste die Luft vor mir mit meinem eigenen Mana. Mit meiner

Manasicht konnte ich wahrnehmen, auf welche Weise mein Mana – ein pures, reines Blau – mit dem uns umgebendem Mana in der Luft wechselwirkte. Es verdunkelte sich zusehends, als die Kälte, die aus dem Waisenhaus entsprang, die frisch freigesetzte Energie aktiv durchtränkte. Ich stoppte mein kleines Experiment und sah zurück zu dem Gebäude, den jetzt sichtbaren Schimmer der versagenden Ritualkreise bemerkend. Es überraschte mich nicht, dass ein Ritualkreis – ein gelungener ebenso wie ein ruinierter – nicht wie ein Weihnachtsbaum leuchtete.

»Nicht langfristig. Wenn wir sie umziehen ließen, wäre das kein gutes Zeichen«, antwortete Alexa und kreuzte die Arme. »Die Äbtissin plant einen spontanen ›Road Trip‹, aber das ist keine dauerhafte Lösung. Es sind zu viele Kinder.«

Ich brummte, ihre Worte akzeptierend. Gut, dass das Wetter immer noch schön genug war, sodass niemand Anstoß nehmen würde, wenn sie die Kinder zum Camping oder etwas Ähnlichem mitnähmen.

»Ich werde sehen, was ich tun kann.« Ich stieg aus dem Auto, nachdem Alexa eingeparkt hatte. Zusammen liefen wir schnell hinein, um die Äbtissin aufzuspüren. Die Frau war entgegen meiner vorgefassten Meinung und Vorurteile weder alt und plump, noch runzelig und griesgrämig. Sie war in Wirklichkeit nur wie eine Hausfrau im Gewand einer Nonne. Würde man die Kutte ersetzen, hätte ich der Frau wahrscheinlich keinen zweiten Blick zugeworfen.

»Magus Tsien«, grüßte die Äbtissin, den Kopf leicht neigend. »Ich habe gehört, dass Sie möglicherweise eine Lösung für uns haben?«

»Habe ich?«, fragte ich und räusperte mich. »Habe ich. Richtig. Also, wir haben zwei Probleme. Der Überfluss an Energie in den Straßen und die Anwesenheit der Kinder.«

»Und das gebrochene Siegel.«

»Das kommt später«, entgegnete ich und winkte mit der Hand, um die Worte der Äbtissin auszublenden. »Ich muss dafür noch viel mehr lernen, aber ich sollte in der Lage sein, den Kindern etwas anzubieten, um ihre Aura zu stärken. Und Ihnen allen ebenfalls.«

»Die Belegschaft benötigt solche Vorrichtungen nicht«, informierte mich die Äbtissin rundheraus und ich nickte. Gut. Ich war mir sicher, dass sie ihre eigenen Methoden hatten, sich darum zu kümmern. »Was benötigen Sie?«

Ich stockte und bedachte meine Optionen. »Also erstmal wäre mir ein Du lieber. Und dann könnten wir mit der Erschaffung von Schutzkreisen in einigen Räumen beginnen. Vielleicht in eurer Kantine oder eurer Sporthalle?

Orte, an denen ihr die Kinder einquartieren könnt und wo sie sich versammeln können. Das wird kurzfristig helfen, während ich tragbare Schutzschilde ausarbeite.«

Die Äbtissin führte mich umgehend zur Sporthalle. Es erheiterte mich, dass die Halle auch über eine Bühne verfügte, auf der die Kinder kleine Vorstellungen für die anderen aufführen konnten. Meine Heiterkeit verschwand aber schnell, als ich mit meinen Sinnen vordrang, um die Umgebung zu prüfen. Verdammt, dort gab es eine Menge schlechtes Mana. Selbst wenn ich alles aussperrte, müsste ich einen Mana-Schrubber oder etwas Ähnliches erfinden. Obwohl ich glaubte, dank der angeborenen Resistenz der Kinder ein langsames Reinigen in Betracht ziehen zu können.

Oder vielleicht auch nicht.

»Habt ihr eine Werkstatt? Oder Schweißer-Ausrüstung? Ich brauche Lötzinn, Holz, Farbe und jeden Pinsel, den ihr finden könnt«, wandte ich mich an die Äbtissin, die nickte und davonschritt, um alles zu besorgen. Ich drehte mich Alexa zu, während ich einen Notizblock aus meinem Rucksack nahm. »Ich werde dir eine Einkaufsliste mitgeben. Tu mir den Gefallen und hol alles von El ab, ja? Und schau kurz bei uns zu Hause vorbei, um Mörser und Stößel mitzubringen.«

Die Befehle erteilt, saß ich mitten in der Sporthalle und versuchte, mir über das richtige Schutzritual klarzuwerden. Glücklicherweise kannte ich einige, dank des zusätzlichen Wissens in meinem Kopf. Ich musste die Rituale nur leicht modifizieren, um die Umgebung einzubeziehen und sicherzustellen, dass beides harmonisch miteinander interagierte. Ich musste wirklich an den Ausgestaltungen neuer Zauber arbeiten. Manchmal könnte das Stehlen – sorry, Ausleihen – bei magischen Versammlungen mein Leben leichter machen, aber jetzt musste ich mit dem arbeiten, was ich hatte.

Unbewusst fuhr ich fort, Proben aus dem korrumpierten Mana zu nehmen, sie durch mein System laufen zu lassen und diese Stückchen zu säubern, während ich dort saß. Korrumpiertes Mana war seltsam. Kurzfristig schädigte es nicht. Es war in erster Linie ein schwaches Gift, das zuerst die mentale und emotionale Befindlichkeit beeinflusste, bevor es den Körper angriff. Die exakten Auswirkungen hingen von der Manaverderbtheit ab und ließen die Personen mürrisch, müde oder zornig werden. Leichte Kopfschmerzen waren teils Symptom, teils Verteidigungsmechanismus auf Seiten des Körpers und der Seele. Durch eine langfristige Belastung mit korrumpiertem Mana konnten Menschen zu Fomori werden, verdorbenen und verdrehten Menschen, aber ein derartiger Effekt brauchte Jahre.

Die Äbtissin kam zuerst wieder und hinterlegte meine angeforderten Gegenstände. Ich ignorierte sie, während ich die Hände vor mich hielt und bedächtig die Zauberformel manipulierte, die nur ich sehen konnte. Es gab keinen Grund, sie sichtbar zu machen, daher ließ ich das Ganze nur für diejenigen erkennbar, die die Sicht besaßen. Zu meiner Überraschung bemerkte ich, dass sie auf die Stelle starrte, an der sich die Formel befand, der modellhafte Ritualkreis rotierte langsam, während ich das Konstrukt mit Mana flutete.

»Interessant. Also sind die Gerüchte wahr. Du wurdest nicht auf klassische Weise trainiert.«

»Korrekt.« Ich klatschte gemächlich in die Hände, die Formel zerstreuend. Sie funktionierte. Jetzt benötigte ich nur noch die Materialien von Alexa und ich konnte beginnen. »Brauchst du noch irgendwas?«

»Hast du einen Zeitplan?«

»Wenn alles fertig ist.« Ich zuckte mit den Schultern. »Das Platzieren des Rituals sollte nur eine Sache von ein oder zwei Stunden Arbeit sein. Ich rechne mit einer Stunde Vorbereitung, sobald Alexa zurück ist. Dann muss ich das Ritual in wenigstens einem weiteren Raum erneut errichten.

Zwischendurch muss ich mir überlegen, wie ich das Mana, das von dem Gebäude ausströmt, eindämme – oder, das ist ein besseres Wort, wegschrubbe.«

Die Äbtissin runzelte die Stirn. »Vom Gebäude?«

»Genau. Der Ritualkreis ist unterbrochen, aber nicht vollständig. Es ist wie eine unter Strom stehende Leitung, die beschädigt wurde und aus den gekappten Stellen Funken sprüht, aber trotzdem noch funktioniert«, erklärte ich kopfschüttelnd. »Falls ihr die Bauarbeiter nicht schon gefeuert habt, solltet ihr es sofort tun. Und dann jemand wirklich Qualifizierten einstellen.«

»Das haben wir getan«, erwiderte die Äbtissin steif. »Die Standardvorschriften besagen, dass keine nicht bescheinigten übernatürlichen Personen genutzt werden dürfen, aber die Dinge haben sich entwickelt.«

»Großartig. Außerdem wäre alles viel leichter, wenn du mir sagst, was ich hier versuche einzudämmen.«

»Diese Information ist vertraulich.«

»Ich muss nur …«

»Sie ist auch für mich eingeschränkt, Magus Tsien«, verriet die Äbtissin, ihre Augenbrauen senkten sich. »Ich habe keine direkte Kenntnis darüber, was dort unter uns ist.«

»Und indirekt?«

»Gerüchte. Hörensagen.«

»Besser als nichts«, entgegnete ich.

»Wirklich? Wenn du unzureichende Vorsichtsmaßnahmen triffst wegen dem, was ich gesagt habe, wäre das dann besser?«

»Nein, aber diesen Fehler werde ich nicht machen«, erwiderte ich leise. »Also …«

»Ein Geist. Ein mächtiger, aber kein von Natur aus böswilliger«, offenbarte die Äbtissin und schwenkte die Hand herum, um auf den Manaüberfluss hinzudeuten. Ich musste zustimmen. So kalt und verstörend die ganze Sache vielleicht sein mochte, war sie nicht auf aktive Weise gefährlich. Wäre sie das, steckten wir in Schwierigkeiten. »Aber auch kein Freund der Menschheit.«

»Ich danke dir. Wenn es sonst nichts gibt, sollte ich lieber an der Formel für die einzelnen Räume arbeiten«, sagte ich.

Die Äbtissin nickte und bedeutete mir, dass sie mich informieren würde, sobald Alexa zurück wäre.

Allein geblieben saß ich still in Gedanken versunken und dachte über die mir zur Verfügung gestellte Information nach. Letzten Endes verdrängte ich sie. Sie spielte keine Rolle für das, was ich jetzt tun musste.

***

Anhänger. Sie waren am einfachsten herzustellen. Ein kleiner hölzerner oder metallener Streifen mit einer verzauberten Fassung darin. Die Verzauberung selbst war eine Variante meines *Machtschildes*, nur ohne den Abschnitt der »Macht«, ersetzt mit einem modifizierten Heilschutzzauber. Ich versuchte natürlich nicht, die Kinder aktiv zu heilen, sondern ihre körpereigene Aura zu aktivieren und deren Effektivität zu erhöhen, sowie mit dem Aspekt des Schildes zu verstärken.

Während die Aura einer Person technisch gesehen ein Teil des Körpers war und somit geheilt werden konnte, war mein eigener Heilzauber leider nicht sehr zielgerichtet. Es half, dass bestimmte Zaubersprüche – wie *Verwirren* oder *Verfolgen* – aktive Komponenten innerhalb der Formen besaßen, die mit der Aura zu tun hatten. Der Erste zum Umgehen, und der Letzte zum Anvisieren. Das bedeutete, dass ich relevante Teile der Zauber herauslösen und mit Abschnitten aus *Machtschild*, *Heilen* und *Schutz* zu einem Zauberspruch zusammenschustern konnte.

Mit einer Geste stellte ich die Formel fertig, beschwor den Zauber und ließ ihn vollständig sichtbar in der Luft vor mir rotieren.

Auraschild

Synchronität 89%

Effizienz 41%

»41 Prozent?«, murmelte ich und blickte auf die leuchtenden Zahlen. Ich war mir sicher, dass ich mit ein wenig mehr Zeit und Mühe die Effizienz um mindestens weitere 20 Prozent steigern könnte. Ich wusste, dass ich viel Kraft durch Abschnitte aus anderen Zaubern verschwendete, die in diesem nichts zu suchen hatten.

»Warum genau benötigst du Koboldkot?«, erkundigte sich Alexa, während sie Pakete neben mir abstellte.

»Das ist Teil des Rituals«, antwortete ich. Ich warf einen Blick auf die Pakete und sortierte sie schnell, bevor ich die Tasche zurück zu Alexa schob. »Könntest du die ersten fünf Zutaten zusammen mahlen und dann in die Farbe mischen?«

»Die ersten fünf …« Alexas Augenbrauen kräuselten sich, während sie auf die Liste in ihrer Hand sah. »Das umfasst den Kot.«

»Außer du willst, dass ich mit dem Schnitzen der Anhänger aufhöre«, teilte ich ihr mit und deutete auf die

Streifen aus Holz, die dort auf meinen ersten Versuch warteten.

»Für die Kinder?«

»Für die Kinder.«

»Ich hasse dich.«

Ich grinste Alexa breit an, während ich den heißen Lötkolben aufnahm und mich dem Holz zuwandte. Ah, Privilegien, die man genießt, wenn man die Fachkraft ist.

***

Als ich mit meinem ersten funktionierenden Holzanhänger fertig war, hatte Alexa die Farbe parat.

»Zieh den auf.« Ich schob den Holzstreifen zu ihr.

Alexa runzelte die Stirn, griff den Streifen und drehte ihn herum. »Wie?«

»Bohr ein Loch hinein und fädle eine Schnur hindurch«, erklärte ich ihr und wedelte abwesend mit der Hand, während ich mich auf die Farbe konzentrierte. Es sah wie die richtige Farbe aus. »Versau nur die Runen nicht. Oh, und wenn du weiter Löcher in die Holzstreifen bohren würdest, kann ich das nächste Mal um sie herumarbeiten.«

Vor sich hin meckernd, verarbeitete Alexa den Holzstreifen sehr schnell und hing ihn sich um den Hals.

Sie neigte den Kopf von einer Seite zur anderen, als versuchte sie, einen Unterschied zu hören. Ich ignorierte sie jedoch, da ich wusste, dass er funktionierte. Immerhin hatte ich ihn gemacht. Und ja, auch getestet.

Ich nahm den Eimer Farbe und einen Pinsel und murmelte mir selbst den Zauberspruch zu, während ich überlegte, wo ich anfangen sollte. Über den Eingangstüren, damit die Farbe die Chance hatte zu trocknen, und ich nicht zu viel meiner Arbeit verlieren würde, falls jemand hereinkam? Oder in der Mitte der Wand beginnen, um richtig im Gange zu sein?

Entscheidungen, Entscheidungen, Entscheidungen.

Ich entschied mich für die Tür und griff nach einem Stuhl. Es war Zeit anzufangen.

»Du könntest eine Leiter benutzen …«

»Leiter Schmeiter.«

»Was bedeutet das?«

Was weiß ich denn? Ich ignorierte ihre Frage, stellte den Stuhl hin und kletterte darauf, um den oberen Türrahmen zu erreichen. Nun, wo war ich? Richtig, bei der Erschaffung eines mehrstufigen, raumweiten Rituals, um Mana eines jahrzehntealten Geistes mithilfe von Kot, Moos und im Laden gekaufter Farbe einzudämmen.

***

Das Atmen fiel mir schwer. Meine Brust verengte sich, als ich an der eisernen Reserve meines körpereigenen Manas zog. Das Ritual hatte mehr davon zum Aufladen gebraucht, als ich erwartet hatte. Das korrumpierte Mana im Gebäude strömte in einer niedrigeren Stufe als normalerweise in mich. Das bedeutete, dass ich es nicht so effizient wie sonst regenerieren konnte, was meine internen Speicher weiter leerte. Und leider hatte ich keine Manabatterie oder Ähnliches, zumindest nichts, was mein eigenes Mana schonen würde. Blöd.

Während ich den letzten Kreis zeichnete und punktierte, konnte ich dennoch spüren, wie das Ritual Gestalt annahm. Für einen Moment stockte der Vorgang, als das Ritual für die initiale Aufladung an meinem Körper zog und den Mangel an Mana als störend empfand. Um das Ritual nicht verlöschen zu lassen, biss ich mir auf die Zunge, spuckte das Blut direkt auf die Farbe und konnte beobachten, wie es zurück ins Leben flackerte, während es das von mir geschenkte Blut ansog. Natürlich war das nicht irgendein Blut, es war Blut, das einen Hauch meiner Lebensessenz in sich trug. Darum war Blutmagie nichts, was man fortlaufend an sich selbst praktizieren konnte. Es war kein Blut im Sinne der Naturwissenschaft, sondern die Lebensessenz, der Anteil der Seele, der verbrannte und wieder erblühte. Tat man das zu oft, würde man letzten Endes sterben.

Aber für einen kurzen Kraftstoffschub? Es gab sonst nichts wie das.

»Henry?« Alexas Stimme ertönte hinter mir, zaghaft, aber auch beunruhigt. Ich beachtete sie nicht und konzentrierte mich auf das Ritual, um sicherzustellen, dass ich keinen Fehler gemacht hatte. Durch die Blutverstärkung hatte das Ritual es geschafft, an dem korrumpierten Mana zu zapfen und zum Leben zu erwachen, eine schützende Blase breitete sich über den Oberflächen des Raumes aus. Sie schloss das Mana ein, hielt aber das korrumpierte Mana vom Eintritt ab.

Ich plumpste zu Boden und nahm den Kopf zwischen die Beine, tief atmend.

»Henry?«, fragte Alexa jetzt eindringlicher.

»Schmerztabletten«, stöhnte ich zwischen meinen Knien hervor, während ich mich auf meine Atmung zu konzentrieren versuchte. Richtig. Nächstes Mal ein kleinerer Raum.

Ich schluckte die mir angebotenen Pillen trocken herunter. Ich brauchte eine weitere halbe Stunde, bevor ich mich wieder als Mensch fühlte und sprechen konnte. Mittlerweile hatte sich das korrumpierte Mana im Raum massiv verringert, da die Kinder, die in den Raum gebracht worden waren, es mithilfe ihrer eigenen Auren langsam reinigten. Als ich mich umsah, bemerkte ich, wie viele Kinder hier waren. Und die Blicke, die sie mir zuwarfen.

»Habe ich zwei Köpfe oder so?«, murmelte ich zu mir selbst.

Alexa, die sich in der Nähe befand, lächelte schief. »Nein, aber du bist ein Magier. Und sie sind werdende Templer.«

»Richtig. Wir sind alle böse.«

»Es ist ein wenig komplizierter als das.«

»Aber für die Kinder läuft es darauf hinaus, oder nicht?«, fragte ich, verschränkte mürrisch die Arme und blickte die Kinder wütend an. Das ließ viele den Blick abwenden. Eine einzelne rothaarige Teenagerin erwiderte jedoch furchtlos meinen Blick. Sie rümpfte wegen mir sogar ihre sommersprossige Nase.

»So ungefähr. Wie geht es deinem Manavorrat?«, erkundigte sich Alexa leise. Ich sah nach oben – was keinen Sinn ergab, da der Manabalken immer in meinem Sichtfeld war – und antwortete ihr.

»Einundzwanzig Prozent. Ich werde etwas meditieren.«

»Okay«, erwiderte Alexa nur und ich ließ mich erneut plumpsend auf dem Fußboden nieder. Nach einem Moment des Überlegens stand ich wieder auf und holte mir einen bequemen Stuhl, das Gekicher der Kinder ignorierend. Ich war kein verdammter Buddhistenmönch.

Einige Stunden später stellte ich den zwölften Anhänger fertig und spürte ein Knacken im Rücken, als ich mich streckte. Ich warf Alexa den verzauberten Anhänger zu, und warf einen Blick auf das durch die hohen Fenster hineinschlängelnde Sonnenlicht.

»Das dauert zu lange«, sagte ich zu Alexa, als sie zurückkam.

»Stimmt. Es gibt fast fünfzig Kinder und du hast erst zwölf Anhänger fertig.« Alexa tippte sich auf die Lippen. »Vorschläge?«

»Geld. Ich kann nicht der Einzige sein, der die Idee für auraverstärkende Verzauberungen hatte. Wenn wir einkaufen gehen mit dem g… gespendeten Geld, sollten wir etwas finden«, schlug ich vor. »Oder du wirst das.«

»Und was wirst du tun?«, fragte Alexa mit finsterem Blick.

»Es gibt hier einen Zaun, der repariert werden muss. Wenigstens sollte ich nachschauen, ob es möglich ist«, antwortete ich.

»Ich bin mir sicher, dass es das nicht ist.« Alexa deutete auf mich. »Du wärst beinahe ohnmächtig geworden, schon allein bei diesem Raum.«

Ich zauderte, verschloss mich aber der ziemlich unangenehmen Wahrheit. Ich war mir sicher, dass Caleb dieses ganze Ding mit einem Wedeln seiner Hände in Ordnung bringen könnte, aber der verdammte Magier hatte seine Sicht auf die Dinge gänzlich klargestellt. So wie es aussah, hatte ich eine geringe Chance, das Ritual hoch genug aufzurichten, um das korrumpierte Mana dauerhaft aufzuhalten. Eigentlich … »Scheiße.«

»Deine Sprache, Henry!«

»Sorry.« Ich senkte meinen Kopf in Richtung zweier wütender Nonnen, die in der Nähe standen, als ich ein frühreifes, kleines Kind entdeckte, das mein Fluchwort mit seinen Lippen formte. »Ich habe realisiert, dass es keine Möglichkeit für mich gibt, das Ritual zu reparieren. Nun, jedenfalls nicht bei dem momentanen Stand.«

»Weil du nicht das Mana dafür hast.«

»Richtig«, bestätigte ich.«

Alexa blickte nach meinem Geständnis noch finsterer, zuerst schaute sie dabei mich an, dann die Kinder. »Das ist nicht akzeptabel, Henry. Denk nach! Ich gehe einkaufen.«

»Es …« Ich verstummte, während ich die blonde Novizin davongehen sah, jeder Schritt strahlte Anspannung aus. Nach einem Moment seufzte ich, setzte mich auf den Stuhl und stützte meinen Kopf auf einen Arm. Meine Gedanken drehten sich darum, meinem Ritual so viel Kraft zu verleihen, damit es das Gebäude mit dem darunterliegenden Ritual reparieren konnte. Und all das, ohne es wirklich zu verstehen.

Kapitel 14

»Wird das funktionieren?«, fragte mich Alexa, auf mein neuestes Experiment starrend. Ich blickte zum Personal des Waisenhauses, zu allen, die ich sehen konnte. Eine Stahlkette lag in ihren Händen, während sie das große Steingebäude und die abgesperrte, das Waisenhaus umgebende kleine Außenanlage umringten.

»Vielleicht?«, erwiderte ich mit nur wenig Zuversicht. »Theoretisch sollte es funktionieren. Die Kette funktioniert. Ich kann das Mana, das ich brauche, von denen absaugen, die die Kette halten, solange sie dazu gewillt sind, allerdings wird sehr viel Mana benötigt.«

»Es ist nicht gefährlich, oder?«

»Nicht wirklich«, antwortete ich. »Ich habe die Runen so konstruiert, dass sie die Ansammlung von Mana zerstreuen, falls wir versagen. Das kostet zusätzlich Mana, aber diese Ansammlung wäre so enorm, dass es sinnvoll ist.«

Alexa seufzte, während die Äbtissin, die uns still beobachtet hatte, zustimmend nickte, damit ich fortfuhr. Die Äbtissin blieb außerhalb des Rings, aus mir unerklärlichen Gründen. Vielleicht ein Mangel an Vertrauen in meine Arbeit. Hätte ich das nicht alles aus dem Stegreif aufgestellt, wäre ich beleidigt. Glücklicherweise war Magie – oder zumindest die Magie, die ich praktizierte –

flexibel. Es mochte vielleicht effizientere Wege geben, aber wenn man von Beginn an das richtige Werkzeug hatte, konnte man verschiedene Zauber zusammenführen.

In diesem Fall war es einfach eine viel, viel, viel größere Version des Raumrituals. Nur dass ich diesmal das Mana eindämmte, statt es herauszulassen. Dies zog einige besorgniserregende Probleme nach sich, zum Beispiel, was mit der unaufhörlichen Ansammlung von Mana passieren würde. Aber kurzfristig konnte zumindest das Viertel in den Ausgangszustand zurückkehren.

»Bereit?«, rief ich. Nach der Bestätigung lief ich nach vorn und legte selbst eine Hand auf die Kette, während ich begann, die Verzauberung um den Zaun herum abzuschließen. Die ursprünglichen Runen waren im Zaun in bestimmten Abständen einzeln eingraviert worden. Ich beschwor und verstärkte jede dieser Glyphen und erzeugte somit Ankerpunkte für das Ritual. Danach würde ich den Rest des Zaubers verstärken und ihm temporär Leben einhauchen, um an der Ausbesserung der Quelle zu arbeiten.

Der modifizierte und verstärkte Zauberspruch war eine perfekte Verschmelzung von Stärke und Flexibilität. Statt uns alle aufzureiben bei dem Versuch, ein permanentes Ritual vor Ort zu errichten, würde uns das verstärkte Ritual positive Effekte verleihen, ohne uns aufzuzehren. Außerdem war es definitiv weniger auffällig, weil die verstärkten Runen für das bloße Auge nicht sichtbar waren.

Eine Rune nach der anderen legte sich über den Zaun, während ich entlangging, eine Hand auf der Kette und die andere Richtung Zaun ausgestreckt. Innerlich wusste ich, wie seltsam das aussehen musste – ein zwanzig Jahre alter asiatischer Mann wanderte mit ausgestreckter Hand im Kreis um ein Gebäude herum, während ein Haufen Nonnen drumherum stand und mit schmerzerfüllten Gesichtern eine Metallkette hielt. Ich war einfach nur froh, dass das verseuchte Mana Passanten von der Straße fernhielt und somit nur wenige Zeugen blieben. Natürlich brauchte es nur einen einzigen mit einem Mobiltelefon …

Aber ich tat, was ich konnte. Und hoffte, dass sich alles andere von selbst ergab.

Es überraschte mich, wie rein und ergiebig das Mana war, das ich aus der Belegschaft zog. Obwohl ich aufgrund meiner Manasicht wusste, dass sie viel davon hatten, waren das Wissen darüber und damit zu experimentieren zwei Paar Schuhe. Ich verspürte zudem eine Offenherzigkeit des Manaflusses, des Gebens, die ich nie zuvor erlebt hatte. Ich notierte mir in Gedanken, später mit Lily darüber zu reden, da das die tagtägliche Arbeit enorm erleichtern konnte.

In einer kurzen Zeitspanne vervollständigte ich das Ritual. Sein finaler Ruck traf mich und entzog mir und den Ladies ziemlich viel Mana, aber mit dem geteilten Opfer fand ich das Ganze irgendwie leichter als beim ersten Mal. Trotzdem sackte ich am Ende zu Boden, Erschöpfung und Kopfschmerzen durchfuhren meinen Körper, aber wenigstens spuckte ich kein Blut.

»Komm schon, ich bring dich zurück«, sagte Alexa sanft und eine Hand griff unter meine Achsel, um mir aufzuhelfen.

»Kann nicht. Muss mehr Anhänger machen …«

»Sie schlafen momentan in der Sporthalle«, widersprach Alexa und schleppte mich widerwillig mit. »Du musst dich ausruhen.«

»Aber …«

»Willst du ein weiteres Artefakt in die Luft jagen, weil du zu müde bist?«

»Es waren nur ein paar Holzblöcke«, murmelte ich niedergeschlagen, ließ mich aber ins Auto setzen. Erst als sie nach unserer Ankunft an meiner Schulter rüttelte, um mich aufzuwecken, merkte ich, wie müde ich eigentlich war. Mit trüben Augen und pochenden Kopfschmerzen schaffte ich es nicht einmal die Treppe hinauf. Stattdessen plumpste ich schnurstracks auf die Wohnzimmercouch.

***

Am nächsten Morgen wachte ich vom Kaffeeduft auf. Das Zischeln bratenden Schinkenspecks und das Aroma frisch gemachten Kaffees und getoasteten Brotes ließen mich zum Küchentisch taumeln. Ich setzte mich und realisierte schockiert, wie hungrig ich war. Gierig verschlang ich das getoastete Brot, schmierte hemmungslos Erdbeermarmelade und Erdnussbutter darauf, selbst noch, als eine Tasse Kaffee neben mir abgestellt wurde. Erst als sich das schwarze Loch in meinem Magen geschlossen hatte, schaute ich auf.

»Fühlst du dich besser?«, erkundigte sich Lily, den Kopf auf die Schulter gestützt. Ich stimmte zu, und sie rümpfte ihre Nase, bevor sie grinsend eine Hand in meine Richtung schwenkte. »Meinen Glückwunsch.«

Levelaufstieg!
Du bist jetzt ein Magier auf Level 24.
Du hast einen neuen Zauberspruch erhalten: Reinigen
Du hast einen neuen Zauberspruch erhalten: Resistenz erhöhen

Du hast einen neuen Zauberspruch erhalten: Verzauberte Runen

Ritualfähigkeit erhöht

»Versuchst du dich an einem neuen Format?«, fragte ich, die mentalen Benachrichtigungen ausblendend. Überraschenderweise pochte mein Kopf nicht von all dem neuen Wissen, jedoch bemerkte ich, dass plötzlich eine Menge weiterer Informationen in meinem Gehirn steckte. Wahrscheinlich hatte Lily diese Informationen dort deponiert, während ich geschlafen hatte, und sie erst jetzt freigeschaltet.

»Was hältst du davon?«

»Ich könnte auch ohne die Einhörner, Regenbögen und das Feuerwerk leben«, antwortete ich, fischte nach einem Streifen Schinkenspeck, der mir auf den Teller gelegt worden war, und jonglierte ihn dann von Hand zu Hand. »Heiß, heiß, heiß!«

»Dann warte, du Idiot.« Alexa rollte mit den Augen, als sie zur eingefetteten Pfanne zurückging, um Eier hineinzuschlagen.

»Warum denn heute solch ein Frühstück? Nicht, dass ich mich beschwere«, erkundigte ich mich.

»Lily erwähnte, dass du heute mehr Energie benötigst. Nach der erlangten Erfahrung und dem Manaentzug«, erwiderte Alexa. »Und … danke.«

»Keine Ursache.« Ich kaute auf meinem Schinkenspeck und schluckte ihn dann hinunter. »Wofür?«

»Für die Hilfe. Du hättest das nicht tun müssen. Besonders nicht das mit dem Zaun«, meinte Alexa.

»Die Aufgabe lautet, das Waisenhaus am Laufen zu halten. Es schließen zu lassen, weil jeder in der Nachbarschaft verrückt wird, wäre wahrscheinlich keine gute Idee«, überlegte ich und hielt dann inne. »Hm. Oder doch?«

»Diesen Gesichtsausdruck mag ich nicht.«

»Ich schon«, verkündete Lily. Sie stützte den Kopf auf die Hand, und ein schelmisches Grinsen umspielte ihre Lippen.

»Nun, das Waisenhaus hat ein Problem mit zu hohen Kosten und mit Leuten, die sie vertreiben wollen, richtig? Weil das Viertel begehrt ist?«, bohrte ich nach. Als beide nickten, zuckte ich mit den Schultern. »Wenn wir das Mana herausströmen lassen …«

Alexa summte in Gedanken versunken und drehte sich zurück zur Pfanne, um die Eier zu wenden. Ich ließ sie einen Moment nachdenken, solange ich damit fortfuhr, meinen Mund vollzustopfen.

»Nein. Das wäre falsch«, erwiderte Alexa schließlich. »Wir können nicht anderer Leute Lebensgrundlagen zerstören, nur weil das vorteilhafter für uns wäre.«

»Heee …«, beruhigte ich und lehnte mich zurück. »Gut. Also wie lautet unser Plan für heute?«

»Pilze.«

Ich zog bei ihren Worten eine Grimasse, nickte aber. Es waren ein paar Tage vergangen, seit Corey vorbeigeschaut hatte. Das war ein bisschen besorgniserregend. Inzwischen sollten die Manabatterien entladen sein, daher hätte er vorbeikommen müssen, um unseren Anteil an Pilzen abzuliefern. Da er das nicht getan hatte … »Wohin?«

»Ich habe seine Adresse.«

»Spitze«, freute ich mich und spießte ein weiteres Stück Toast auf. Wir würden sofort damit loslegen. Nach dem Frühstück und nach meinem Unterricht.

***

Der Herbst war immer eine merkwürdige Zeit. Alles starb ab, mehr oder weniger, und machte sich für den Winter bereit. Blätter lagen auf dem Boden, überall braunes Gras und überlaufende Regenrinnen. Außerhalb der Stadt waren trotzdem Anzeichen von Leben zu erkennen: vereinzelt flitzende Eichhörnchen, Krähen und Hasen, die entlang einer Schnellstraße herumhüpften. Und es gab eine Absonderlichkeit im Manafluss, eine Art Reife, die das Beschwören von Zaubern, die eine gewisse Konzentration benötigten, viel leichter machte. Ich verbrachte den Großteil der Fahrt damit, diese Sinnesempfindung zu erkunden, zehrte am Mana der Welt und zerstreute die Ansammlung dann wieder, nachdem ich die grundlegenden Zauberkonstrukte durchgegangen war.

»Wir sollten bald da sein«, informierte mich Alexa, woraufhin ich nickte. Ich war überrascht, wie weit draußen Corey lebte. Aber eigentlich musste ich das nicht sein. Neben einem Nationalpark zu wohnen, verschaffte einen leichten Zugang zu den Wäldern, in denen Kräuter und andere übernatürliche Materialien gefunden werden konnten. Alexa hatte mich eingesammelt, gleich nachdem ich bei Caleb fertig gewesen war. Das bedeutete, dass wir die Hauptverkehrszeit überwiegend meiden konnten. Trotzdem hatte die gesamte Fahrt einige Stunden gedauert.

»Super.« Erneut veränderte ich meine Sitzposition und zerstreute das Mana, das ich momentan hielt.

Gedankenverloren überprüfte ich in meinem Körper, wie viel Mana ich schon regeneriert hatte. Es lag wahrscheinlich bei ungefähr 80 Prozent der vollen Kapazität, allerdings hatte das neue Level diese wieder einmal erhöht. Eine schnelle Kontrolle meines Manabalkens zeigte, dass ich recht hatte, was mich zum Grinsen brachte.

Wir nahmen eine Abzweigung von der Landstraße auf eine kleine Nebenstraße. Innerhalb von Sekunden tauchte ein großes Wohngebäude vor unseren Augen auf. Wäre es prunkvoller, etwas weniger heruntergekommen und weniger sparsam, könnte man es ein Herrenhaus nennen. So sah es allerdings nur wie ein großes, zweckmäßiges Gebäude aus. Noch überraschender waren die zahlreichen landwirtschaftlichen Flächen, jede von ihnen war durch eine marode Einzäunung eingefasst. Ich spähte auf die Pflanzen darin, vage glaubend, dass ich einige von ihnen kannte, aber ich entschied mich, das nicht auszusprechen. Immerhin kannte ich meine Grenzen, und Kräuterkunde lag definitiv jenseits davon.

Vielleicht genauso interessant war die große Anzahl von Personen, die sich auf den Stücken Land befanden. Es gab mindestens ein Dutzend herumsausende Kinder, nackt wie am Tag ihrer Geburt. Diese Minitrolle waren ungefähr 1,20 Meter groß, dünn und grau, und sie verhielten sich wie menschliche Kinder. Nun, außer einer, der gerade einen rohen Tausendfüßler aß. Genauso interessant waren die vier erwachsenen Trolle, drei Frauen und ein junger Mann. Sie arbeiteten auf den Feldern, gruben den Boden um, jäteten und wässerten ihn. Als wir aufkreuzten, starrten sie uns an, bis wir aus dem Fahrzeug stiegen.

»Na ihr«, sagte ich, hob die Hand und schenkte ihnen ein Lächeln.

»Das ist Privatbesitz. Habt ihr das Schild nicht gelesen?« Ein älterer weiblicher Troll kam heran. Ich schielte leicht und ließ den *Glamour*, den sie nutzte, in den Vordergrund treten und sah eine Brünette mittleren Alters, bevor ich meinen Blick wieder scharf werden ließ.

»Haben wir, aber wir suchen genau genommen nach Corey«, erwähnte ich. Das Gesicht eines jüngeren weiblichen Trolls verzog sich bei der Erwähnung von Coreys Namen, doch sie verbarg die Sorge schnell wieder. Zumindest hoffte ich, dass es nur Sorge war.

»Er ist nicht hier. Bitte geht.«

»Wisst ihr, wo er sein könnte?«, fragte ich, mein Glück herausfordernd.

»Wissen wir nicht. Wir werden es ihn wissen lassen, dass ihr nach ihm sucht, sobald er zurück ist«, antwortete die Älteste.

»Ihr wisst ja nicht einmal, wer wir sind«, konstatierte ich, die Arme kreuzend. »Und er kann ohne weitere Manabatterien keine Pilze mehr sammeln.«

»Du bist der Magier?« Der Ton der Ältesten wechselte blitzartig von kühler Höflichkeit zu vollkommener Unfreundlichkeit. Sie legte die Arme über Kreuz, selbst als die jüngere Frau plötzlich so aussah, als wäre sie voller Hoffnung. »Dann geh, Magier. Du solltest die allgemeinen Höflichkeitsregeln kennen. Du wurdest bereits mehrfach dazu aufgefordert.«

Ich knurrte leicht bei ihren Worten und lehnte mich vor, weil ich merkte, dass uns etwas verheimlicht wurde. Bevor ich irgendetwas sagen konnte, sprach Alexa.

»Entschuldigt uns. Wir waren nur besorgt. Wir werden jetzt gehen«, kommunizierte sie mit ihnen. Ohne ein weiteres Wort stieg sie ins Auto und startete den Motor. Ich blieb stehen und starrte sie an. Die Novizin winkte mir, als ich zu ihr sah, damit ich einstieg. Sie zwang mich zur Entscheidung, entweder allein zurückbleiben und weitere Informationen sammeln oder mitfahren.

»Was sollte das?«, maulte ich, als auch ich im Auto saß.

»Höflichkeit und Regeln. Wir sind auf ihrem Grundstück. Wenn wir sie weiter drängen, zerstören wir unsere Reputation«, mahnte Alexa.

Ich murrte. »Sie wissen etwas.«

»Tun sie, aber wenn wir so dreist hierbleiben, nachdem wir aufgefordert wurden zu gehen, wäre das gleichbedeutend mit einer Kriegserklärung. Und was hätten wir dann erreicht?«, fragte Alexa mit einem Schnauben.

»Schön …« Ich kreuzte die Arme und verstand ihren Standpunkt, obwohl ich mit dem Ergebnis nicht besonders zufrieden war. »Wie werden wir ihn jetzt finden?«

Alexa lächelte leicht beim Anfahren und deutete auf das Handschuhfach. Darin fand ich eine kleine Phiole, die eine dunkelrote, zähflüssige Flüssigkeit enthielt.

»Das ist Blut«, stellte ich mit einem Stirnrunzeln fest. »Coreys?«

»Ja. Anders als du habe ich dem Troll nie vertraut – als würde er ohne irgendeine Absicherung sein Wort halten«, gestand Alexa. »Kannst du ihn aufspüren?«

Ich runzelte erneut die Stirn, meine Sinne in das Blut ausdehnend. Es war alt, jedoch verlangsamten die Präservationsrunen rund um die Phiole dessen Zerfall. Coreys Aura war noch immer darin eingefangen, jedoch wäre sie innerhalb weniger Tage vollständig verschwunden. Ich fragte mich, was Alexa dann getan hätte? Eventuell hätte sie sich einfach eine weitere Phiole besorgt. Ich wollte sie dafür schelten, jemandes Blut als Versicherung genommen zu haben, wenn ich bedachte, wie gefährlich so etwas in den falschen Händen wäre. Andererseits waren jetzt wir diejenigen, die es nutzten. Und die Menge des Blutes war so gering, dass es tatsächlich schwierig wäre, damit einen wirklich gefährlichen Zauberspruch zu beschwören.

»Ja«, antwortete ich ihr. »Gib mir ein paar Minuten. Es ist schwach.«

Alexa nickte und ließ den Wagen an der Abzweigung zur nächsten Straße im Leerlauf stehen. Ich beäugte erneut unsere Umgebung, bevor ich in meinem Rucksack nach dem Kompass fischte. Dann nahm ich einen tiefen Atemzug und bereitete mich darauf vor, unseren vermissten Troll aufzuspüren.

***

Eine Stunde später rollten wir eine abgenutzte Landstraße voller Schlaglöcher hinunter. Das eigenartige, den Privatbesitz anzeigende Schild hing schräg an einem einsamen verrosteten Nagel. Aufgrund des Schilds, der Straße und der abblätternden Farbe war es naheliegend, dass der Bauernhof, zu dem wir jetzt fuhren, seit einiger Zeit verlassen war. Es verblüffte mich immer wieder, dass

Gebäude, besonders solche, die sich so nah an der Stadt befanden, so leicht aufgegeben wurden. Vielleicht sagte das etwas über den traurigen Zustand der Menschheit und unsere Gesellschaft aus, dass es Dutzende Menschen auf den Straßen gab und sogar noch mehr unbewohnte, ausrangierte Gebäude wie dieses – nur wenige Kilometer entfernt.

»Was glaubst du, was er hier tut?«, murmelte ich und blickte auf den menschenleeren Bauernhof. Offensichtlich waren wir nicht die einzigen Eindringlinge in den letzten Jahren, jedoch hatte ich nicht die Absicht, meine Signatur zu hinterlassen. Ich konnte noch nie den Sinn von sorglos gesprühten Graffitis nachvollziehen, zumindest nicht emotional. Selbst wenn jemand ein Zeichen seiner Anwesenheit hinterlassen wollte, sollte er es wenigstens in einer Weise tun, die den anderen tatsächlich mitteilte, wer man war. Denn C.M. konnte wirklich jeder sein.

»Er sucht vielleicht nach Kräutern«, vermutete Alexa und betrachtete die zerbrochenen Fenster und den einzelnen flatternden Vorhang. »Zuerst das Haus oder die Scheune?«

»Nichts davon«, entschied ich, als ich auf den Kompass blickte. Er hatte sich unentwegt gedreht, seit wir nähergekommen waren, und war uns somit eine weniger gute Orientierungshilfe gewesen. Jetzt zeigte er zielsicher auf das kleine Wäldchen hinter den Gebäuden. Als ich Alexa darauf hinwies, fuhr sie das Auto an die Seite und bereitete ihren Speer vor. Ich dagegen zitterte vor Aufregung und überlegte, ob ich meinen Rucksack mitnehmen und ihn mit weiterer Überlebensausrüstung bepacken sollte oder nicht. Am Ende stopfte ich mehr Wasserflaschen, eine Rettungsdecke und zusätzliches Essen hinein. Alexas schiefem Lächeln aufgrund meiner Mätzchen entgegnete ich: »Magier sind auf alles vorbereitet.«

»Sind Späher auch. Aber wir bleiben nicht über Nacht«, legte sich Alexa fest. »Wenn es länger als eine Stunde dauert, gehen wir zurück.«

»Aber …«

»Ich verschwende nicht mehr als einen Tag an einen Troll«, ließ mich Alexa forsch wissen. »Wir haben immer noch ein beschädigtes Ritual, um das wir uns kümmern müssen.«

»Er hat eine Familie, die auf ihn wartet!«, protestierte ich.

»Seine Ehefrauen werden es schon schaffen. Sein Sohn sieht ohnehin alt genug aus, um die Verantwortung für die Familie zu übernehmen«, konterte Alexa, während sie in den Wald ging. Ich hielt mit ihr Schritt und schaute jedoch gelegentlich auf Kompass oder Boden. Nicht, dass ich dem Elefanten durch einen Porzellanladen nicht hätte folgen können, aber als Mann hatte ich den Wunsch, mich allein zu orientieren.

»Warte mal. Ehefrauen?«

»Ja, hast du sie nicht gesehen?« Alexa drehte sich für einen Blick zu mir um. »Hast du sie etwa mit Männern verwechselt? Weil sie sich nicht so sehr voneinander unterscheiden.«

»Nein, ich wusste, dass sie Frauen waren«, versicherte ich. »Aber keine der Geschichten hat jemals weibliche Satyrn erwähnt!«

»Aha«, sagte Alexa.

»Aber Ehefrauen?«, murmelte ich und dachte darüber nach. Nun, ich schätzte, das ergab Sinn. Irgendwie. Ich meine, Menschen hatten ebenfalls Kulturen mit mehreren Ehefrauen, also warum sollten Monster die nicht auch haben? Eigentlich sollte es mich nicht wundern, würden Monster überhaupt nicht heiraten. Sie waren, dem Wort nach, ja Monster. Allerdings wäre die Bezeichnung Übernatürliche besser, da sie nicht wirklich Monster waren. Aua. Mein Kopf schmerzte manchmal, wenn ich über diese ganze Terminologie nachdachte.

Alexa ignorierte mein Gemurmel, so konzentriert war sie auf unsere Wanderung im Wald. Glücklicherweise gab es dort einen oft genutzten Wildpfad, von dem wir annahmen, dass auch Corey ihn genutzt hatte. Auf jeden Fall hielt Alexa an einem Punkt sogar an, um auf einen relativ klaren Fußabdruck hinzuweisen, der im getrockneten Schlamm eingebettet war.

»Es hat geregnet, sagen wir mal letzte Nacht?«, erkundigte ich mich laut und erntete ein Nicken von Alexa. Mit diesem Anhaltspunkt, auf der richtigen Fährte zu sein, erhöhten wir die Geschwindigkeit.

Vierzig Minuten später und etwas außer Atem hob Alexa die Hand und hielt mich davon ab, auf die Lichtung zu treten. Ich legte die Stirn in Falten, das schwindende Tageslicht erschwerte den Blick innerhalb des Waldes. »Was?«

»Wirf bitte einen *Lichtball* auf die Lichtung«, erwiderte Alexa nur und ihr Speer hob sich lässig in diese Richtung. Anstatt zu fragen, warum, murmelte ich die Worte für den Zauberspruch und ließ einen *Lichtball* erblühen. Ich pumpte etwas Mana hinein, ließ den Ball aber für alle Fälle an einer Leine.

Beschwörung Lichtball

Synchronität 94%

Effizienz 82%

Das Licht strahlte auf und ergoss einen sanften gelben Schein, der die Lichtung erfüllte und Schatten zurückwarf. Als das Leuchten oben ankam, wurde mein Blick durch eine schwache Bewegung angezogen, die Blätter rascheln und Zweige hüpfen ließ.

»Waaas?«

»Shhhhh«, zischte Alexa und ging einen Schritt zurück. Als sie merkte, dass ich ihr nicht gefolgt war, zischte sie erneut. »Zurück.«

»Aber …«

»Riesige Spinnen«, flüsterte Alexa. »Wenn sie ihn erwischen, ist er tot.«

»Das ist nicht in Ordnung«, meinte ich und wich zurück. Ich beschwor in meinem Kopf einen *Feuerball* und konstruierte die Zauberformel, während ich noch die Zeit dafür hatte. »In Herr der Ringe …«

»Das hier ist kein Buch«, unterbrach mich Alexa. »Und Corey ist kein Vollbluttroll. Seine Regeneration ist vielleicht nur zwei- oder dreimal so effizient wie deine. Er ist tot. Oder so gut wie. Er könnte es jedenfalls sein.«

»Das kannst du nicht wissen«, widersprach ich, hielt an und knurrte leise. Der *Feuerball* formte sich in meinen Gedanken, bereit zur Beschwörung, während ich den *Lichtball* ableinte und gleichzeitig einen *Machtspeer* beschwor.

»Nein. Kann ich nicht. Aber ich riskiere nicht unsere Leben für einen toten Troll«, betonte Alexa.

»Aber …« Ich stockte und mir fiel etwas auf. »Er ist am Leben. Er muss es sein, sonst würde sein Blut nicht so stark reagieren.«

Meine Worte ließen Alexa für eine Sekunde innehalten, bevor sie den Kopf schüttelte und mich zurückwinkte. »Spielt keine Rolle. Wir sind nicht für ihn verantwortlich.«

»Es ist unsere Schuld, dass er nach diesen Pilzen gesucht hat«, entgegnete ich, mich breitbeinig hinstellend. »Und ich verstehe nicht, warum du dich weigerst zu helfen.«

»Weil er ein Troll ist«, zischte Alexa, während sie die Baumkronen um uns herum absuchte, ihren Speer mit beiden Händen haltend.

»Der Ehefrauen und Kinder hat. Eine Familie«, diskutierte ich. »Der für uns gearbeitet hat, mit uns geredet hat. Zur Hölle, er hat sogar seine Snacks mit uns geteilt.«

»Senk deine Stimme!«, fauchte Alexa leise.

»Ja, halt die Klappe!«

»Das werde ich nicht …« Ich verharrte und mein Verstand holte mich schließlich ein. Mit geweiteten Augen drehte ich mich zu der Stelle, von der die dritte Stimme hervorgebrochen war, und blinzelte dann. »Corey?«

»Ja. Obwohl es schön zu hören war, wie du mich verteidigt hast, hat deine Freundin recht. Wir sollten gehen«, räumte Corey ein und hinkte aus dem Dickicht. Der in Tarnfarben gekleidete Troll war aufgrund seiner grauen Haut nun leichter zu erkennen. Unbewusst bemerkte ich, dass eine Tasche über seiner Schulter hing.

»Wir wurden entdeckt«, schnauzte Alexa und trat plötzlich zur Seite, womit sie der herabstürzenden Spinne auswich. Diese hing dann allerdings zwischen uns. Sie schlug zu und erstach gleichzeitig eine zweite Spinne. Instinktiv ließ ich den ersten Zauber los, der *Feuerball* prallte auf die große Spinne, brannte sich durch ihre Haut und schleuderte sie drehend und schüttelnd durch die Luft. Mit einem abrupten und abgewürgten Kreischen oder Quieken fiel sie vollends zu Boden, gerade als ihr Körper von innen verbrannte.

»Stirb!«, knurrte ich und kickte die Spinne von der Größe eines kleinen Hundes wie einen Football weg. Nebenbei bemerkte ich geistesabwesend, dass das Monster auf dem Rücken rote Punkte hatte und große, große

Fangzähne. Fangzähne? Nein, falsches Wort. Doch ich hatte keine Zeit, mich darum zu kümmern. Als die Spinne inmitten der trockenen Blätter landete und einen Mini-Tsunami abgestorbener Vegetation erzeugte, ließ ich den *Machtspeer* folgen, der die Kreatur aufspießte und tötete.

»Zeit zu gehen!«, rief Alexa, zog ihren Speer heraus und nutzte ihn jetzt als Schläger. Als die lauten huschenden Geräusche und das Rascheln im Geäst sich steigerten, wich ich schnell zurück, die beschworenen *Machtbälle* neben mir. Als sich die Spinnen neben uns herabfallen ließen, feuerte ich meine Zauber auf die großen Arachniden ab und stieß sie damit weg.

Das einzig Negative daran war, dass sie an ihren Fäden von den Bäumen hingen. So kam die Physik zum Tragen und schwang die verdammten Monster zu uns zurück. Nachdem die zweite schwingende Spinne mich beinahe an der Brust getroffen hatte, zog ich mich sehr schnell weiter zurück. Glücklicherweise waren die Spinnen nicht gewillt, uns zu weit von ihrem Nest entfernt zu folgen. Entweder das oder die gehäuften Verluste durch Alexas und meine wiederholten Attacken ließen sie endlich aufgeben.

»Wo ist Corey?«, erkundigte ich mich, nachdem wir uns einige Meter weiter von dem Punkt entfernt hatten, an dem die Spinnen uns nicht mehr verfolgten. Als Antwort erhielt ich von Alexa ein Schulterzucken und meine Augen verengten sich. Nach einem Griff und einer schnellen Überprüfung sah ich, dass die Nadel des Kompasses jetzt dahin zeigte, von wo wir ursprünglich gekommen waren.

Als wir schließlich zurückkamen, fanden wir Corey, der am Auto lehnte, mit einer Zigarette zwischen den Lippen.

»Du hast uns zurückgelassen!«, beschwerte ich mich, die Hände schwenkend.

»Habe ich«, gab Corey unverhohlen zu.

»Wir sind hierhergekommen, um nach dir zu suchen!«, sagte ich laut.

»Und das war ziemlich nett.« Corey nickte. »Aber ich habe euch nicht darum gebeten. Und nicht ich war derjenige, der damit beschäftigt war, die Spinnen anzulocken. Wärt ihr ruhig gewesen, hätte ich davonschleichen können.«

»Schleichen?«

Corey nickte, seine Tasche tätschelnd. »Blutblütenspinneneier. Sind ziemlich viel wert, aber ihre Eltern sind sehr besitzergreifend. Hab Tage gebraucht, hinein- und wieder herauszukommen.«

Während ich vor Wut schäumte, deutete Alexa auf die Tasche, ihre Stimme klang kühl. »Und die Pilze?«

»Die habe ich auch. Vier weitere. Wollt ihr sie hier haben oder wollt ihr, dass ich sie bei euch zuhause vorbeibringe?«

»Wir werden sie gleich hier nehmen«, antwortete Alexa. Corey nickte und nahm die Tasche von seiner Schulter.

Während er darin wühlte, fuhr er fort: »Ich werde ein weiteres Paar Batterien brauchen. Während der Arbeit habe ich die zwei herausgenommen, die ihr mir gegeben habt. Aber die sind jetzt runter und brauchen eine Aufladung.«

Ich brummte und zuckte leicht zurück, als Alexa den Rucksack von meinen Schultern zerrte. Widerwillig gab ich ihn auf und sah zu, wie Alexa die aufgeladenen Manabatterien herausnahm und stattdessen die Wynnpilze sowie die jetzt nicht mehr funktionierenden Batterien von dem Troll entgegennahm. Nachdem wir unseren nächsten Termin vereinbart hatten, gingen wir und ließen den Troll alleine nach Hause zurückkehren. Ein Teil von mir – der nette, höfliche Teil – wollte ihm eine Fahrt nach Hause anbieten. Allerdings gewann der griesgrämige, verletzte und verunsicherte Teil, und ich blieb stumm, bis wir zurück auf der Schnellstraße waren.

»Wie kannst du da so gleichgültig bleiben?«, fuhr ich sie leicht an.

»Er hatte recht. Er hat uns nicht darum gebeten, ihn zu retten«, erwiderte Alexa schulterzuckend. »Und dennoch hat er uns vier weitere Pilze besorgt.«

»Aber er hat uns zum Sterben zurückgelassen!«

»Sei nicht so melodramatisch. Das war nur ein Nest von Blutblütenspinnen. Im schlimmsten Fall hättest du die Bäume abgebrannt und sie damit regelrecht fortgejagt«, schürzte Alexa die Lippen. »Natürlich bin ich froh, dass wir keinen Waldbrand verursacht haben, aber wir waren niemals wirklich in Gefahr.«

»Aber ...«

»Henry«, unterbrach mich Alexa und nutzte meinen Namen, um meine Aufmerksamkeit zu bekommen, während sie fuhr. »Er ist ein Troll. Du bist ein Magier. Ich bin eine Templerin. Wir haben eine nette einfache Geschäftsvereinbarung. Hör auf, mehr daraus zu machen, als es ist.«

»Warum hast du überhaupt zugestimmt, nach ihm zu suchen, wenn es dir völlig egal ist?«, fragte ich.

»Er hat deinen Kompass und dein Manabatteriesystem«, antwortete Alexa. »Es ist nicht gerade unmöglich für ihn, jemand anderen zu finden, der die Batterien auflädt, oder?«

»Nein«, gab ich zu und blickte die Templerin wütend an. »So ist das also? Du hast dich entschieden, mir zu folgen, um sicherzustellen, dass wir meine Ausrüstung zurückbekommen?«

»Und alle Pilze erhalten, die er gesammelt hat. Und die Gebühr für den Vertragsbruch«, fügte Alexa hinzu.

Ich kreuzte die Arme und grummelte. Als meine Verärgerung anschwoll, blitzte ich Alexa an. Pfui. Diese, diese … Übernatürlichen. Und natürlich die Templer. Sie alle waren herzlose, nervige Idioten. Geschäftsvereinbarung. Ich knurrte, verstummte aber, als Lilys Mahnung in meinem Gedächtnis widerhallte. So sehr ich manchmal glaubte, Alexa zu kennen, besaß ich ebenso die Tendenz, zu vergessen, dass dieselbe Frau, die im Schlaf schnarchte und der erklärt werden musste, was Cowboy Bebop war, ebenso eine kaltblütige Mörderin von Übernatürlichen war.

Vielleicht … vielleicht war meine Unterstützung beim Abschluss ihrer Quest nicht meine beste Idee. In Gedanken verloren verstummte ich, während wir den Rest des Weges nach Hause fuhren.

Kapitel 15

»Du scheinst heute wegen etwas beunruhigt zu sein«, bemerkte Caleb, nachdem mein neuester Ritualversuch im Sande verlaufen und an sehr vielen Punkten gescheitert war. Ich stieß die Zauberformel gedanklich an und reagierte verärgert, als ich realisierte, dass ich buchstäblich gerade erst auf diese Zeilen geblickt hatte.

»Es geht mir gut«, behauptete ich.

»Nein. Du bist in der dreiundzwanzigsten Dimension, der elementaren Ebene von Metall und Kuala Lumpur«, widersprach Caleb, auf das Ritual deutend. »Beziehungsweise deine Beschwörung wäre es. Und vielleicht zum Teil in Johannesburg.«

»Schön.« Ich lehnte mich zurück und kreuzte die Arme, während ich den älteren Magier ansah. Er schaute ruhig zurück, bis ich den Blick abwandte. »Ich hatte einen Streit mit Alexa.«

»Wenn das ein Beziehungsproblem ist, kannst du jetzt gehen«, teilte Caleb mir mit.

»Natürlich nicht!«, erwiderte ich. »Es ist nur so, dass sie die Übernatürlichen so behandelt, als wären sie nicht, du weißt schon, menschlich. Und ich kann nicht anders, als darüber nachzudenken, ob sie auch von mir so denkt. Sollte ich ihr überhaupt helfen?«

»Und du denkst, dass Übernatürliche so menschlich sind wie du«, entgegnete Caleb nur.

»Nun, nicht genau wie ich«, sagte ich langsam. Aber diese Rassen sind ebenso empfindungsfähig. Und auch gutmütig.«

»Einige. Einige sind uns sehr ähnlich. Andere haben seltsame Glaubensvorstellungen und Riten, eine Biologie, die verschiedenste Dinge benötigt. Die Vampire und ihr Bedürfnis nach Blut, die Lykanthropen, die sich selbst alle achtundzwanzig Tage wegsperren, die Ghule, die für ihr Überleben Leichen essen müssen«, zählte Caleb auf. »Die Templer haben einen guten Grund, jede dieser Rassen gleich zu behandeln. Es gibt von jeder eine lange Historie, wie sie Jagd auf die Menschheit macht.«

»Aber momentan tun sie das nicht«, blieb ich stur.

»Das ist wahr. Die moderne Gesellschaft und Überbevölkerung erlaubt es vielen Rassen, in relativem Frieden mit der Menschheit zu leben. Die Ressourcen sind deutlich im Überschuss vorhanden«, erzählte Caleb. »Aber auch wenn die Prozentzahl der Unzufriedenen gesunken ist, hat der Anstieg aller Populationen zu einer absoluten Zunahme der Angriffe geführt. Nimm die langsam abnehmende Zahl der Templer aufgrund jahrelanger kontinuierlicher Verschwiegenheit dazu und du wirst verstehen, warum sie eine härtere Linie eingeschlagen haben.«

»Aber so war Alexa vorher nicht!«, entgegnete ich, die Hände verschränkend.

»Wirklich?«

Ich öffnete den Mund für eine Erwiderung, schloss ihn aber wieder, und mein Verstand begann langsam alle Taten zu beurteilen, die Alexa jemals vollbracht hatte. Wir hatten bei vielen Quests zusammengearbeitet, aber ich erinnerte mich, wie sie mich fast immer zu den brutaleren gedrängt hatte, den Auslöschungsquests. Fast immer Monster, fast immer Kreaturen, die ohne einen Zweifel etwas waren, das getötet werden musste. Selbst wenn wir irdischere Aufgaben übernahmen, hatte sie nie wirklich mit unseren Auftraggebern sozial interagiert. Ja, sie war freundlich und höflich, aber sie versuchte nie, mehr über deren Leben herauszufinden. Sie fragte nie, wie es ihnen ging.

»Oh.«

»Du lehnst die Gesinnung von Miss Dumough ab, aber hast du jemals darüber nachgedacht, dass deine eigene vielleicht ein Resultat deiner Vorteile ist?«, erkundigte sich Caleb.

»Meiner Vorteile?«, wunderte ich herum.

»Anders als die Meisten bist du geschützt.« Caleb deutete auf den Ring an meinem Finger, das Objekt des magischen Downloads. »Du kannst keinen Fehler machen, der in deinem sofortigen Tod endet. Wahrhaft mächtige Kreaturen können dich nicht angreifen und so behauptest du dich nur bei den Schwächsten, und die bieten dir den Respekt und die Skepsis, die dein Lohn als Magier sind. Nur wenige würden eine engere Beziehung zu einem mächtigen Magier ausschlagen.«

»Du meinst damit, dass sie freundlich sind, weil ich nützlich sein könnte?«, fragte ich, irgendwie verletzt durch diese Andeutung. Ich war in der Schule nicht wirklich »Mister Beliebt« gewesen, als Asiate und Nerd, aber auch nicht wirklich unbeliebt. Ich hatte einfach meine eigenen Freunde. Ich dachte, es ginge nur darum, mehr Menschen wie mich zu finden, wie eine riesige Zusammenkunft.

»In gewisser Hinsicht«, antwortete Caleb. »Deine Macht ist nützlich, hingegen symbolisiert Miss Dumough eine Macht, die bereits gejagt hat und die Übernatürlichen wieder jagen wird. Das Angebot einer Geschäftsvereinbarung und ein distanziertes Gebaren, während man mit übernatürlichen Rassen zu tun hat, erlaubt es allen Parteien, auf einer komfortablen Basis zu agieren und zu funktionieren.«

»Also will sie vielleicht Freundschaft schließen, weiß aber nicht wie?«, fragte ich langsam.

»Ich werde keine Vermutungen über ihre Gefühle anstellen, aber sie hat gute Gründe, argwöhnisch gegenüber anderen Rassen zu sein«, erwiderte Caleb. »Und diese ihr gegenüber. So wie du dich auch verhalten würdest.«

»Ja, ja«, grummelte ich. Das wusste ich. Es war nicht so, als wäre ich nicht gewarnt worden, dass meine »Freundin« am Ende irgendwann meinen Ring fordern würde. Daher fragte ich mich wieder einmal, ob ich ihr überhaupt helfen sollte. Aber ich wusste auch, dass die Templer sie einfach ersetzen würden, vielleicht durch jemanden, der nicht »vom Schicksal bestimmt« war, mit mir hier zu sein, der aber auch weniger freundlich sein würde.

Letztendlich betrachtete ich Alexa als Freundin. Auch wenn sie das vielleicht nicht tat.

»Wenn wir fertig sind, lass uns das Ritual, an dem du gearbeitet hast, noch einmal genauer untersuchen«, sagte Caleb und pochte auf den Tisch, um meine Aufmerksamkeit wieder auf sich zu ziehen. Ich seufzte, nickte aber und konzentrierte mich auf das Ritual. Es würde sich nicht von selbst zeichnen.

***

Später an diesem Tag stolperte ich zurück nach Hause, das Notizbuch voll von gekritzelten Aufzeichnungen über mein Ritual und andere Aspekte von Ritualen. Das Mittagessen war eine hastige Angelegenheit. Alexa zerrte mich fast aus dem Stuhl, als ich mit meinen Nudeln fertig war.

»In Ordnung. Ich komm ja schon«, meckerte ich, zog meine Jacke an und griff nach meinem zuverlässigen Rucksack. »Es ist ja nicht so, als würde das Ritual in genau dieser Sekunde stoppen.«

»Aber die Bauunternehmer kommen heute«, erwiderte Alexa, »und sie wollen mit dir sprechen.«

»Bauunternehmer?«

»Die Übernatürlichen, auf deren Einstellung du bestanden hast«, antwortete Alexa, mich zum Auto geleitend. Innerhalb von Sekunden hatte sie das Auto vom Bordstein gelenkt und es verschmolz mit dem Verkehr. Jetzt trommelten ihre Finger auf das Lenkrad.

»Oh, die. Ich bin froh, dass ihr alle euch endlich dazu entschieden habt, die schlauere Wahl zu treffen«, lächelte ich verbissen. Mit der richtigen Truppe könnte das Waisenhaus wahrscheinlich die nötigen Arbeiten beenden, ohne das Ritual weiter zu beschädigen oder die Tätigkeit zumindest so kaschieren, dass das Waisenhaus aussähe, als wären die Bauarbeiten fertig. Wobei dann andere magischere Mittel genutzt würden, um denselben Effekt herbeizuführen.

»Es ist nicht schlau, so jemanden hineinzulassen …« Alexa verstummte und schloss den Mund.

»So jemanden?«, bohrte ich eindringlich nach.

»Den Feind.« Alexa reckte ihr Kinn vor und ihre Finger schlossen sich fester um das Lenkrad, als ob sie darauf wartete, dass ich vor Wut explodierte. »Augenblick.«

Ich blieb gefasst und entschied mich, das nicht zu kommentieren. Die Information und ihre Reaktion darauf waren nicht länger eine Überraschung. Jedoch hatte ich das Gefühl, dass ihr Verhalten nicht so sehr von ihren Gefühlen hervorgerufen wurden, sondern vielmehr davon, dass ich ihre Überzeugungen infrage stellte.

»Wer wird denn kommen?«, fragte ich.

»Es sollten drei Bauunternehmer da sein. Die Grimwalls machen ein Angebot, genauso wie die McClintocks und PMC.«

Grimwalls war ein Unternehmen von Zwergen, für das wir zuvor schon einmal etwas erledigt hatten. Gute Leute, jedoch war ich irgendwie skeptisch aufgrund des Levels ihrer magischen Begabung. Das letzte Mal, als sie auf einen ungewöhnlichen Schutzzauber getroffen waren, hatten sie immerhin mich angeheuert, um schlau daraus zu werden.

»Die McClintocks sind eine Gruppierung von schottischen Feen. Sie arbeiten nicht oft für Nicht-Feen. Da unser Gebäude aber größtenteils aus Stein und Mörtel ist, sind sie gewillt, einen Versuch zu wagen. Und PMC ist ein multinationaler Konzern. Genau genommen hatten wir versucht, sie als Erste anzuwerben, aber sie hatten keine freien Arbeiter mehr. Jetzt wollen sie die Arbeit einschätzen, bevor sie sich verpflichten«, erklärte Alexa, mir die Einzelheiten beider Unternehmer erläuternd, die ich noch nicht kannte.

»Und ich bin dabei, weil ...«

»Um ihnen zu versichern, dass das Ritual nicht aktiv ist, um Fragen über die von dir erschaffenen Rituale zu beantworten und um unser magischer Berater zu sein«, zählte Alexa auf.

»Ha. Berater werden bezahlt«, grummelte ich.

»Wirst du«, betonte Alexa. Ich klappte den Mund zu und rief mir die Tatsache ins Gedächtnis, dass ich tatsächlich zuvor eine Bezahlung ausgehandelt hatte. Ich hatte es wirklich vergessen, als ich die gesamte Quest unter »einer Freundin helfen« einsortiert hatte. Da es eine waschechte Quest war, ein echter Job, sollte ich vielleicht damit aufhören, eine Arbeitsverweigerung zu erwägen. Es wäre letzten Endes ziemlich unprofessionell.

Als wir schließlich ankamen, geschah dies zum Anblick des hinausstürmenden Grimwalls, des namensgebenden Anführers, der förmlich aus dem Gebäude hastete. Nachdem Alexa das Auto geparkt hatte und ich ausgestiegen war, waren die Zwerge schon außer Rufweite, zumal sie ziemlich eindeutig nicht hier zu sein wünschten.

»Mir schwant nichts Gutes«, murmelte ich. Ich nahm meinen Rucksack und ging los. Die Äbtissin schenkte mir ein erleichtertes Lächeln, als sie meine Anwesenheit bemerkte, und winkte mich herein. »Probleme?«

»Die Atmosphäre war ein wenig zu viel für die Grimwalls«, ließ sie mich leise wissen und gestikulierte. Ich nickte langsam, verzog das Gesicht und folgte ihr, um im Keller auf zwei weitere Bauunternehmer zu stoßen, die zerstörte Gipsplatten begutachteten. Während ich zu ihnen lief, überprüfte ich die erhöhte Manaverderbnis, der dichte Block korrumpierten Manas erfüllte das gesamte Gebäude und seine Außenanlagen. Offenbar hatten unsere Versuche funktioniert, die Verderbnis einzudämmen.

Legenden besagten, dass Feen wunderschöne, staunenswerte Kreaturen waren, deren bloße Anwesenheit in gleichem Maße entzücken sowie einschüchtern konnte, aber das war in Wirklichkeit eine kleine Lüge. Zumindest was die Feen betraf, die noch immer auf der Erde lebten. Mit der ständig zunehmenden Menge an Eisen sowie der Verderbnis und Zerstörung der Natur hatten die reinblütigen Feen die Erde vor langer Zeit verlassen. Nur Wechselbälger, Halbblütige und geringere Feen blieben zurück. Gruppierungen, die die allgegenwärtige Technologienutzung verkraften konnten. Die Feen waren trotzdem nicht froh über ihre neue Situation, die meisten blieben in Dörfern oder kleineren Städten, aber sie blieben. Während ich die zwei Halbblüter anschaute, konnte ich ehrlich gesagt nicht anders, als enttäuscht sein. Würde ich sie einfach mitnehmen, in der Mitte eines Konzerts mit Country-Musik aussetzen und einmal blinzeln, dann hätte ich sie bereits verloren.

Die Leute von PMC waren ein wenig interessanter. Ihr Anführer war groß und hager, sein Gesicht war durch eine riesige Fliegersonnenbrille verdeckt, die aber nur wenig dabei half, seine Fühler zu verstecken, ebenso wenig wie der Mantel die hintere Ausbeulung, wo sich seine Flügel befanden. Seine Assistentin trug ein ärmelloses Hemd und eine rote Kappe flott über den langen pelzigen Ohren, hatte ein Bein angewinkelt und warf den männlichen Feen ein breites Grinsen zu.

»Hallo«, grüßte ich jeden. Sobald das Vorstellen abgeschlossen war, begannen die Fragen heranzufliegen. Es war schön, im Mittelpunkt der Aufmerksamkeit zu stehen, besonders bei etwas, zu dem ich einiges Fachwissen besaß. Das war ein großartiger Schub für mein Ego. Bis die Feen Fragen stellten, die ich nicht beantworten konnte.

»Nein, ich weiß noch nicht, was die 83. Linie macht.«

»Du hast recht. Das ist keine Spannungsableitung. Bei nochmaliger Überlegung ist es wahrscheinlich Jamals selbstverstärkende Transformationsgleichung.«

»Ich weiß nicht, ob es umgangen werden kann. Das hängt von dem inneren Kreis ab, den ich noch nicht untersucht habe« sagte ich schließlich und warf verzweifelt die Hände hoch. Durch diese Aktion erntete ich wütende Blicke von den Feen, aber zur Hölle mit ihnen. »Schaut, wir brauchen euch, um die Arbeit zu beenden. Ich werde das Ritual im Endeffekt wiederherstellen, aber der Aufwand ist gewaltig!«

»Wir haben nachgefragt, weil wir nicht in der Lage sind, ohne hinreichende Informationen eine adäquate Einschätzung anzubieten«, erläuterte die führende Fee mit gekreuzten Armen. »Du behauptest, dass der Ritualkreis nicht gefährlich ist, aber dann gibst du zu, dass du ihn überhaupt nicht wirklich verstehst.«

»Nur weil ich nicht verstehe, was der Kreis in seiner Gesamtheit macht, bedeutet das nicht, dass ich nicht einschätzen könnte, ob er gefährlich ist oder nicht«, blaffte ich.

»Dann bist du gewillt, dein Wort darauf zu geben?«, sprang der Mottenmann schlagartig ein.

»Ja!«, bestätigte ich und klopfte ungeduldig mit den Füßen. In dem Moment, in dem ich meine Zusicherung äußerte, löste sich die Anspannung im Raum. Ich zog die Augenbrauen in die Höhe und blickte zwischen den beiden Beratergruppen hin und her, bevor mein Arm behutsam nach hinten gezogen und ich von einer um Entschuldigung bittenden Novizin hinausgeführt wurde.

»Was?«, fragte ich sie.

»Wir haben besprochen, dass du nicht dein Wort darauf geben sollst«, erinnerte mich Alexa mit einem Zischen.

»Aber ich werde dazu stehen«, erwiderte ich und zeigte auf die Ritualschnitzereien um uns herum. »Die sind gut. Ich kann nicht viel über das innere Ritual sagen, aber solange die Arbeiter es umgehen, wie ich es ihnen gesagt habe …« Ich hob bei den letzten Worten die Stimme und stellte sicher, dass die Bauunternehmer es auch hörten. »Dann sollten wir klarkommen.«

»Theoretisch. Soweit du weißt«, stellte Alexa klar.

»Das ist alles, was ich anbieten kann.«

»Und wenn du falsch liegst, wird deine Reputation leiden«, entgegnete Alexa.

»Wenn ich falsch liege und dieser Ort in die Luft fliegt, wird viel mehr als nur meine Reputation ein Problem sein«, meinte ich kopfschüttelnd. »Nein. Ich werde zu meinem Wort stehen. Und wenn ich falsch liege, werde ich den Schlag einstecken. In diesem Sinne sollte ich aber weiter über diese Rituale nachdenken. Außer du glaubst, dass sie mich weiterhin brauchen, um Händchen zu halten?«

Alexa schnaubte zu meinen Worten, winkte mich aber fort. Ich machte mich auf den Weg und überprüfte im Geiste die Karte, um die letzte Stelle zu verifizieren, an der ich war, als ich meine Sinne ausgedehnt hatte, um die langsam undichten Ritualkreise zu finden. Jetzt, da ich im mich Keller befand, konnte ich das ausströmende kalte, dunkle Mana spüren, das momentan in einer noch höheren Geschwindigkeit entwich. Ich blickte den Flur hinunter zu dem Raum, der abgesperrt worden war, und meine Gedanken kreisten um die möglichen Ursachen. Ein unbeabsichtigter Nebeneffekt oder ein Angriff?

Leider hatte ich nichts weiter in petto, daher wandte ich mich dem äußeren Ritual zu, die zerstörten sowie die zunehmend strapazierten Bereiche bemerkend. Der ursprüngliche Schaden war minimal, aber mit der Zeit hatte sich das Ritual immer weiter abgenutzt, da die unterbrochenen Abschnitte den Rest des Kreises stärker belasteten. Bald würde das Ritual gänzlich versagen.

Was in Ordnung war. Denn wie ich den Bauunternehmern schon erzählt hatte: Es gab keine Möglichkeit, dass das äußere Ritual in die Luft fliegen konnte. Es diente nur als riesiger Kollektor, der Mana aus der Umgebung zog und bündelte, mit einer geringen *Illusion* und verstärkten Glyphen. Bei der Erschaffung unseres eigenen Rituals rund um den Zaun bestand ein Teil des Tricks darin, einen einseitig durchlässigen Schild zu erschaffen, sodass trotzdem noch Mana durch das äußere Ritual eingesammelt werden konnte.

Sobald allerdings dieses äußere Ritual versagte, entstünde das Problem, dass es nicht länger das innere kleinere Eindämmungsritual antreiben würde. Das wäre besorgniserregend. Realistischerweise hatte ich zwei Möglichkeiten: Das äußere Ritual wiederherstellen oder, wenn das scheiterte, das innere Ritual so modifizieren, dass es das äußere nicht mehr benötigte. Beides wäre nicht besonders leicht.

Diese Überlegungen hatten mich hierhergebracht. Ich machte mir Notizen und aktivierte einzelne Abschnitte des Rituals, sodass ich die Ritualformeln untersuchen und dann zum nächsten Abschnitt übergehen konnte.

***

Zwei Tage später stand ich in nachdenklicher Stille zentral vor dem letzten Bereich des Rituals. Vor meinem geistigen Auge tanzten die Ritualformeln, und Gleichungen verschoben sich, während ich die Formel anpasste, um die vorhandenen Fehler zu beheben. Schließlich atmete ich aus, zog mein Notizbuch aus der Tasche, strich den letzten hingekritzelten Abschnitt durch und schrieb die neuen Korrekturen hinein. Damit sollte ich nun fertig sein.

Ich blinzelte, als ich einige Minuten später ins Sonnenlicht trat. Ich schreckte vor dem grellen Licht zurück, das in meinen Augen schmerzte. Verdammt, ich war zu lange dort unten gewesen. Wieder einmal.

»Machst du eine Pause?«, erkundigte sich die Äbtissin, wie ein Geist an meiner Schulter erscheinend.

»Nein. Ich bin fertig«, antwortete ich und schenkte ihr ein Lächeln.

»Fertig?« Die Begeisterung in ihrer Stimme war wohltuend. »Wirst du das Ritual heute durchführen?«

»Nein. Es gibt einige Dinge, die wir vorher besorgen müssen«, erwiderte ich. Bevor sie fragen konnte, zog ich mein Notizbuch aus der Tasche, riss die Seite heraus und gab sie ihr. »Das ist die Liste der Materialien, die ich benötige.«

»Wir werden alles beschaffen …« Die Äbtissin verstummte, während sie die Liste studierte. Ihre Kiefer mahlten leise, bis der Schock nachließ. »Ist das nicht ein wenig übertrieben?«

»Nein.«

»Aber Silberstaub? Acht Pfund Salz, das ist leicht. Sägespäne einer 200 Jahre alten Ulme, das ist …«

»Das ist alles notwendig«, unterbrach ich sie mit grimmigem Gesicht. »Es gibt drei Wege, euren Ritualkreis instand zu setzen und zu verstärken. Der erste fände mit den Materialien statt, die ich angefordert habe. Der zweite bestünde darin, dass ihr einen vollwertigen Magier einstellt, der mehr Erfahrung und einen viel größeren Manavorrat hat. Er wäre in der Lage, die Formel direkt in das Ritual einzuarbeiten, ohne so viele Hilfsmaterialien zu nutzen. Oder der dritte Weg: Du könntest denjenigen ausfindig machen, der das Ritual ursprünglich platziert hat, und es ihn wiederherstellen lassen. Aber ich bezweifle, dass die letzte Option durchführbar ist und dass ihr sie sonst bereits genutzt hättet. Und bedenkt man, dass die meisten Magier nicht für euch arbeiten würden, ist die zweite Option wohl auch nicht machbar. Jedenfalls nicht in der notwendigen Zeitspanne.«

Ich sah, wie sie ihre Lippen während meiner Tirade fest zusammenpresste, aber ich war müde, mürrisch und hatte es satt, dass mir Informationen vorenthalten wurden, während gleichzeitig von mir erwartet wurde, dass ich Wunder geschehen ließ. Vielleicht gab es billigere, leichtere Möglichkeiten, das Ritual abzuschließen, aber wir hatten weder die Zeit, noch hatte ich Lust, diese noch länger in Betracht zu ziehen.

»Wie lange braucht ihr?«, fragte ich.

Die Äbtissin sah erneut auf die Liste und schüttelte nach kurzer Zeit den Kopf. »Das weiß ich nicht. Viele der Materialien sind zwar nicht selten, aber es ist auch nicht so, als würden wir diese Dinge regelmäßig kaufen.«

»Morgen. Oder den Tag danach. Noch länger und ich kann nicht mehr versprechen, dass der innere Kreis halten wird.«

»So bald?«, hauchte sie.

»Ja.« Ich mochte vielleicht übertreiben, aber ich dachte mir, dass es besser wäre, die Abnutzung des Rituals eher zu über- statt zu unterschätzen.

»Wir werden sofort loslegen.«

Ich nickte und winkte ihr einen flüchtigen Abschiedsgruß zu. Bevor ich ging, sah ich nach den Bauarbeitern – PMC war letztlich der Gewinner –, für alle Fälle, falls sie irgendwelche weiteren Fragen hatten. Es gab einige, aber glücklicherweise hatten sie anders als die Irdischen eine klare Ahnung davon, was sie tun und was sie nicht tun sollten. Ansonsten mieden sie einfach die Gebiete, die vor Mana trieften.

Danach verbrachte ich einige Minuten mit der Überprüfung, ob die Verzauberung um die Sporthalle herum noch immer hielt, bevor ich weitere Anhänger für die Kinder herstellte. Dann ging ich schließlich. Es war nicht perfekt und ich hoffte wirklich, das Problem lieber früher als später beheben zu können. Nicht zuletzt, um die Kinder nachts zurück in ihre Betten schicken zu können.

Ich war fast zuhause, da rief ich mir meinen Termin mit Adom in Erinnerung. Als ich schließlich in der Bibliothek ankam, fand ich ihn an demselben Tisch, an dem wir uns zum ersten Mal getroffen hatten, ihm gegenüber stand ein großer Ordner. Ich runzelte die Stirn, auf den

Ordner blickend, fischte aber den frisch abgehobenen Lohn heraus und reichte ihn dem Übernatürlichen. Während ich den Ordner hochhob, zögerte ich.

»Gibt es irgendwas, das ich wissen sollte?«

»Von Bedeutung?« Adom hielt nachdenklich inne. »Viel von Interesse. Wenig bis direkte Relevanz zu Ihrem Anliegen. Es war mir möglich herauszufinden, dass das Gebäude größere Renovierungen in den späten Siebzigern erfahren hat, konzentriert auf den Keller. Das Ganze wurde als Ausbau und Installation einer Heizungsanlage gekennzeichnet, ich nehme aber an, dass die vorgelegten Pläne weitaus umfangreicher waren«, berichtete Adom. »Es gibt jedoch keine weiteren aussagekräftigen Notizen. Keine Grabstätten, keine Kraftlinien oder vorherige Eigentümer dämonischer Wesen.«

»Super!« Ich dankte ihm lächelnd und eilte hinaus. Ich fühlte mich erschöpft. Ein Teil von mir fragte sich, ob das die Tausend Dollar wert gewesen war. Geld, für exakt null nützliche Informationen, das woanders dringend gebraucht wurde. Andererseits war es vielleicht wie eine Versicherung. Man hasste es, dafür zu bezahlen, bis zu dem Moment, an dem es sich bezahlt machte. In Anbetracht der schlimmsten Szenarien neigte ich jedoch zu der Ansicht, dass sich die Ausgabe nie rechnen würde.

Als ich diesen Umweg schließlich hinter mich gebracht hatte, ging ich nach Hause, um über meinem Bett zusammenzubrechen. Zwei Tage des Studierens von Ritualformeln bewirkten, dass ich im Schlaf von schwebenden Zaubergleichungen träumte, sowie von einem Wrestling-Tag-Team-Kampf mit missmutigen Autoritätsfiguren wie Caleb und der Äbtissin, die sich dabei abwechselten, mich für meinen Mangel an Talent zu schelten.

Kapitel 16

»Kein Unterricht heute Morgen?«, erkundigte sich Lily, denn sie hatte bemerkt, wie langsam und lustlos ich mein Frühstück aß.

Ich nippte an meinem Kaffee, bevor ich dem Dschinn schließlich antwortete, verzweifelt versuchend, das letzte bisschen von Hypnos' Sand zu vertreiben. Warte mal. Existierte Hypnos vielleicht sogar in dieser Welt? Ich runzelte die Stirn und tippte mit einem Finger an den Kaffeebecher in meiner Hand. Wenn Vampire, Werwölfe und Feen existierten, warum nicht auch Götter? Und wenn dies der Fall war, wie zur Hölle blieb ich außerhalb ihres Radars?

»Henry?«

»Sorry. Sind Götter real?«, fragte ich.

»Real genug«, antwortete Lily. »Allerdings sind sie weniger gottgleich, sondern einfach Wesen mit unglaublicher Macht. Manche haben allerdings Grenzen bei dem, was sie tun können. Andere sind weniger eingeschränkt, aber etwas … unnahbarer. Die Vorgänge der Erde und ihrer Sterblichen sind nur von geringer Bedeutung.«

»Ah …« Ich legte die Information ad acta, bevor ich den Kopf neigte. »Und nein, kein Unterricht heute. Ich habe Caleb letzte Nacht angeschrieben. Ich glaube nicht, dass ich einen weiteren Tag ertragen kann, an dem Wissen über Rituale in meinen Kopf gestopft wird.«

»Also, was sind deine Pläne für heute? Ich habe mitbekommen, dass Alexa früh gegangen ist.«

»Ich nehme an, dass sie dabei hilft, die benötigten Materialien zu lokalisieren«, entgegnete ich. »Und ich habe vor, hier Wurzeln zu schlagen. Ich muss bei meiner Lektüre aufholen.« Ich deutete zu der Box voller Bücher, die noch immer unangetastet in der Ecke mit der Aufschrift »ungelesen« stand.

»Nein«, meinte Lily kopfschüttelnd. »Das kannst du nicht.«

»Was meinst du?« Ich hob die Augenbrauen. »Ich bin mir ziemlich sicher, dass ich das kann.«

»Nein. Du hast eine Quest erhalten«, erwiderte Lily und schwenkte die Hand.

Füttere die Kinder

Neugeborene Knockers benötigen spezielle Nahrung. Hilf einer Mutter, ihre Kinder zu füttern!

»Alexa ist nicht hier …«, sagte ich und blickte erstaunt auf die Quest-Information. Ich war neugierig, wie diese verdammten walisischen Kobolde aussahen. Ich war leider mehr als einmal von den Illusionen der Popkultur geblendet worden, wie bestimmte Übernatürliche sein sollten.

»Soll sie deine Hand halten?«, stichelte Lily und stützte die Hände auf ihre Hüften. »Oder bist du Manns genug, allein eine kleine gewaltlose Quest zu erledigen?«

»Erstens, das funktioniert bei mir nicht. Zweitens, ich habe die Quest nicht akzeptiert.«

»Das ist eine Pflichtquest. Sie wurde dir auferlegt«, grinste Lily. Als ich keine Anstalten machte, meinen Hintern zu bewegen, fügte sie wehleidig jammernd hinzu: »Bitte! Ich will wirklich mal aus dem Haus kommen.«

»Du kannst jederzeit dabei sein. Oder zur Hölle, du kannst sogar selbst rausgehen!«

»Aber es macht ohne dich keinen Spaß. Bitte!«, quengelte Lily erneut, legte ihre Hände aneinander und sah mich mit Kulleraugen an. Ihre Darbietung schaltete für eine Sekunde mein Gehirn aus. Der Anblick eines allmächtigen Dschinns, der mir mit geweiteten Augen einen Blick wie ein Anime-Charakter zuwarf, war doch zu befremdlich.

»Schluss jetzt!«, verkündete ich. »Ich werde diese Quest erledigen, und du kannst mitkommen.«

»Yay!«, rief Lily mit einem breiten Grinsen aus. »Jetzt muss ich aber erst schauen, was ich anziehe.« In der nächsten Sekunde lief der Dschinn zum Badezimmer, um sich vor dem Ganzkörperspiegel zu betrachten sowie die Fähigkeit zu nutzen, seine Kleidung zu verändern.

Ich seufzte und sah Lily zu, wie sie ging, behielt meine Gedanken und meine jähe Erkenntnis aber für mich. Es wäre besser, die allmächtige Spielleiterin meines Lebens nicht wissen zu lassen, dass ich ihren naiven Akt durchschaute. Ihr plötzliches Interesse an Kleidung war nur ein Deckmantel ihrer Nervosität vor dem Hinausgehen. In Wahrheit war ich irgendwie froh, dass sie die Initiative übernahm. Obwohl sich ihre Agoraphobie deutlich verringert hatte, nutzte Lily ihre Freiheit noch nicht in dem Maße, wie sie es könnte. Manchmal fragte ich mich, ob sie befürchtete, dass ihr all das wieder weggenommen, durch meinen Tod ihren Händen entrissen würde.

»Du hättest wenigstens warten können, bis ich das Frühstück beendet habe«, maulte ich und wandte mich wieder meinem Toast zu. Frühstück. Leeecker …

***

An der Bushaltestelle wartete ich auf die Ankunft unseres Transportmittels. Ich starrte Lily an, die unter dem Vordach saß, die Hände vor sich fest verschränkt. In ihrer feschen kurzen Lederjacke, grauen Strumpfhosen und einer grünen

Bluse wirkte sie wie eine junge Angestellte an ihrem freien Tag.

»Also, Knockers«, sagte ich, um das Schweigen zu brechen.

»Knockers. Wir müssen ihnen Futter für ihre Neugeborenen besorgen, nämlich Skapolith, aber es darf nicht irgendeins sein, weil Reinheit und Seltenheit den Unterschied ausmachen. Sie bestimmen die Höhe des Manas und somit von Geburt an das Wachstum des Kindes«, erzählte Lily. »Darum bist du hier.«

»Weil ich Mana sehen kann«, nickte ich. »Werden wir in ein Bergwerk gehen oder nicht?«

Lily schnaubte kopfschüttelnd. »Natürlich nicht. Glaubst du, ich würde mich so anziehen, um in ein Bergwerk zu gehen?« Sie grinste. »Wir gehen shoppen.«

»Shop…« Oh. Richtig. Es gab Menschen, die tatsächlich Steine zum Vergnügen oder für die eigene Gesundheit erwarben. Ich schlug mir in Gedanken leicht auf den Hinterkopf. Nur weil ich glaubte, dass der Kauf vermeintlich energiehaltiger Steine Verschwendung war, machte es das nicht falsch. Dieser Tage konnte ich nichts wirklich außer Acht lassen. Aufgeschlossen zu sein war verdammt ermüdend.

»Midtown Mall, wir kommen!«, rief Lily und winkte mit der Hand. Ich lachte über ihre plötzliche Überschwänglichkeit und senkte den Kopf, um mich auf eine lange Wartezeit einzustellen. Okay. Zeit, ein paar übernatürlichen Babys schöne knusprige Steine zum Essen zu besorgen.

Einige Stunden später stolperten wir schließlich aus dem Laden für Gesteine und umklammerten unsere drei Einkäufe, jeder davon leuchtete mit haarfeinen Linien verdichteten Manas. Ich bemerkte, dass Lilys anfängliche Begeisterung abgeflaut war. In der Tat hätte sie ohne ihre dunklere Hautfarbe ungesund blass gewirkt. Es lag ein glasiger Blick in ihren Augen, der mir nicht gefiel. Als ich sie in den Gastronomiebereich führte und sie ohne Protest Platz nahm, wusste ich, dass etwas nicht stimmte.

»Hier«, sagte ich und setzte einen riesigen Becher eines eisigen Smoothies vor ihr ab. »Trink das.«

»Danke schön«, entgegnete Lily und nippte vorsichtig an dem Getränk, ihre Hände um den Becher schlingend. Ich saß neben ihr und blieb still, während ich darauf wartete, dass sie etwas zu mir sagte. »Es ist nur … Das sah nach Spaß aus, weißt du? Auf deinem Fernseher.«

»Ist es aber nicht?«, erkundigte ich mich und blickte mich in der Menschenmenge um. Es war mitten in der

Woche, daher war das Einkaufszentrum – nach vernünftigen Maßstäben – nicht überfüllt. Da die gesamte Promenade mit einigen Wahrsagern sowie einem Kampfkunststudio, das die Lehre des »wahren Ninjutsus« versprach, die esoterischeren Geschmäcker bediente, war es wahrscheinlich nicht einmal an Wochenenden besonders belebt.

»Es ist okay, aber …« Lily atmete aus. »Es ist so lange her, dass es mir erlaubt war hinauszugehen. Und die Welt, deine Welt, ist so verwirrend. Die Kleidung, die Mode, die Sprache. Magie lässt mich verstehen, lässt mich die Veränderungen begreifen, aber das macht es nicht weniger überraschend.«

Ich nippte an meinem Getränk und wartete, dass Lily zu reden fortfuhr und erklären würde, was sie störte. Auch wenn ich vielleicht das Verlangen hatte, ihr einige Vorschläge zu unterbreiten, ich ließ es. Was konnte ich schon einem Jahrtausende alten Dschinn bieten? Was wusste ich von ihrer Erfahrung, ihrer Welt? Sicher, sie konnte aus Tausenden von Jahren Geschichte schöpfen, aber so viele dieser Jahre hatte sie in dem Ring verbracht.

»Es ist nur eine Veränderung«, sagte Lily und drehte den Kopf, um sich umzuschauen. »Aber eine gute. Euer

Essen, eure Technologie, das sind Wunder. Magie, ohne Mana. Magie für die gewöhnlichen Menschen.«

Ich lächelte und folgte ihrem Blick, um den Bereich mit den Schnellrestaurants zu begutachten. Griechisches Essen, Burger, Pizza, westchinesisches Essen, Burritos, frisch gepresster und eisgekühlter Saft … und Menschen, überall Menschen, die lasen, Musik hörten, auf ihren Handys und Tablets Videos schauten. Magie, in ihren Händen.

»Es ist irgendwie erstaunlich, oder nicht? Allerdings mag ich meine Magie lieber«, entgegnete ich. Echte Magie. Bis auf die Tatsache, dass je intensiver ich sie studierte, desto mehr feststellte, dass sie ihre eigenen Regeln hatte, ihre eigenen Beschränkungen. Und erneut fühlte ich tiefe Dankbarkeit, dass ich Lily getroffen hatte. Nicht nur dafür, dass sie einen Magier aus mir gemacht, sondern vor allem für die Informationen, die sie mir eingepflanzt hatte. Wie die Wissenschaft war jeder Aspekt der Zaubersprüche auf den Werken der Vorgänger aufgebaut. Jede Zauberformel wurde durch hundert, manchmal tausend andere verfeinert. Zu meiner Verfügung standen Formeln, die Meistermagier erschaffen, und Konzepte, die sie veredelt hatten.

Natürlich gab es daran auch Negatives. In vielen Fällen war ich wie ein Affe mit einzelnen Legobausteinen an

Zauberformeln. Mit genug Zeit konnte ich etwas zurechtpfuschen, aber diese Konstrukte waren dann nicht von mir, sie waren nicht optimiert. Zur Hölle, manchmal verstand ich die Bausteine jenseits des bloßen Erscheinungsbilds nicht einmal. Ohne die Tatsache, dass Lily die einfachsten Werke langsam in meinen Verstand transferierte und ich Unterricht bei Caleb nahm, wäre ich wirklich nicht viel mehr als ein Primat, der Bauklötze zusammensteckt.

»Aye, Magie ist unglaublich«, bestätigte Lily und berührte dann ihr Handy. »Aber was ihr erfunden habt, der Werdegang der Menschheit, die Technologien, die ihr erschaffen habt, könnten es mit denen eines Gottes aufnehmen. Ich sollte es wissen. Ich habe mehr als nur einige von ihnen getroffen.« Ich gluckste und Lily grinste zurück. »Ich danke dir. Dafür, dass du mich mit deinem Wunsch aus dem Ring gelassen hast. Ich werde mich immer daran erinnern.«

Ich nippte erneut an meinem Becher und neigte meinen Kopf leicht zu ihren aufrichtigen Worten. Meine Verlegenheit bemerkend, schmunzelte Lily, bevor sie meinen Arm anstieß. »Jetzt. Essen!«

»Wir haben doch gerade erst gegessen … Okay, schön, Mittagessen.«

Leise kichernd stand ich auf und ging auf die vielen Essensangebote zu. Ich wusste, warum ich sie nicht fragte. Ihre Antwort würde einfach nur »Alles« heißen. Als ich losging, musste ich allerdings zugeben, dass dies ein besserer Tag wurde, als ich geplant hatte. Eine Quest, anderen helfen, Zeit mit einer Freundin und körperliche Betätigung. Was könnte ich mehr verlangen?

Kapitel 17

Während ich auf die vielen Nonnen mit den ernsten Mienen vor mir starrte, hatte ich ein kurzes Déjà-vu. So stark, dass ich mich für eine Sekunde wie von meinem Körper losgelöst fühlte, wie ein Boot, das auf den Wellen des Verstandes herumgeschleudert wird. Dann holte die Realität mich wieder ein und ich deutete auf die Kette, die wir entlang der Korridore gelegt hatten.

»Reicht die Länge?«, erkundigte ich mich, die Ermüdung war meiner Stimme anzuhören. Immerhin waren wir zweimal zu dem Eisenwarenladen gelaufen, nur um das verdammte Ding zu bekommen.

»Jetzt ja«, antwortete eine der Nonnen bissig.

Ich ignorierte ihren Tonfall und streckte die Hand aus, um die Kette zu berühren und einen Manaimpuls an ihr entlang zu schicken. Ich folgte dem Fluss des Manas und legte die Stirn in Falten, während ich die Wirbel und Windungen, die ungeschliffenen Kanten spürte, wo die Zauberformeln zusammengestaucht oder überhastet vollendet worden waren. Das ergab ein gewaltiges Leck. Als der Manaimpuls zu mir zurückkam, hatte er fast 80 Prozent seiner Ladung verloren. Inakzeptabel, wenn ich mehr Zeit hätte. Absolut inakzeptabel.

Aber …

»In Ordnung, stellt euch auf eure Positionen«, schickte ich die Nonnen beiseite und ließ die Kette fallen. Ich drehte mich von der sich auflösenden Gruppe weg und mein Geist konzentrierte sich auf das andere größere Problem. Kurze Zeit später befand ich mich vor dem Raum des inneren Ritualkreises, die Hand erhoben, um seine Intaktheit zu überprüfen.

Schlecht. Selbst ohne meine Sinne auszudehnen, spürte ich, wie der übersinnliche Manawind hindurchfegte und ein Druck von dem durch das Ritual eingedämmten Wesen ausging. Es war verborgen, weggesperrt in einer anderen Dimension. Aber durch die Risse, durch das Versagen des Ritualkreises, wurde dieses Wesen stärker. Viel, viel stärker. Es fühlte sich an …

»Was ist denn?«, fragte Alexa, als sie mich dort stehen sah, meine Hand ausgestreckt und einen finsteren Ausdruck im Gesicht.

»Nichts.«

»Was ist?«, verlangte Alexa zu wissen.

»Es fühlt sich an, als würde wer auch immer, oder was auch immer hinter dem Kreis ist, mit allem nach vorne drängen, was es hat. Es opfert sich selbst auf – sein Leben, um durchzukommen. Ich glaube … ich spüre, dass wenn es versagt, es sterben wird«, antwortete ich. »Oder sich zumindest erheblich verletzen.«

»Gut.«

»Vielleicht«, erwiderte ich leise, die Hand senkend.

Alexa trat vor und stoppte ihr Gesicht nur Zentimeter von meinem entfernt, als ich versuchte, mich wegzudrehen. »Was meinst du mit vielleicht?«

»Einfach nur vielleicht«, sagte ich.

»Du hast kein Vertrauen.«

»Ich habe Vertrauen. Nun, in dich«, präzisierte ich, auf Alexa deutend. »Du bist ein guter Mensch. Selbst wenn du mir vorzuspielen versuchst, du wärst es nicht, bist du ein guter Mensch. Du bist mit mir mitgekommen, um Corey zu finden. Du hast ihn vom Haken gelassen, obwohl er uns sitzengelassen hat. Du warst bei allen meiner Quests für mich da, ganz gleich was sie beinhalteten. Aber deine Leute? Die Templer? Sie sind diejenigen, die dich gelehrt haben, dass alle Übernatürlichen böse sind. Dass das Beste ist, was du tun kannst, mit ihnen eine Geschäftsbeziehung einzugehen und höflich und freundlich zu sein. Dass wir alle letztendlich gefräßige Monster sind, die nur das Schlimmste wollen.«

»Nicht du …«

Ich hielt eine Hand hoch. »Ich bin ein Magier. Ich bin kaum besser als die so von euch bezeichneten Monster. Zumindest nach euren Maßstäben«, erwiderte ich.

»Das ist …« Alexas Lippen wurden schmal, als sie ihren Mund schloss, außerstande meine Worte zu widerlegen. Ich konnte den Konflikt in ihrem Gesicht verfolgen, das Ringen der tief verwurzelten Überzeugungen von Barmherzigkeit und Nächstenliebe ihres ursprünglichen Glaubens, mit der Indoktrination der Templer sowie ihren eigenen Erfahrungen. Ich beobachtete sie, bis sie ausatmete und die Diskussion beiseiteschob. »Was gedenkst du zu tun?«

Unsicher hielt ich inne. Letzten Endes musste ich entweder blind einer Gruppierung vertrauen, die schon bewiesen hatte, dass sie irgendwie nicht vertrauenswürdig und fanatisch in ihren Glaubensüberzeugungen war, oder ich konnte etwas Gefährliches in die Welt freilassen. Einerseits hatte ich die Zusicherung von Caleb, dass was auch immer ich freilassen würde, nicht »sehr« gefährlich sein konnte. Ich wusste aber auch, dass Caleb aus der Perspektive eines Meistermagiers darauf blickte. Einer, der Bedrohungen in globaleren Dimensionen sah.

Das Monster, das ich möglicherweise freiließ, wäre vielleicht nur so stark, einen einzigen Häuserblock auszuradieren, aber das brächte nur wenig Trost für die Opfer. Konnte ich – oder würde ich – unter Umständen andere zum Tode verurteilen? Was bedeutete das für mich? Welches Recht hatte ich, diese Entscheidungen zu treffen?

»Ist der Magier endlich fertig? Einige von uns haben Besseres zu tun«, brach eine Stimme in meine Gedanken ein, grell, hoch und schrill, um sicherzugehen, dass ich es auch hörte. Ich verzog meinen Mund und realisierte, dass wir dort seit Ewigkeiten gestanden hatten. Mein Körper war starr vor Unentschlossenheit.

»Los geht's«, drängte ich und bedeutete Alexa, mir zu folgen. Welche Gedanken, welche Zweifel ich auch immer hatte, ich war jetzt bereit. Vielleicht war das Versiegeln der Kreatur, quasi das Töten, die falsche Wahl, aber gerade in diesem Moment hatte ich einfach nicht genug Informationen, um den Templern zu widersprechen. Und trotz all ihrer widerlichen Überzeugungen hatten sie sich ebenfalls seit Jahrhunderten dem Schutz der Menschheit verschrieben. Vielleicht war ein Hauch an Vertrauen angemessen.

***

«Ich fange an", rief ich, eine Hand auf der eisernen Kette, während die andere langsam die verschiedenen Stoffe in die zerstörten Mauern einarbeitete. Die meisten dieser Vorbereitungsarbeiten waren schon erledigt worden, die Materialien eingesetzt und nachgebessert. Unter dem Einfluss des Zauberspruchs, den ich beschwor, verschmolzen die Substanzen und verschoben sich, passten sich selbst an und übernahmen die Ritualformeln, die ich in sie hineinwebte.

Schritt für Schritt erschienen die Formeln in meinem Verstand. Wir liefen die Grenzen des Gebäudes ab, Alexa neben mir. Sie fungierte mit meinem Notizbuch als Gedächtnisstütze, falls ich sie brauchte. Natürlich war es nicht so simpel. Das Gebäude war in Korridore und Räume unterteilt, was mich zwang, diese Hindernisse zu umgehen. Nach einiger Zeit wurde die Belastung der Nonnen, die das Ritual verstärkten, so groß, dass sie fast zusammenbrachen.

Schritt für Schritt besserte ich das Ritual aus, aber mit jedem weiteren geflickten Abschnitt erhöhte sich der Machtfluss des Ritualkreises. Die Anforderungen, den Kanal offen zu halten, wuchsen sprunghaft an, während gleichzeitig unsere Kraft schrumpfte.

»Wie viele noch?«, fragte Alexa, als wir aus dem Heizungskeller kamen.

»Zwei«, erwiderte ich knapp, um den Atem für wichtigere Dinge zu sparen, wie zum Beispiel mein Blut mit Sauerstoff anzureichern.

»Gu…« Alexa blieb ruckartig stehen, als das gesamte Waisenhaus erbebte. Mit geweiteten Augen sahen wir uns beide um, während Staub in der Luft schwebte und das Gebäude allmählich zur Ruhe kam. »Ein Erdbeben?«

»Siiicher?«, fragte ich verunsichert. Das Bauwerk hatte sich bewegt, aber irgendwie hatte es sich falsch angefühlt. Bevor ich Zeit hatte, näher zu bestimmen, was genau das Problem war, erbebte das gesamte Haus erneut. Und dann bemerkte ich, dass sich nur das Gebäude bewegte, nicht aber der Boden. »Was geht hier vor?«

Die Antwort erreichte mich kurze Zeit später, als eine Welle korrumpierten Manas über uns hinwegrollte. Ich griff mit meinen Sinnen hinüber zu dem verschlossenen Raum, und dann spürte ich es: die Art, wie der innere Ritualkreis zerbrach, wie die Schwachstellen des Rituals sich ausdehnten. Ich verkrampfte, während ich abwartend dort stand, Hand und Sinne auf das Maximum ausgestreckt.

Rumms.

Diesmal spürte ich es, als der Einschlag geschah. Ich nahm die Veränderungen im Ritualkreis wahr, und wie mein Ritual daraufhin den Aufprall in das Gebäude verlagerte, um einiges von der Kraft abzufangen. Ich fühlte den Manastrom, und wie sich die Risse des Rituals erweiterten, nachdem der Zusammenstoß abgeklungen war.

»Es greift den inneren Kreis an«, erschrak ich, die Augen aufgerissen.

»Es?«

»Was auch immer dort drinnen gefangen ist«, reagierte ich, mir auf die Lippe beißend. Mir schwirrte der Kopf, als ich nach Alternativen suchte, das Ritual zu retten. Ich verstand den inneren Kreis nicht wirklich. Ich hatte einfach nicht die Fähigkeit, das Ganze zusammenzusetzen. Jeder Versuch würde mehr Probleme auftun als lösen.

»Bringt die Kinder raus!«, blaffte Alexa die wenigen momentan nicht helfenden Nonnen an. Sie nickten und hasteten die Treppe hinauf, während Alexa der festsitzenden Belegschaft versicherte, dass wir die Dinge in Ordnung bringen würden. Natürlich zeigten mir die Blicke, die sie mir dabei zuwarf, dass sie sich dessen weniger sicher war, als sie mit ihren Worten ausdrückte.

Sollte ich das äußere Ritual auffrischen? Das wäre theoretisch am sinnvollsten. Wenn wir es ausbesserten, hätte das verstärkte innere Ritual möglicherweise ausreichend Kraft, um aufzuhalten, was auch immer dort herauskommen wollte. Sicherlich würde es sich etwas stabilisieren, aber könnte es auch halten, wenn der innere Kreis noch mehr als zuvor beschädigt wäre? Oder würde ich für eine fehlerhafte Leitung sinnlos Mana verschwenden?

»Henry!«, fuhr Alexa mich an, weil ich wieder einmal herumeierte und versuchte, die beste Lösung zu erahnen. Anders als bei meinen Gamingsessions hatte ich keine Zeit. Keine Zeit zu zaudern, keine Zeit, all die guten Optionen zu überdenken und mit etwas Schlauem und Coolem anzukommen. Ich musste mich einfach entscheiden.

Ich hockte mich hin, hob die Kette vom Boden und flutete mein Mana hinein, um wieder Einfluss auf meinen Zauber zu erhalten, der von den Anderen aufrecht gehalten worden war. Mit dem Hineinströmen des Manas nahm ich die Last von den Schultern der Nonnen, während ich gleichzeitig sprach.

»Alle gehen jetzt.«

»Was? Nein. Das …«

»Ich kann den inneren Kreis nicht vor dem Zerfall schützen. Wenn wir mehr Mana hineingießen, kann ich nicht garantieren, dass er nicht explodieren wird. Mit der Menge des Manas, das innerhalb des Kreises und des Anwesens gespeichert wurde, könnte die Kettenreaktion hochexplosiv sein«, erklärte ich schnell, sogar noch als ich nach den Zauberformeln griff, die ich in meinem Verstand griffbereit hatte. Ich löste sie schnell, während ich weitere Kalkulationen durchführte. »Die Belegschaft kann gehen. Ich werde das Ritual unterbrechen, vielleicht auch … Ja, ich invertiere das Ritual, ziehe das Mana heraus und zerstreue es. Unterbindet das Ritual am Zaun, wenn alle draußen sind. Bringt die Kinder raus. Ich werde das innere Ritual für weitere vier … nein, fünf Minuten eindämmen können.«

»Wir können dir helfen, es aufrechtzuerhalten!«, bellte eine der Nonnen, aber ich stellte fest, dass einige andere schon die Kette verlassen hatten und loshetzten, um die anderen Nonnen zu informieren.

Ich schüttelte verneinend den Kopf und deutete nach oben. »Die Kinder!«

Ich sah den Konflikt auf ihren Gesichtern, ihre Zerrissenheit. Ihr Pflichtbewusstsein gegenüber den Kindern siegte über Sturheit und Argwohn. Bereitwillig ließen sie los und eilten die Treppe hinauf, der tumultartige Lärm von oben wuchs langsam an. Stampfen von Füßen, laute Stimmen von Kindern und Teenagern, die vor Überraschung umherstürzten. Das alles kam gefiltert von oben und verstärkte meine Überzeugung, dieses baufällige Sammelsurium an magischen Fesseln bestehen zu lassen.

Wünsche waren schwache Schilde gegen die Speere der Realität. Da die Nonnen fort waren, musste ich die Belastung ertragen, mit meinem Mana mehrere Rituale aufrechtzuhalten. Als ich die offenen Verbindungen schloss und die Reparaturen nacheinander beendete, öffnete ich auch andere Bereiche und invertierte bestimmte Aspekte der Runen. Die Last erhöhte sich und ließ mich die Zähne zusammenbeißen, während weiterhin Energie aus mir herausfloss.

Dann selige Erleichterung. Als wäre jemand gekommen, ein Auto mit anzuschieben, spürte ich, wie erneut Mana in die Kette strömte. Dieses Mana war reiner und strahlender als das der Anderen. Nicht komplett rein, aber heller und voller Hoffnung. Es gab nur eine Person, die ich kannte, die solches Mana abgeben konnte.

»Alexa?«

»Frag nicht. Das ist mein Job, du erinnerst dich?«, antwortete Alexa sanft. Mich wieder auf die reale Welt konzentrierend, sah ich sie in Richtung Korridor stehend, eine Hand auf der Kette, die andere Hand hielt den Speer, der in einem reinen, grellen Licht leuchtete.

»Danke.«

»Mach einfach dein Ding«, ermutigte Alexa mich.
Und dazu konnte ich nur nicken.

Kapitel 18

Die Zwei übertragen, mit 835 multiplizieren, das Integral davon bilden … Rolands viertes Gesetz auf das Ergebnis anwenden, Kaylees subplanare Integrationsgleichung hinzufügen, aber die dritte und achte Zeile austauschen. Mein Verstand schwamm durch Formeln und Kalkulationen, die zum Teil Mathematik waren, zum Teil mystische Formeln und zum Teil Intuition. Kräftig auftragen, um den offenen Ritualkreis zu schließen.

Weiter.

Meine linke Hand krampfte sich um die Kette und speiste Mana in den Ritualkreis. Meine rechte verdrehte sich und zuckte herum, weil ich eine physische Komponente nutzte, um Teile der Formel auszutauschen, während ich laut sang. Der Druck stieg weiter an, mein Mana fiel weiter ab, und trotzdem gab es vier weitere offene Verbindungen und drei Bereiche, die ich invertieren musste.

Am schlimmsten war, dass wir die Kraft erst weiter einspeisen konnten, wenn ich die »Schalter« des Rituals umlegte. Das bedeutete, dass die Kreatur innerhalb des inneren Kreises weiterhin ohne Unterlass dagegen schlug. Sie wusste nicht, dass wir sie ohnehin freilassen würden. Jeder Angriff sandte eine misstönende Macht durch das Gebäude, fügte sich ausbreitende Risse hinzu und wirbelte Staub auf. Zudem waren die Rückstöße schmerzvoll, ausgelöst durch die Attacken am zweiten Ritualkreis, um es milde auszudrücken. Er benötigte immer einige wenige wertvolle Sekunden, um wieder zu Kräften zu kommen.

Selbst mit all dem waren wir im Großen und Ganzen fast fertig, als die Äbtissin schließlich zu uns zurückkam. Die ältliche Matrone blickte uns finster an, aufgrund der Art und Weise wie Alexa leuchtete und ich herumzuckte, während Macht durch meinen Körper strömte.

»Wird das Ritual halten?«, fragte die Äbtissin.

»Wird es nicht«, entgegnete Alexa. »Henry invertiert das Ritual, um das Mana zu zerstreuen. Ist der Kreis am Zaun unterbrochen?«

»Ja«, bestätigte die Äbtissin verstimmt. »Wie konnte das passieren? Du hast mir versichert, dass das Ritual bis zur Ausbesserung halten würde.«

»Ich hatte nicht erwartet, dass das Wesen den Kreis angreifen würde«, protestierte ich zähneknirschend, während ich meine verkrampften Finger zwang, weiterhin Runen in die Luft zu zeichnen. »Ich kann keine exakte Schätzung ohne vollständige Informationen abgeben. Wie ich es dir schon gesagt hatte.«

»Es gibt keinen Grund zu brüllen«, schnaubte die Äbtissin. »Und du darfst die Kreatur nicht freilassen.«

»Welche Kreatur?«, knurrte ich. »Glaubst du nicht, es wäre an der Zeit, mir davon zu erzählen?«

»Nein.«

Ich brummte, ignorierte die Frau ansonsten aber. Pfeif auf sie und ihre verdammten Regeln. Es spielte keine Rolle – nicht seitdem das Ritual definitiv versagen würde, ob sie es gut fand oder nicht.

»Wirst du sie nun freilassen?«, wollte die Äbtissin erneut wissen, während ich die letzte offene Verbindung löste. Ich entspannte mich etwas, als die Belastung meines Manas nachließ, aber wirklich nur ein wenig. Ich hatte noch immer Umkehrungen an bestimmten Punkten abzuschließen und obwohl dieser Prozess theoretisch einfach war, war er das nur in der Theorie. Wenn ich die Formel falsch veränderte, würden wir im besten Fall auf eine unkontrollierte Freisetzung angesammelten Manas blicken. Und im schlimmsten Fall? Wahrscheinlich auf eine Explosion.

Warum zur Hölle endete die Antwort auf so viele Dinge, die Magie beinhalteten, mit einer Explosion?

»Ich rede mit dir!«

»Bin beschäftigt.«

»Wir werden die Kreatur freilassen, Schwester«, verkündete Alexa schnell, bevor die Äbtissin erneut etwas einwenden konnte. »Das ist die sicherste Variante. Außer du kannst uns dagegen einen sehr guten Grund nennen.«

Die Äbtissin verfiel für einen Moment in Schweigen, was mir die Zeit gab, den letzten Bereich zu invertieren. Jetzt musste ich nur noch verifizieren, ob der eigentliche Zauberspruch funktionierte, bevor ich die Umkehrungen einfügte. Ich ging den Ritualkreis und die Formeln so schnell ich konnte durch, und hörte kaum, wie die Äbtissin sprach.

»Ein Geist ist darin eingesperrt. Ein dunkler, grausamer Geist, den unsere Leute nicht besiegen konnten, weil er zu mächtig war, als sie ihn damals bekämpften. Sie schafften es, ihn hinlänglich zu schwächen, um ihn in dem ursprünglichen Ritual festzusetzen. Danach erwarben sie das Gebäude und verstärkten zu dem Bauwerk zusätzlich das Ursprungsritual, wie ihr erfahren habt«, erklärte sie. »Wir können ihn nicht freilassen. Der Schaden, der entstehen wird …«

»Zu spät«, entgegnete ich leise. »Hättest du uns das vorher wissen lassen, hätte ich es berücksichtigen können … theoretisch. Aber jetzt existieren zu viele Lücken im Ritual, zu viele Risse, die Abnutzung ist zu hoch. Selbst wenn ich es verstärken wollte, würde es wahrscheinlich unter der Beanspruchung auseinanderreißen.«

Die Äbtissin presste die Lippen aufeinander. Dann nickte sie und verließ uns. Sie umklammerte ein großes Kreuz vor ihrem Körper und starrte nach vorn auf den Korridor, während ich die Formeln einwebte. Zuerst passierte nichts, aber schließlich fing das Mana an zu wirken, die Schalter der Runen wurden umgelegt. Und obwohl der Ritualkreis leuchtete und sich zunehmend dehnte, hielt er.

Die Macht des inneren Kreises haltend, begann das Ritual das angesammelte Mana in den äußeren Kreis abzusaugen, wo es sich in der Luft verteilte. Da das Ritual jetzt in einer anderen Form angetrieben wurde, löste ich die Kette und den Zauber, die plötzliche Freisetzung ließ mich zurücktaumeln.

»Alexa ...«, krächzte ich heraus und deutete auf die Kette. Ich hätte mir den Atem sparen können, da die Novizin die Kette schon eine Sekunde nach mir losgelassen hatte. Zusammen beobachteten wir den Korridor und spürten, wie das Gebäude erneut erbebte, als sich die Kreatur zu befreien versuchte.

»Wie lange noch?«, wollte die Äbtissin wissen.

»Zehn Minuten. Vielleicht weniger«, antwortete ich und sackte mit dem Rücken an der Wand zu Boden. Verdammt, mein Manabrunnen war beinahe versiegt. Mein

Inneres erforschend, konnte ich feststellen, dass ich kaum ein Viertel übrighatte. Und das auch nur, weil ich mein Bestes getan hatte, sparsam mit dem Manastrom umzugehen. Ich hatte das Gefühl, dass es Alexa nicht viel besser ging, jedoch weigerte sich die Novizin, sich hinzusetzen, ihr Speer war auf den Türdurchgang gerichtet.

»Kann ich irgendetwas tun?«, erkundigte sich die Äbtissin.

»Ein Drink wäre nett«, entgegnete ich und lachte dann leise. »Halte einfach jeden zurück. Ich werde versuchen … mit dem Geist zu verhandeln. Oder etwas in der Art.«

Mein letzter geschwafelter Satz erntete skeptische Blicke von Alexa und der Äbtissin, aber in Wahrheit war es das Beste, was ich tun konnte. Sollte der Geist herauskommen und bereit zum Reden sein, könnten wir das vielleicht auch tun. Wenn nicht, nun, ich hatte meine Zaubersprüche. Und meine Schutzzauber …

Oh. Richtig. Ich hatte meine portablen Schutzzauber.

Ächzend drückte ich mich hoch und holte meinen Rucksack mit den Blöcken aus Holz und Metall. Während ich mich bewegte, ignorierte ich die fragenden Blicke, die mir die beiden Frauen zuwarfen. Konzentration. Ich musste den besten Ort ermitteln, sie aufzustellen. Nur für alle Fälle.

***

Die Stille der letzten Minuten brachte Alexa zum Platzen und sie fragte: »Was tun wir hier?«

»Warten«, erwiderte ich. Meine knappe Antwort brachte mir einen wütenden Blick ein, der mich zum Schmunzeln brachte. »Der Geist wartet auf das vollständige Versagen des Rituals.«

»Das kann er?«

»Er wäre kein guter Geist, könnte er kein Mana spüren«, antwortete ich.

»Wann?«

»Jederzeit.« In diesem Moment hallte ein Knall durch meine Seele wie bei einem platzenden Luftballon. Korrumpiertes Mana ergoss sich aus dem Raum. Die kalte, beinah glibberige Dunkelheit ließ mich erschaudern. Mit zugekniffenen Augen drückte ich mich hoch auf die Füße. Langwierige Sekunden geschah nichts, die Tür blieb noch immer geschlossen. Plötzlich krachte sie laut nach außen auf, und eine schwarze Schnauze erschien, gefolgt von einer schwarzen Klaue.

Mental gestärkt gegen eine Kreatur der Dunkelheit, ein Monster Lovecraftscher Proportionen, einen Geist der

Nacht, der Seelen aussaugte und Menschen häutete, realisierte ich, dass das, was den Raum verließ, sehr viel schrecklicher war.

»Ein Stinktiergeist!«, rief ich vor Überraschung aus, die Augen geweitet. »Ihr habt einen Stinktiergeist eingesperrt?«

»Ja, eine Kreatur der Dunkelheit.«

Stinktiergeist (Level 180) (Deutlich geschwächt. Aktuell Level 31)

LP: 380/380

»Das ist ein Stinktier!«, grunzte ich. Das erklärte die Verderbnis im Mana, die Art, wie es aufhörte, »normal« zu sein. Seit Jahrzehnten eingesperrt, hatten seine Stinkdrüsen, absichtlich oder nicht, das Mana rund um das Stinktier verdorben. Da es ein Geist war, basierte sein »Spray« natürlich auf Mana.

»Und sie sind bekannt als Monster, selbst bei den Ureinwohnern«, unterstrich die Äbtissin, ihre Hand umklammerte fest das Kreuz.

»Nur in manchen Kulturen«, schnappte ich zurück. Da sich unser Feind als wütender Tiergeist entpuppt hatte, war ich viel weniger geneigt, zuerst zuzuschlagen und später

Fragen zu stellen. Vorwärts laufend, blickte ich Alexa, die sich mir in den Weg stellte, grimmig an, bis sie einlenkte.

Nachdem der Stinktiergeist den Raum verlassen hatte, schrumpfte er seinen Körper leicht, um besser mit dem knapp bemessenen Platz klarzukommen. Er hatte jetzt die Größe eines großen Hundes von der Art, die Wolfsrudel abwehrten, bevor sie sich am Fuße des Hirten vor einem Kamin einrollten. Die ganze Zeit gefangen zu sein, mit nur begrenztem Zugang zu frischem Mana, hatte der Kreatur geschadet. Ihr Fell war verlottert, zerfleddert und teilweise fleckig, während ihr Kopf leicht missgestaltet wirkte und aus einer bis auf den Knochen gehenden Wunde blutete. Ich nahm an, dass Letzteres von ihren wiederholten Angriffen gegen den Schutzzauber herrührte.

»Bruder Skunk«, sprach ich langsam aus einer sicheren Distanz, deutlich hinter der Linie meiner Schildschutzzauber. Ich wollte – ich musste dem Geist eine Chance geben, aber das bedeutete nicht, dass ich meinen Kopf freiwillig in die Schlinge legen würde. »Wir wollen dir nichts tun.«

Zuerst reagierte der Geist nicht, jedoch blickte er mich, vom Geräusch meiner Stimme aufmerksam geworden, direkt an. Ich schluckte, seine Feindseligkeit strömte in meine angeschlagenen Sinne, bevor die Kreatur ihren Weg fortsetzte.

»Bruder Skunk, ich muss von deinen Absichten erfahren, bevor ich dich weitergehen lasse. Kannst du sprechen?«, versuchte ich es erneut.

»Es ist zwecklos. Das ist ein dummer Geist«, keifte die Äbtissin. »Töte ihn, jetzt wo er schwach ist, bevor er noch irgendwen verletzt!«

»*Du wirst zuerst sterben, Kreuzträgerin.*« Die Stimme des Geistes erschien mit einem Fauchen und rasender Wut in unseren Köpfen. So überraschend das auch war, er konnte direkt mit uns sprechen. Ich bemerkte einen Hauch Schwäche in seiner Stimme, die tief verborgen, aber dennoch vorhanden war.

»Du kannst sprechen, Bruder Skunk. Das ist großartig«, formulierte ich und zwang ein Lächeln auf mein Gesicht.

»*Du bist nicht mein Bruder, falscher Schamane*«, erwiderte das Stinktier, »*aber deine Taten waren mir gefällig. Geh jetzt und wir werden uns ohne Feindschaft trennen.*«

»Nun ja, es würde dir nichts ausmachen, mir zu sagen, was du vorhast, oder? Ich bin mir ziemlich sicher, dass meine Freundin nicht weichen wird«, offenbarte ich und blickte zu der Stelle, wo Alexa still dastand, ihren Speer auf den Geist gerichtet.

»Ich trachte nach Rache. Weil ich eingesperrt wurde. Ich werde die Knochen aus ihrem Fleisch reißen und mich an ihren Leibern laben, um meine Stärke wiederzuerlangen.«

»Siehst du, was habe ich dir gesagt!«, schrie die Äbtissin. Hinter ihrem Rücken zog sie eine Ampulle heiligen Wassers hervor.

»Das ist, ähm, ein bisschen extrem.«

»Sie haben mich jahrzehntelang eingesperrt!«

»Ja, das habe ich verstanden. Sie sind böse«, entgegnete ich, das Gesicht verziehend. Der Geist hatte recht. Er war eingesperrt worden. Natürlich mochten die Templer dafür einen guten Grund gehabt haben, zum Beispiel weil die Kreatur andere getötet und gegessen hatte, aber ich kannte die ursprünglichen Ursachen der Gefangenschaft nicht. Und obwohl ich zu einem vernichtenden, ausufernden Kampf tendierte, war ich noch immer skeptisch. So geschwächt er auch war, blieb er trotzdem auch ein Naturgeist, ein sehr mächtiger. Im Großen und Ganzen war ich ein Magierlehrling mit wenig Mana und unzureichender Verteidigung. Wenn ich es ausdiskutieren könnte, würde ich das vorziehen. »Ich bin mir sicher, dass es einen

Mittelweg gibt. Ich meine, du läufst bestimmt nicht durch die Welt und tötest jeden, der dich verärgert, richtig?«

Ehrlich gesagt setzte ich auf einige Geschichten der Ureinwohner Amerikas, an die ich mich erinnerte. Nicht alle Stämme betrachteten Stinktiere als böse, manche jedoch taten es. Sie konnten auch als Beschützer, Hüter oder pazifistische Kreaturen angesehen werden. Wenn die Geschichten in gewissem Maße als wahr erachtet werden konnten, dann war der Geist vor mir nicht gefährlicher als jedes andere wilde Tier.

»Du bittest mich zu verhandeln. Während die Verursacher meiner Gefangenschaft neben dir stehen.« Der Stinktiergeist drehte den Kopf hin und her und sein Schwanz schwang gefährlich herum, als er sich aufsetzte. Selbst von hier konnte ich spüren, wie das Mana um mich herum mehr und mehr verdarb, wie das Mana des ganzen Raumes sich mit der Verderbnis vermischte. Das Beschwören von Zaubersprüchen würde in dieser Umgebung unglaublich schwierig werden.

»Ja ...«, gestand ich, zögerte aber merklich und schaute zur Äbtissin. »Du solltest gehen.«

»Das werde ich nicht! Das ist mein Haus.«

»Geh einfach. Falls es zu einem Kampf kommt, kannst du immer noch zuschlagen, wenn es die Treppe heraufkommt.« Ich sah die Äbtissin geradewegs an. Ich konnte das Drängen ihres festen Blickes spüren, den resoluten Willen dahinter, aber ich hatte meine Dickköpfigkeit und das Recht auf meiner Seite. Und eine Menge Adrenalin. Schließlich unterbrach sie den Blickkontakt, drehte sich um und eilte die Treppe hinauf, nicht ohne eine letzte Warnung auszusprechen, vorsichtig zu sein.

Ich wandte mich zu Alexa, die den sich langsam erholenden Geist beobachtet hatte. Sie sah mich nur an und ich war so geistesgegenwärtig, sie nicht zu fragen, ob sie gehen würde.

»Reicht das?«, fragte ich den Geist.

»*Du stehst dort immer noch mit der Anderen.*«

»Sie war noch nicht einmal geboren, als du dort hineingesteckt wurdest. Weder hat Alexa dir etwas getan, noch hat sie dich je auch nur beleidigt. Sie ist nur zu meinem Schutz hier«, entgegnete ich.

»*Und was macht dich so besonders, falscher Schamane?*«, wollte der Geist neugierig wissen. Er stapfte voran und schnüffelte die Luft, während er sich der Linie des Schutzzaubers näherte. Ich biss die Zähne zusammen und machte mich bereit, den Schutzzauber vor mich zu werfen, sollte die Kreatur darauf zustürmen. Als ob sie aber wüsste, was die

Schutzzauberblöcke bewirkten, stoppte sie und ging auf und ab, beäugte mich erst von einer Seite, dann von der anderen. »*Ich rieche einen anderen Geist bei dir. Und bei ihr. Einen fremden.*«

»Lily«, stellte ich zaghaft fest. »Schau. Du bist frei. Wir können einen … einen Kompromiss und eine Entschädigung für deine Gefangenschaft aushandeln, wenn du versprichst, keine Menschen oder andere, nun, zivilisierte Wesen zu töten.« Als der Geist sich zu sträuben und mit seinem Schwanz zu zielen begann, fügte ich schnell hinzu: »Außer in Notwehr.«

»*Glaubst du, dass ich so grausam bin, Mensch?*«

»Nein. Ich muss nur sichergehen, verstehst du?«, erwiderte ich vorsichtig. Es gab vermutlich einige Dinge, bei denen ich die Wahrheit nicht einfach aussprechen konnte. »Also, haben wir eine Abmachung?«

»*Vielleicht. Aber ich fürchte, du hast nur wenig, was du mir anbieten kannst.*«

Ich atmete laut aus, als ich merkte, dass wir vorankamen. Ein »vielleicht« bedeutete, dass der Geist darüber nachdachte. Und wenn er darüber nachdachte, konnten wir darüber reden. Ich grinste breit und streckte die Hände, während ich mich zum Verhandeln bereitmachte. Okay. Was fraßen Stinktiere überhaupt?

***

»Ich glaube nicht, dass es funktioniert«, meinte Alexa bewegt, als die Nonnen mit einem weiteren Haufen voller Nüsse, Beeren und Eier heruntergetrottet kamen. Natürlich komplett Bio. Tatsächlich wurden die Kinder dazu abgestellt, die Erzeugnisse für alle Fälle mit destilliertem Wasser zu waschen.

»Es geht nichts über Kinderarbeit«, flüsterte ich der Novizin zu.

Alexa antwortete leise: »Immerhin frisst er, oder nicht?«

»Ja, aber er hat nur versprochen, bis zum nächsten Tag niemandem wehzutun«, schränkte ich ein und beobachtete, wie das Fell der Kreatur allmählich besser aussah und einen gesunden Schimmer bekam.

»Nun, ja, aber …« Alexa stockte und sah mich dann ernst an. »Glaubst du, dass er sein Wort brechen wird?«

»Nein, aber Murphy hört immer zu.« Dazu konnte Alexa nur nicken.

In unheimlicher Stille sahen wir dabei zu, wie der Geist sich mit den Lebensmitteln den Magen vollstopfte, aber letztendlich war die erste Lieferung abgeschlossen. Was zuvor ein schmuddeliger, verlotterter Geist gewesen, war nun in ein gepflegtes Tier verwandelt, dessen Fell gekämmt und entfilzt war. Die Wunde hatte aufgehört zu bluten, sie war verkrustet, und die Flecken in seinem Fell begannen herauszuwachsen. Trotzdem war klar, dass der Geist sich nur leicht erholt hatte und nicht vollständig genesen war.

»Also, Stinktiergeist …«, begann ich langsam und ließ meine Stimme verstummen, als er mit dem Putzen fertig war.

»*Du hast deinen Teil der Abmachung eingehalten. Ich werde die Kreuzträger nicht fressen, solange sie ihren Teil einhalten. Einmal in der Woche werden sie mir Geschenke in dieser Form darbieten*«, teilte mir das Stinktier mit.

»Das können sie. Oder?« Ich richtete das letzte Wort an die Äbtissin, die mit eingefrorenem Gesichtsausdruck steif nickte. Ich seufzte und entspannte mich, als sie tatsächlich zustimmte. Da die Vereinbarung nun besiegelt war, begannen die verschiedenen Mitglieder des Waisenhauses auseinanderzugehen und dem Geist eindeutig einen Weg zum Verlassen des Gebäudes zu eröffnen. Während sie das taten und das Stinktier die Schalen nach übriggebliebenem Essbaren durchsuchte, beäugte ich das Gebäude und die Risse, die jetzt die Wände säumten. »Das ist nicht gut.«

»Nein. Ich bin wahrscheinlich an der Quest gescheitert«, vermutete Alexa mit vollkommen ruhigem Gesichtsausdruck.

»Warte … was?«, rief ich vor Überraschung aus. Und dann holte mich der Gedanke endlich ein. Richtig. Das Ziel war, die Schließung des Waisenhauses zu verhindern. Es bestand keine Möglichkeit, dass die Gebäudeinspektoren den Schaden übersehen und das Waisenhaus von der Schließung entbinden würden. Für einen kurzen Moment starrte ich den Geist wütend an, bevor ich die Idee verwarf, ihn bei den Reparaturen helfen zu lassen. Unter anderem war ich mir nicht sicher, ob ich einem Naturgeist anvertrauen konnte, von Menschenhand gemachte Gebäude instand zu setzen. Die daraus folgenden Ergebnisse wären sicher nicht optimal. »Können die Bauunternehmer helfen?«

»Nicht rechtzeitig«, erwiderte Alexa mit einer Grimasse. »Die Inspektionen sollten an diesem Montag stattfinden. Selbst wenn sie das ganze Wochenende durcharbeiten würden …«

»Wäre es nicht rechtzeitig fertig«, schnaubte ich. Okay. Könnte ich vielleicht …

»Ich werde jetzt gehen, falscher Schamane«, boxte das Stinktier die Worte regelrecht in meinen Verstand. Ich

zuckte zusammen und verbesserte meine mentale Verteidigung, während ich der Kreatur ein bestätigendes Nicken schenkte. Okay. Den Geist hinausführen. Ich zeigte Richtung Korridor und lief dann vor, während Alexa sich in einen Seitenkorridor begab, um als Nachhut zu agieren. Oder, ihr wisst schon, dem Geist in den Rücken zu stechen, sollte er irgendetwas versuchen.

Da die gesamte Belegschaft und die Kinder außerhalb des Gebäudes waren – oder zumindest außer Sicht –, liefen wir drei unbehelligt zum Ausgang. Es gab einen beinahe lächerlichen Moment, als der Geist auf der schmalen Treppe steckenblieb, seinen Körper um die einengenden Mauern herum krümmte und sie mit seinen ziemlich langen, scharfen Klauen noch weiter beschädigte. Als er den Treppenaufgang verließ, hatte das Waisenhaus einen weiteren Bereich instand zu setzen.

Aus dem Gebäude laufend, spreizte das Stinktier leicht seine Klauen und drehte den Kopf hin und her. Es stellte seinen Schwanz auf, während es in der Luft schnüffelte. Ich runzelte die Stirn und sah den verdammten Geist an. Ich fragte mich, was ihn jetzt aufgebracht hatte.

»Ihr Menschen habt die Welt sogar noch weiter zerstört. Selbst der Gestank der Menschen ist intensiver geworden«, knurrte er.

»Äh …« Ich starrte den Geist an, verstummt durch die Absurdität, dass ein Stinktier irgendetwas als wohlriechend ansehen könnte. Andererseits … »Unser Deal steht noch, oder?«, erkundigte ich mich mit leiser Stimme.

»*Ja*«, fauchte das Stinktier und machte einige Schritte nach vorn. Es hielt plötzlich an, sein Schwanz stellte sich erneut auf, und es drehte den Kopf, um sich einer unbestimmten Stelle im Garten zuzuwenden. *»Ich rieche euch!«*

Erst bewegte sich gar nichts, aber plötzlich erschien eine Lichtverwirbelung. An dem Ort, den das Stinktier beobachtete, tauchten drei Männer auf, gekleidet in leichte Kettenhemden, Schwerter und Schilde tragend. Glücklicherweise benutzten sie keine Schusswaffen. Es war leicht, eine Pistole zu verzaubern, verzauberte Kugeln dagegen eine ganz andere Sache. Und da sie nicht mit normalen Kugeln gegen eine physische Kreatur kämpfen würden, wären selbst solche, die mit Silber überzogen waren, hier nur von geringem Nutzen.

Geister konnten nur durch zwei Dinge zuverlässig bekämpft werden: durch Magie und durch magisch veränderte Waffen. Selbst kaltes Eisen war reines Glücksspiel bei dem fraglichen Geist. Demnach war es keine Überraschung, dass die Waffen und Rüstungen, die

die Templer trugen, für mich in einem verzauberten Licht leuchteten. Unerwartet war allerdings ihre Anwesenheit.

Tempelritter (Level 84)

LP: 180/180

»*Verrat!*«, knurrte das Stinktier mich an und es drehte seine Füße, um zu verschwinden. Alexa bewegte sich in der Zwischenzeit vom Geist zu mir und ging in die Hocke, den Speer schützend nach oben haltend.

»Warte! Nein. Ich habe damit nichts zu tun. Und ihr Typen! Haltet euch zur Hölle nochmal da raus«, rief ich, bemerkte aber, wie die Templer sich währenddessen näherten.

Der führende Templer ergriff das Wort, die Augen hart und abweisend. »Novizin Dumough. Du hast bei deiner Einstufung versagt. Eklatant. Es bleibt abzuwarten, ob du das Kreuz zukünftig überhaupt noch tragen darfst.«

Alexa versteifte sich bei seinen Worten, ihre Hände begannen leicht zu zittern.

»Hey!«, rief ich. »Es gibt keinen Grund, so mit Alexa zu reden. Wir haben unser Bestes gegeben, bedenkt man, dass ihr Schwachköpfe euch geweigert habt, uns weitere Informationen zu liefern. Das hier hätte verhindert werden können, wärt ihr entgegenkommender gewesen.« Als ich erkannte, was ich gesagt hatte, in wessen Gegenwart ich es geäußert hatte, wandte ich mich dem Geist zu und winkte schwach mit einer Hand. »Immerhin ist es gut, dass du frei bist. Weil du niemanden verletzen wirst. Richtig?«

»Ich lag falsch. Du bist zu dumm, um mich zu verraten. Sollten sie mich aber angreifen, werde ich sie fressen.«

Ich richtete mich auf und versuchte zu entscheiden, ob ich beleidigt oder erleichtert über die Worte des Geistes sein sollte. Was dadurch allerdings nicht aufgehalten wurde: Das Näherrücken der Templer.

Vor Verärgerung hob ich die Hand und konzentrierte mich. Ein *Machtschild* war im Wesentlichen eine Projektion der Macht auf ein bestimmtes Gebiet, der Zauber unterband weitere Bewegung. Ich hatte erkannt, dass Lilys Zauber sich leicht unterschied von den gewöhnlicheren Schildzaubern, die von modernen Magiern genutzt wurden. Die meisten dieser Zauber »froren« die Luft direkt ein, beruhigten die Moleküle und erschufen einen Wall, um Attacken zu blockieren. Oder sie nutzten in anderen Fällen weitere physikalische Elemente, um Angriffen standzuhalten. Der *Machtschild,* den ich von Lily erlernt hatte, funktionierte genau genommen durch das Beruhigen aller Bewegungen im Bereich der Anwendung. Von außen sah er genauso aus wie die gewöhnlichen, allerdings eröffnete er mir zusätzliche Möglichkeiten, die andere vielleicht nicht zur Verfügung hatten.

In diesem Fall spielte es aber nicht die geringste Rolle. Der von mir erschaffene *Machtschild* war im Grunde ein Wall, der aufgestellt wurde und sich gute drei Meter nach oben in die Luft ausdehnte. Die Größe der Mauer war ein wenig problematisch, da sie eine signifikante Menge an Mana benötigte, aber sie hielt den Vormarsch der Templer auf. Mit einem dumpfen Aufprall.

»Arbeitest du gegen uns, Magier?« Die Hand des führenden Templers klammerte sich um sein Schwert, während er den Wall beäugte. Eine Vene entlang seiner Schläfe pulsierte sichtbar und wurde durch sein hellblondes Haar noch betont. Der Stinktiergeist hingegen beobachtete die ganze Sache nur, anstatt zu fliehen.

»Ich halte nur mein Wort«, widersprach ich.

»Novizin Dumough!«, bellte der blonde Templer.

»Henry …«, zauderte Alexa unschlüssig, als sie zu mir zurückschaute. Ich sah ihre Hand zittern, während der Speer zwischen mir und dem Stinktier schwankte.

»Was wirst du tun, Alexa? Mich erstechen?«, fragte ich schmallippig. Ich zog keinen Schild hoch, wich nicht zurück. Es würde nicht helfen. Ich hatte nicht genug Mana, um zwei Schilde aufrechtzuerhalten, nicht nach all dem. Die Templer davon abzuhalten, den Geist in Kürze zu erreichen, während er türmte, war das Beste, das ich tun konnte. Was mich daran erinnerte … »Hey, Skunky. Zeit zum Gehen. Wenn du es nicht tust, dann ist es nicht meine Schuld.«

»*Skunky?*«, fauchte der Geist, sein Schwanz stellte sich noch weiter auf.

Ich zuckte zusammen, konnte ihm aber keine weitere Aufmerksamkeit schenken. Im Augenblick hatte ich eine sehr viel ernstere Bedrohung vor mir. Eine, die ohne jeden Zweifel auf Alexas Gesicht ablesbar war.

»Novizin. Warum zögerst du? Schlag den Magier nieder und lass uns diese abscheuliche Kreatur auslöschen.«

»Das ist sie aber nicht«, flüsterte Alexa trotzig. »Sie ist nicht abscheulich.« Ihre Stimme wurde kräftiger. »Sie will einfach nur leben. Wir waren diejenigen, die das Wesen eingesperrt haben. Es gezwungen haben …«

»Das ist eine heidnische Kreatur«, konterte der Templer, seine Stimme wurde schärfer. »Eine, die sehr wahrscheinlich Schaden anrichten wird, sollte sie unkontrolliert bleiben.«

»Also sperren wir sie ein? Töten sie?«, kritisierte Alexa mit verengten Augen. »Das Wesen mag vielleicht nicht an unseren Gott glauben, aber es ist immer noch eine Kreatur, die Er erschaffen hat. Und solange sie niemanden verletzt, sollten wir ihr dann nicht die Chance geben, aus freiem Willen zu Gott zu kommen?«

»Die Kreatur ist nicht menschlich«, insistierte der Templer. »Sie wurde nicht nach Gottes Abbild geschaffen.«

»Das Wesen lebt und kann denken. Es kann eine Wahl treffen.« Alexa sah auf den Geist. »Und wer sind wir, über diese Kreatur zu richten? Ist das nicht unserem Lord vorbehalten? Besonders für Taten, die noch nicht einmal begangen wurden.«

»Novizin … nein. Nicht länger eine Novizin«, verkündete der Templer. »Hiermit erkläre ich kraft der mir übertragenen Macht als Leiter der dritten Division der Tempelritter, dass Alexa Dumough, ehemals eine Novizin der Tempelritter, von jetzt an nicht länger Teil unseres Ordens ist. Fortan wird keine Handlung von Alexa Dumough mehr irgendeinen Zusammenhang mit den Tempelrittern haben.«

Die Worte waren wie ein Schlag für Alexa, jeder Satz ließ sie zusammenzucken. Als er fertig war, straffte sie sich und drehte sich ihnen zu. Sie richtete ihren Speer ohne zu zögern oder zu zittern auf das Trio. Ich bemerkte jedoch ihre geröteten Augen und einen Schimmer von Tränen auf ihren Wangen.

»Schwachköpfe«, murmelte ich. Ich hätte weitere Beleidigungen ergänzt, aber bevor ich das tun konnte, gestikulierte der Templer und seine Gefährten hämmerten daraufhin mit ihren Schwertern gegen den Schildwall. Die verzauberten Klingen sandten fühlbare Rückkopplungen durch meinen Zauber, was mich für eine Sekunde in die Knie gehen ließ, bevor ich mich wiederaufrichten konnte.

»Kind!«, kläffte der Templer. Ich bemerkte, dass er sich nicht auf mich zubewegte, um mir Schaden zuzufügen. Offenbar hatten sie Alexas Berichte gelesen. Es bestand nicht die Möglichkeit, dass Lily ihnen erlauben würde, mich zu verletzen. Nun, außer sie betrachtete dies hier als eine soziale Herausforderung, woraufhin ich etwas Schaden nehmen würde, aber das mussten sie ja nicht erfahren.

»Ach, ja. Ich bin derjenige mit der einseitigen Sicht, wie die Welt funktionieren sollte«, schimpfte ich. Ein wahrhaftiges Kind. Diese Typen waren wie Fünfjährige, so festgefahren in ihrem Blick auf die Welt. Nichts – nicht einmal Logik – konnte sie umstimmen.

Ein weiterer Schlag, und der *Machtschild* begann zu bröckeln. Schließlich entschied der Stinktiergeist, dass er genug gesehen hatte, drehte sich um und sprang in

Richtung des Zauns. Dadurch angestachelt beschleunigten die Templer ihre Angriffe auf meinen Schildwall. Nach der zweiten Folge von Angriffen konnte ich die Mauer nicht länger aufrechterhalten und sie zersplitterte. Als das Stinktier sich neben den Zaun hockte, verzog es gegenüber den heranstürmenden Templern das Maul und hob den Schwanz. Diesmal hatte ich das Gefühl, dass es nicht nur drohte.

»LOS!«, brüllte ich Alexa zu und griff nach ihrem Arm. Ich verfehlte ihn, weil die Novizin – sorry, Ex-Novizin – sich schneller bewegt hatte als ich, herumgewirbelt war und nach meiner Schulter griff, während sie auf die Tür zurannte. Ich stolperte und folgte ihr so schnell ich konnte.

Wir hätten es beinahe geschafft.

Das explosive Sekret des Stinktiers bedeckte den Boden rasend schnell und überschwemmte zuerst die Templer. Sie waren, anders als wir, auf diesen Angriff vorbereitet, jeder von ihnen umklammerte ein von Mana durchzogenes glühendes Kreuz an ihrer Taille. Das Leuchten des Kreuzes bedeckte ihre Körper und schützte sie vor dem Sekret und seinen giftigen Dämpfen. Ein Teil von mir fragte sich, wie dieser Zauber es schaffte, die Luft vom Sekret freizuhalten – falls er das tat. Der Rest von mir würgte, Ausläufer des Sekrets hatten uns bereits erreicht.

Alexa stieß die Tür auf und zog mich hinein, bevor sie die Tür wieder zuwarf. Allerdings nicht bevor die erste Welle des Sekrets hindurchschwappte, was uns von den Beinen holte und vom Gestank würgen ließ, während unsere Augen tränten und die Haut kribbelte. Gemeinsam stolperten wir von der Tür weg, die nach und nach mehr von dem durchdringenden Geruch einließ.

»Henry …«, krächzte Alexa hilflos, während wir tiefer in das verlassene Waisenhaus wankten. Ich verstand, was sie meinte. Der Gestank des Geistes war mehr als nur abstoßend, er beeinträchtigte auf direkte Weise die natürliche Aufnahme und Abgabe von Mana. Der Stinktiergeist hatte im Grunde all das Mana um uns herum korrumpiert, wie der unmittelbare Effekt der früheren Manaverderbnis, nur hundertmal so stark.

»In die Sporthalle.« Ich hustete und keuchte, während ich Alexa zum nächsten Raum zog. Zusammen durchbrachen wir die Doppeltüren und erfuhren fast sofort Linderung – zumindest vor den Manaeffekten, dennoch war das Sekret auf unserer Haut verblieben und reizte weiterhin unsere Körper.

»Verbandskasten …«, stieß Alexa aus, während sie sich aufrappelte und wegtaumelte. Ich ließ mein Mana in einen einfachen Heilzauber strömen und schob die Reizungen langsam fort von mir. Als ich mich aufsetzte, konnte ich nicht anders und musste darüber nachdenken, wie schlecht die Dinge da draußen liefen.

»Wir können nicht hierbleiben«, kündigte ich an, die Tasche von meiner Schulter nehmend. Nachdem ich einen Block herausgezogen hatte, begann ich ihn zu verstärken. Glücklicherweise hatte mir die Arbeit in der Sporthalle und um den Zaun herum die Blaupause geliefert, die ich für die Verzauberung benötigte, die ich gerade beschwor.

Beschwörung Verstärken
Synchronisationsrate: 82%

Beschwörung Reinigen
Synchronisationsrate: 72%

Ja! Ich warf den Block nach draußen, direkt durch die offene Tür und schaute dabei zu, wie er im Korridor landete. Die zwei verbundenen Zauber begannen sofort zu wirken und zerstreuten langsam das korrumpierte Mana. Ich beobachtete den Prozess für einen Moment, um sicherzustellen, dass der Zauberspruch funktionierte. Ich sah die Fluktuationen in den Zauberformeln und nickte dann.

Okay. Würde ich die dritte und elfte Zeile an Gaspards Zweite Elementare Rune anpassen, sollte das die Geschwindigkeit der Manareinigung erhöhen und stabilisieren. Mit leicht geöffneten Lippen begann ich, den nächsten Holzblock zu verstärken.

Als ich den zweiten Block fortwarf und nach einem weiteren griff, wurde ich von einer Hand auf der meinen gestoppt. Mit blutunterlaufenen Augen und total verstopfter Nase hob ich die Augenbrauen, während ich auf die blonde Schönheit blickte, die einen Putzlappen und einen Eimer in der Hand hielt.

»Was?«, fragte ich.

»Hör auf. Du hast schon so wenig Mana. Nimm dir einige Minuten und lass dich von mir saubermachen«, antwortete Alexa und hielt den Lappen hoch. Statt zu protestieren, setzte ich mich still hin, während sie mich mit einem säuerlich riechenden, leicht seifigen Putzlappen kurz abschrubbte.

»Was ist das?«

»Wasserstoffperoxid, Geschirrspülmittel und Natron«, zählte Alexa auf. »Ich musste zur Küche laufen, um die letzten zwei Dinge zu bekommen, aber zum Glück ist sie gut isoliert.«

»Wie …«

»Glaubensheilerin, erinnerst du dich? Meine Fähigkeit lässt mich den Pesthauch fortstoßen. Jetzt halt still.«

Als ich versuchte, ihr den Lappen wegzunehmen, blitzte Alexa mich wütend an und ich gab auf. Statt mit ihr darüber zu streiten, konzentrierte ich mich auf den nächsten Schritt. Zwei verstärkte Reinigungsblöcke sollten genug für das Gebäude sein. Eigentlich. Mehr wären natürlich besser, aber wenigstens war der Eingang selbst nun gesäubert. Meine Sorge war der Gifthauch, der sich verteilt hatte – sich noch immer verteilte –, die Sorge um das Viertel. Das Miasma musste aufgehalten werden.

Was bedeutete …

Die Anhänger! Oder wenigstens etwas, das unsere Abwehr wieder stärkte und uns gegen die ungesunde Atmosphäre schützte. Ich holte tief Luft und prüfte erneut die verbleibende Menge meines Manas. Die Ruhezeit während der Beobachtung, als das Stinktier fraß, hatte das Meiste regeneriert, aber es hatte einen Rückschlag einstecken müssen, als die Templer ihre Trommelvorstellung auf meinem kanalisierten *Machtschild* gegeben hatten.

Könnten wir mehr von dem Pesthauch eindämmen, würden die von mir kontrollierten Blöcke und die Runen um die Sporthalle herum letzten Endes mit der Manaverderbnis fertig werden, aber …

»Du blickst düsterer als der Pfarrer, als wir den Film »Tanz der Teufel 2« mit ins Waisenhaus gebracht haben«, erzählte Alexa und stieß mich kräftig an. »Was ist denn?«

»Das …« Ich schüttelte den Kopf und schob es beiseite. Nein. Nicht jetzt. »Ich habe nicht genug Mana. Wir müssen den Zaun reparieren, aber mein Mana reicht nicht, um gleichzeitig die Anhänger und den Zaun instand zu setzen.«

»Dann tu es nicht«, erwiderte Alexa und reichte mir ihre Hand. »Ich kann uns beide beschützen.«

»Kannst du?«

»Ja. Ich mag vielleicht keine Novizin mehr sein, aber mein Glaube hat sich nicht verändert. Noch die Gunst unseres Vaters«, versicherte Alexa selbstbewusst.

Ich atmete tief ein, nickte aber und griff nach meinem zuverlässigen Rucksack. »Dann legen wir mal los.«

Wir hatten keine Zeit zu verlieren.

Kapitel 19

Wir wurden fast sofort vom Gifthauch überfallen. Er versuchte sich an unsere Körper zu schmiegen, an unsere Haut, aber das leicht strahlende Leuchten der Macht, das uns bedeckte, schob das Miasma zurück und hielt es davon ab, an uns zu kleben. Auf dem Weg holte ich mir die zwei Blöcke wieder und ließ einen davon direkt wieder fallen, als wir das Gebäude verließen.

Draußen waren die Auswirkungen verheerend. Das Gras hatte eine gräuliche Färbung angenommen, die Blätter an den Bäumen hatten sich zusammengerollt. Drumherum hörte ich das Husten und Keuchen von Personen, die in der Wolke gefangen waren. Ihre Körper wurden schwächer, weil das Mana, das sie unbewusst aufnahmen, langsam immer weiter verdarb.

Gemeinsam liefen wir schnell zum Zaun. Ich schaute mich die ganze Zeit um und versuchte, die Templer und den Geist zu lokalisieren. Ich bemerkte, dass beide Parteien nicht mehr anwesend waren, was vielleicht das Beste war. Hoffentlich hatte der Stinktiergeist es geschafft zu entkommen. Ansonsten wäre all das umsonst gewesen. Betrachtete man allerdings die Höhe des Schadens, den er mit seiner Verteidigungsmaßnahme verursacht hatte, musste man den Templern vielleicht doch rechtgeben. Besser wäre natürlich gewesen, die Templer hätten den gesamten Vorfall nicht dadurch provoziert, dass sie solch verbissene Arschlöcher waren. Nun war der Vorfall eher zum Nachteil aller ausgefallen.

Am Zaun stießen wir sofort auf den ersten Riss in den Runen. Ich zog bei der hastig ausgekratzten Rune die Augenbrauen hoch und brummte. Sie mit *Ausbessern* zu reparieren – jedenfalls den physischen Teil –, wäre möglich. Dazu müsste ich nur die Zauberformel vorsichtig anpassen, währenddessen sie weiterhin wirkte, eine leichte Veränderung meiner üblichen fast leichtsinnigen Nutzung des Zauberspruches.

Beschwörung Ausbessern
Synchronität 64%

Einige Minuten später hatte ich die Rune schließlich ausgebessert. Als ich die Augen öffnete, war die Rune tatsächlich intakt, wenn auch in schlechterem Zustand als bei ihrer Erschaffung. Mit geübtem Auge konnte ich erkennen, wo die Rune nicht perfekt wiederhergestellt war, wo die Linien ins Leere führten. Aber wie man so schön sagt: Es war gut genug, um zu funktionieren.

»Weiter«, sprach ich laut aus.

Wir gingen am Zaun entlang, bis wir eine weitere unterbrochene Rune fanden. Zum Glück gab es davon nicht viele, und sie befanden sich meist nah beieinander. Jede von ihnen benötigte eine Anwendung von *Ausbessern*, aber glücklicherweise war dieser kein manaintensiver Zauberspruch, besonders da die Reparatur relativ schnell ging. Trotzdem pochte mein Kopf zum Ende hin wieder.

»Wie lange noch?«, erkundigte sich Alexa und drückte leicht meinen Arm, um meine Aufmerksamkeit zu bekommen.

»Ich muss nur noch den Zauber reaktivieren«, antwortete ich leise und zuckte zusammen, als mein Kopf erbebte. Alexa öffnete fragend den Mund, doch ich schüttelte nur den Kopf. Stattdessen ließ ich Worten Taten folgen, hob meine freie Hand und drückte sie gegen die Runen im Zaun.

Den Zauber reaktivieren. Das war leicht, weil die meisten Runen bereits verzaubert waren. Ich musste nur genug Mana in die Runenstruktur speisen, die leeren Stellen mit den korrekten Zauberformeln füllen, und … fertig. Eindämmungsritual komplett.

Simpel. Würde ich nicht schon auf dem Zahnfleisch krauchen. Würde mein Kopf nicht wie ein Presslufthammer pochen. Wäre das Mana um mich herum nicht korrumpiert.

Wäre es nicht unmöglich, mich davon zu erholen. Simpel. Ich erschauderte, Mana strömte aus mir, herausgezogen und durch meinen Willen vorwärts geschoben. Mein Kopf pochte heftiger und meine Sicht vernebelte sich, das Licht, das uns begleitete, wurde schwächer. Alexa rang damit, uns zu beschützen. Simpel. Ich leckte mir die Lippen, ein warmer metallischer Geschmack erreichte meine Zunge, während die Flüssigkeit weiterfloss. Ich streckte unbewusst die andere Hand aus und wischte mir das Blut von der Nase, als die Zauberformeln in meinem Verstand umhertanzten und die Runen an ihren Ort glitten.

Simpel.

Mit einem Surren setzte sich das Ritual um uns herum in Gang. Der Druck des Manas auf dem Ritual, ein Zauber, der so eng mit mir verbunden war, ließ mich schwanken. Ich bemerkte stirnrunzelnd, wie sich die Welt leicht nach hinten neigte. Ich realisierte, dass ich das Gleichgewicht verlor. Mit einem Schritt zu mir ließ Alexa mich in ihre ausgebreiteten Arme fallen. Und die Prinzessin trug mich zurück ins Waisenhaus.

»Block«, hustete ich, verzweifelt auf meine Tasche zeigend.

Einen Moment später zog Alexa den zweiten Block heraus und warf ihn auf den Boden, bevor sie meinen schlaffen Körper in die Sporthalle schaffte. Drinnen sackte auch sie zu Boden, Schweiß bedeckte ihr blondes Haar.

»Lily wird uns umbringen«, stöhnte sie. Sie stellte sich offenbar vor, wie der Dschinn die Überlastung meines Manas missbilligen würde. Ich wünschte, ich könnte ihr antworten. Da ich aber bequem auf dem Boden lag, entschieden meine Augen, dass es Zeit war, sich zu schließen.

Als ich einige Stunden später wieder aufwachte, geschah dies durch Alexas aufdringliches Anstupsen. Die Hauptkonzentration des Manas war im Zaun gefangen. Das restliche entwichene Mana löste sich langsam auf oder wurde gereinigt. Dadurch konnten die beiden überarbeiteten und verstärkten Blöcke den Job im Inneren fertigstellen. Leider hatte ich auch das Waisenhauspersonal mit Anhängern ausgestattet, daher war die Äbtissin zurückgekommen und starrte uns abermals finster an.

»Ich weiß, ich weiß. Wir sollen gehen«, vermutete ich verärgert.

»Du und Miss Dumough seid nicht länger willkommen«, verkündete die Äbtissin und ich seufzte. Nun, Mist.

»Natürlich.« Alexa neigte bestätigend den Kopf. »Und ich entschuldige mich für den Schaden … und dass ich am Waisenhaus gescheitert bin.«

»Ja, das ist angebracht.« Die Äbtissin hielt inne und fuhr dann fort, die Stimme sanfter und gütiger. »Die Templer haben uns informiert, dass sie trotzdem sichergestellt haben, dass uns die erforderliche Zeit gewährt wird, um die Bauprojekte abzuschließen. Und sie haben eine beträchtliche Summe gespendet, damit wir uns um die Unannehmlichkeiten kümmern können, denen wir ausgesetzt waren.«

Ich erstarrte und riss die Augen weit auf. »Warte mal. Sie hätten das so von Anfang an tun können? Warum haben sie es nicht getan?«

»Das war ein Test«, antwortete die Äbtissin mit ruhiger Stimme.

»Aber …«

»Henry.« Alexa legte ihre Hand auf meinen Arm und schüttelte den Kopf.

»Warum bist du nicht wütend darüber!«, schrie ich, mit einer Hand herumfuchtelnd. »Das, das war Schwachsinn. Wir haben all das umsonst durchgemacht!«

»Schwachsinn?«, fragte Alexa leise und schüttelte dann erneut den Kopf. »Wir haben einen Geist befreit, der jahrzehntelang eingesperrt war. Wir haben dabei geholfen, die Verbreitung einer gefährlichen Droge zu verlangsamen. Und … Okay, die Pilze waren nicht besonders nützlich.«

Ich schnaubte.

»Aber ich habe auch etwas über mich selbst gelernt. Und über sie.«

»Was? Selbsterkenntnis ist die beste Erkenntnis?«, formulierte ich sarkastisch. Sicherlich, der Test selbst hätte die Kinder wahrscheinlich nie wirklich in Gefahr gebracht, jetzt da ich wusste, was dort unten eingesperrt worden war. Der Stinktiergeist war vielleicht wütend und wir hätten letzten Endes vermutlich mit ihm kämpfen müssen, aber die Äbtissin hätte niemals zugelassen, dass die Kinder in die Nähe eines solchen Kampfes kämen. Sogar die Manaverderbnis war ein schleichender Prozess, dem man mit einer einfachen Ferienreise hätte ausweichen können. Trotzdem …

»Ja«, erwiderte Alexa gelassen.

Ich blickte die Ex-Novizin an, aber sie schien in den letzten sechs Stunden einen inneren Frieden mit ihrer Entscheidung geschlossen zu haben. Ich öffnete den Mund, um weiter aufzubegehren, doch ich schloss ihn ohne ein Wort. Es hatte ein Funkeln in ihren Augen gelegen, gerade als ich sprechen wollte. Sie mochte vielleicht ihre

Entscheidung und die Konsequenzen akzeptiert haben, aber der Schmerz war noch immer da. Am Ende des Tages war es nicht meine Aufgabe, sie zu irgendetwas zu drängen.

»Schön«, grummelte ich und sah dann zur Äbtissin, die uns einfach nur ruhig anblickte. Ich seufzte und winkte der Frau zum Abschied, dann marschierte ich hinaus. »Lass uns gehen, Partnerin.«

»Ich komme schon.« Auch ohne mich umzudrehen, konnte ich das Lächeln in ihrer Stimme hören.

Epilog

Natürlich war es nicht so simpel. Sobald wir zurück waren, musste ich meinem anderen Bewacher die neue Situation erklären. Caleb war von meinen wortreichen Erklärungen nicht sehr beeindruckt, auch nicht von der Tatsache, dass ich mein Mana überstrapaziert hatte, wieder einmal. Genau genommen verdammte er mich nach einigen Untersuchungen für eine Dauer von zwei Monaten dazu, mich zu erholen und Bücher zu studieren. Es schien, dass die konstante Misshandlung meines Körpers meine inneren Manakanäle beschädigt hatte.

Und Calebs Gedanken über Alexa? Der Magier ließ sich nicht dazu herab, mich zu informieren.

Alexa hingegen durchlebte eine schwierige Zeit. Sie hatte noch einige Sachen im Lager der Templer liegen, die uns nun zurückgegeben wurden. Im Gegenzug händigte Alexa ihnen mehrere kleine Gegenstände aus, die ich bis dahin nie bei ihr bemerkt hatte, wozu eine überraschend große Anzahl Sprengstoffe gehörte. Interessanterweise erlaubten ihr die Templer, den Speer und die Rüstung zu behalten. Da die Tempelritter eine Geheimorganisation waren, hatten keine ihrer Utensilien irgendwelche Designs auf der Oberfläche, daher war keine Umgestaltung nötig.

Vielleicht war der größte Schock für die Ex-Novizin die Auflösung ihres Bankkontos und die Rückgabe nur eines Bruchteils der dort verfügbaren Geldmittel. Sobald ich wieder auf den Beinen war, half ich Alexa, einige Besorgungen für Erwachsene zu erledigen, inklusive der Eröffnung eines Bankkontos und der Anfrage für eine Kreditkarte. Als frühere Schutzbefohlene der Templer hatte sie sich nie selbst darum kümmern müssen.

Ohne das Gehalt und die Geldmittel der Templer begann Alexa zügig, verschiedene Quests von der Anschlagtafel zu erledigen, die sie abarbeiten konnte, bis ich gesundete. Wüsste ich es nicht besser, würde ich sagen, dass sie sich selbst erfolgreich von der abrupten Veränderung ablenkte. Aber ich wusste es ja besser, und spätabendliche Schluchzer aus ihrem Zimmer schienen das zu bestätigen. Neuentdeckte Gelassenheit oder nicht, Alexa hatte noch immer viel aufzuarbeiten.

Und was mich betrifft? Je länger ich in dieser seltsamen neuen Welt existierte, desto mehr erkannte ich, wie stark vereinfacht meine früheren Vorstellungen gewesen waren. Es gab verschiedene Strömungen, nicht nur inmitten der existierenden Organisationen, sondern sogar innerhalb ihrer Sichtweisen. Ein einziger Fehltritt könnte mich in den Abgrund reißen. Ich wusste, dass die Templer nur darauf warteten. Und jetzt musste ich mich fragen: Wer noch?

###

Das Ende

Hinweis des Autors

Ich danke Ihnen für das Lesen meines Vorstoßes in eine städtische Fantasy-GameLit-Welt. Dieses Buch war schwierig zu schreiben, weil ich mich auf Alexa und ihre Entscheidungen konzentrieren wollte, die sie neben Henrys wachsendem Verständnis und seiner Geborgenheit in der übernatürlichen Welt treffen musste.

Erlebe die weiteren Abenteuer von Henry:

- Eines Knappen Wunsch

    https://books2read.com/eines-dschinns-wunsch

Bitte schaue dir auch meine anderen Serien an, die System-Apokalypse (ein post-apokalyptisches LitRPG) und Verborgene Wünsche (eine Urban-Fantasy-GameLit-Serie):

- Das Leben im Norden (Die System-Apokalypse Buch 1)

https://books2read.com/das-leben-im-norden

- Das Geschenk eines Heilers (Abenteuer in Brad Buch 1)

https://books2read.com/das-geschenk-eines-heilers

- Ein Tausend Li: Der Erste Schritt (Ein Tausend Li Buch 1)

https://books2read.com/der-erste-schritt

Bitte schau dir auch andere Serien/Bücher an, an denen ich mitgeschrieben habe:

- Leveled up Love! von Tao Wong & A. G. Marshall

https://books2read.com/leveled-up-love

- A Fist Full of Credits von Tao Wong & Craig Hamilton (System Apocalypse: Relentless Buch 1)

https://readerlinks.com/l/2202673

- Town Under von Tao Wong & K.T. Hanna (System Apocalypse: Australia Buch 1)

https://readerlinks.com/l/2202672

Weitere tolle Informationen über LitRPG-Serien findest du in den Facebook-Gruppen:

- Deutschsprachige LitRPG

https://www.facebook.com/groups/deutsche.litrpg

- Progression Fantasy-, Kultivations- und LitRPG-Romane auf Deutsch

https://www.facebook.com/groups/
kultivationsundlitrpgromane

Über den Autor

Tao Wong ist ein begeisterter Leser von Fantasy und Science Fiction, der im Norden Kanadas wohnt und dort schreibt. Er hat viel zu viele Jahre mit dem Training aller möglichen Kampfsportarten verbracht. Da er sich dabei zu oft verletzt hat, verbringt er seine Zeit nun mit der Erschaffung von Fantasy-Welten.

Informationen über diese Serie und weitere Bücher von Tao Wong (sowie besondere Kurzgeschichten) finden Sie auf der Website des Autors:

> http://www.mylifemytao.com

Weitere Bücher von Tao Wong auf Deutsch:

> https://www.mylifemytao.com/foreign-language-editions/german/

Abonnenten von Taos Mailingliste erhalten exklusiven Zugriff auf Kurzgeschichten in den fiktionalen Universen von Thousand Li und der System-Apokalypse:

> https://www.subscribepage.com/taowong

Oder besuchen Sie seine Facebook-Seite:

> https://www.facebook.com/taowongauthor/

Über den Verlag

Tao Wong ist der alleinige Eigentümer und Betreiber von Starlit Publishing. Dieser Verlag für Science Fiction und Fantasy konzentriert sich auf die Genres LitRPG & „Cultivation". Er will neue, vielversprechende Autoren in diesen Genres fördern, deren Texte die existierenden Stereotypen herausfordern, dabei aber dennoch ein fantastisches Lesevergnügen bieten.

Weitere Informationen über Starlit Publishing finden Sie auf unserer Website: https://www.starlitpublishing.com/

Sie können sich auch bei der Mailingliste von Starlit Publishing anmelden, um über neue, aufregende Autoren und Bücher informiert zu werden.